U0127993

美的考索・上冊

再版前言

　　這套「中國美學範疇叢書」初版於二〇〇一年，時隔十五年再版，作為編委與作者，依然感到書不盡言，言不盡意。

　　中國美學範疇，顧名思義，是對中國數千年源遠流長的美學與文藝史理論的概括。範疇這個術語本是從西方哲學引進的。西方所謂範疇是指人類主體對事物普遍本質的認識與把握。它與概念不同，概念一般反映某個具體事物的類屬性，而範疇則是對事物總體本質的認識與把握。中國美學的範疇與西方美學相比，富有體驗性與感知性，善於在審美感興中直擊對象，這種範疇把握，融情感與認識、哲理與意興於一體，正如嚴羽《滄浪詩話》所說「唐人尚意興而理在其中」。中國美學範疇，實際上是中國古代美學與哲學智慧的彰顯，也是藝術精神的呈現。諸如感興、意象、神思、格調、情志、知音等美學範疇，既是對中國美學與文藝活動的總結與概括，也是人們從事藝術批評時的器具。對中國美學範疇的認識與研究，不僅是一種學術研究與認識，而且還是一種體驗與濡染的精神活動。中國美學範疇的生成與闡述，與個體生命的活動息息相關，這種美學範疇在社會形態日漸工具化的今天，其精神價值與藝術價值越發顯得重要。中國當代美學範疇與精神的構建，毫無疑問應當從中國傳統美學範疇中汲取滋養。

　　這套叢書緣起於一九八七年，當時正是國內人文思潮湧動的時

候，那時我還是在中國人民大學哲學系美學教研室任教的一名年輕副教授。吾師蔡鍾翔教授與中國人民大學中文系的同事成復旺、黃保真教授一起編寫出版了《中國文學理論史》，接著又發起與組織編寫了「中國美學範疇叢書」，歷時十三年，於二〇〇一年由百花洲文藝出版社出版了第一輯，有《美在自然》《文質彬彬》《和：審美理想之維》《興：藝術生命的激活》《原創在氣》《因動成勢》《風骨的意味》《意境探微》《意象範疇的流變》《雄渾與沉鬱》等十本。我承擔了其中的《和：審美理想之維》《興：藝術生命的激活》兩本。

在編寫這套叢書時，蔡老師作為主編，撰寫了總序，確定了基本的編寫思想，對於什麼是中國美學範疇及其特點，作出了闡釋，將其歸納為：一、多義性與模糊性；二、傳承性與變易性；三、通貫性與互滲性；四、直覺性與整體性；五、靈活性與隨意性。這五點是中國美學範疇的特點。強調中國美學範疇的認識與體驗、情感與理性、個體與總體的有機融合。另外，蔡師也強調「中國美學範疇叢書」的編寫與出版，是隨著中國美學的研究深入而催生的。在上個世紀八十年代初的美學熱中，對於中國美學史的興趣成為當時亮麗的風景線，我在當時也開始寫作《六朝美學》一書。而隨著中國美學史研究的深入，人們越來越對中國美學範疇產生了濃厚的興趣，在當時，意象、意境、境界、神思、比興、妙悟等範疇成為人們的談資，時見於論文與著作中，也是文藝學與美學中的熱門話題。正是有鑒於此，彙集這方面的專家與學者，編寫一套專門研究中國美學範疇的高水平叢書的策劃，便應運而生。正如蔡師在全書總序中所說：「『叢書』選題主要是

元範疇和核心範疇，也包括少量重要的衍生範疇，在這些範疇之內涵蓋若干相關的次要範疇。這是對中國傳統美學範疇的一次全面深入的調查，工程是浩大的、艱難的，但確是意義深遠的，它將為中國美學和中國文論的史的研究和體系研究打下堅實的基礎。」

這套書從策劃到編寫，再到出版，歷經十多年，作為撰寫者與助手的我，見證了蔡師的嘔心瀝血，不辭辛勞。比如揚州大學古風教授撰寫的《意境探微》一書，傾注了蔡老師審稿時的大量心血。儘管古教授當時已經在《中國社會科學》《文藝研究》《文學評論》等刊物發表了相關論文，在這方面成果不少，但是蔡老師本著精益求精的方針，反覆與他通信商談書稿的修改，經過多次打磨與修改之後，最後形成了目前出版的書稿。記得那時我和蔡老師都住在人民大學校內，每次我去他家拜訪時，總是見到他在昏黃的檯燈下伏案看稿與改稿，聊天時也是談書稿的事。有時他對作者書稿的質量與修改很是著急與焦慮，我也只好安慰他幾句。

本叢書體現這樣的學術立場與宗旨。這就是：一、追求「究天人之際，通古今之變，成一家之言」的學術旨趣。每本書都以範疇的歷史演變與範疇的結構解析為基本框架，同時，立足於探討中國美學範疇的當代價值與當代轉化。作者在遵循基本體例的同時，又有著鮮明的個性與觀點，彰顯「和而不同」的學術自由精神。二、本著「萬物並育而不相害，道並行而不相悖」的兼容并包之襟懷，融會中西，將中國美學範疇與西方美學與文化相比較，盡量在比較中進行闡釋，避免全盤西化或者唯古是好的偏執態度。

　　值得一提的是，叢書的第一輯出版後，在二〇〇二年五月二十五日，叢書編委會與江西百花洲文藝出版社在中國人民大學中文系舉行了第一輯的出版座談會，當時在京的一些著名學者侯敏澤、葉朗、童慶炳、張少康、陳傳才，以及詹福瑞、韓經太、左東嶺、朱良志、張晶、張方等學者參加了座談會並作了發言，我也有幸與會。學者們充分肯定了這套叢書的出版對於推動中國美學的研究，有著積極的意義，認為這套書具有很高的學術水準。與會者讚揚這套書體現了古今融會、歷史的演變與範疇的解析相貫通的學術特色，同時也提出了中肯的意見。正是在這些鼓勵之下，叢書的編委會與作者經過五年的繼續努力，於二〇〇六年底出版了叢書第二輯的十本，即《美的考索》《志情理：藝術的基元》《正變・通變・新變》《心物感應與情景交融》《神思：藝術的精靈》《大音希聲——妙悟的審美考察》《虛實掩映之間》《清淡美論辨析》《雅論與雅俗之辨》《藝味說》等。第二輯與第一輯相比，內容更加豐富，涉及中國美學與藝術的一些深層範疇，寫法愈加靈動，與藝術創作的結合也更加明顯。顯然，中國美學範疇研究的水平隨著叢書的推進也得到相應的提升。

　　從二〇〇六年叢書第二輯出版至今天，一晃又過去了十年。令人哀傷的是，蔡老師因病於二〇〇九年去世了。原先設想的出版三十本的計劃也終止了。在這十年中，中國美學範疇的研究有了很大的進展，比如將中國美學範疇與中國文化、中國哲學相連繫的論著問世不少，將中西美學範疇進行比較研究的成果也頗為可觀。但是這套叢書的學術價值歷經時間的考驗，不但沒有過時，相反更顯示出它的內在

價值與水平。時值當下對中國傳統文化與國學的研究與討論的熱潮，這套叢書的實事求是的治學態度，認真負責的撰寫精神，以及浸潤其中的追求人文與學術統一、古今融會、中西交融的學術立場，不追逐浮躁，潛心問學的心志，在當前越發彰顯其意義與價值。在當前研究中國美學的書系中，這套叢書的地位與價值是不可替代的，在今天再版，實在是大有必要。在這十年中，發生了許多變故，叢書的顧問王元化、王運熙先生，副主編陳良運先生，編委黃保真先生，作者郁沅先生等，以及當初關心與幫助過這套叢書的著名學者侯敏澤、童慶炳先生，還有責任編輯朱光甫先生，已經離世，令人傷懷。對於他們的辛勞與幫助，我們將永遠銘記在心。今天，這套叢書的再版，也蘊含著紀念這些先生的意義在內。

本次再版，百花洲文藝出版社本著弘揚優秀傳統文化的宗旨，經過與作者協商，在重新校訂與修訂的基礎之上，將原來的叢書出版，個別書目因各種原因，未納入再版系列。相信此次再版，將在原來的基礎之上，提升叢書的水平與質量。至於書中的不足，也有待讀者的批評與指正。

袁濟喜

二〇一六年十二月三十一日

總序

　　範疇，是對事物、現象的本質連繫的概括。範疇在認識過程中的作用，正如列寧所指出的，它「是區分過程中的梯級，即認識世界的過程中的梯級，是幫助我們認識和掌握自然現象之網的網上紐結」(《哲學筆記》)。人類的理論思維，如果不憑藉概念、範疇，是無法展開也無從表達的。美學範疇，同哲學範疇一樣，是理論思維的結晶和支點。一部美學史，在一定意義上也可以說是一部美學範疇發展史，新範疇的出現，舊範疇的衰歇，範疇含義的傳承、更新、嬗變，以及範疇體系的形成和演化，構成了美學史的基本內容。

　　中國傳統美學範疇，由於文化背景的特殊性，呈現出與西方美學範疇迥然不同的面貌，因而在世界美學史上具有獨特的價值。中國現代美學的建設，非常需要吸納融匯古代美學範疇中凝聚的審美認識的精粹。自二十世紀八十年代後期以來的十餘年中，美學範疇日益受到我國學界的重視，古代美學和古代文論的研究重心，在史的研究的基礎上，有逐漸向範疇研究和體系研究轉移的趨勢，這意味著學科研究的深化和推進，預計在二十一世紀這種趨勢還會進一步加強。到目前為止，研究美學、文藝學範疇的論文已大量湧現，專著也有多部問世，但嚴格地說，系統研究尚處在起步階段，發展的前景和開拓的空間是十分廣闊的。中國傳統美學範疇的特點是很突出的，根據現有的

研究成果，大致可以歸結為以下幾點：

一、多義性和模糊性。範疇中的大多數，古人從來沒有下過明確的定義或界說，因此，這些範疇就具有多種義項，其內涵和外延都是模糊的。如「境」這個範疇，就有好幾種含義。標榜「神韻」說的王士禛，卻缺乏對「神韻」一詞的任何明晰的解說。不僅對同一範疇不同的論者有不同的理解，同一個論者在不同的場合其用意也不盡相同。一個影響很大、出現頻率很高的範疇，使用者和接受者也只是仗著神而明之的體悟。

二、傳承性和變易性。範疇中的大多數，不限於一家一派，而是從創建以後便一代一代地傳承下去，成為歷代通行的範疇，但於其傳承的同時，範疇的內涵卻發生著歷史性的變化，後人不斷在舊的外殼中注入新義，大凡傳承愈久，變易就愈多，範疇的內涵也就變得十分複雜。如「興」這個範疇，始自孔子，本是屬於功能論的範疇，而後來又補充進「感興」「興會」「興寄」「興托」等含義，則主要成為創作論的範疇了。

三、通貫性和互滲性。古代美學中有相當數量的範疇是帶有通貫性的，即貫通於審美活動的各個環節。如「氣」這個範疇，既屬本體論，又屬創作論；既屬作品論，也屬作家論，又屬批評、鑑賞論。至於各個範疇之間的互滲，如「趣」和「味」的互滲，「清」和「淡」的互滲，包括對立的互轉，如「巧」和「拙」的互轉，「生」和「熟」的互轉，就更加普遍。因而範疇之間千絲萬縷、交叉糾纏的關係，形成一個複雜的網絡。

四、直覺性和整體性。許多範疇是直覺思維的產物，其美學內涵究竟是什麼，只可意會，不可言傳。典型的例子如「味」這個範疇，什麼樣的作品是有滋味的，如何賞鑒作品才是品「味」，怎樣才是「辨於味」，「味外味」又何所指等等，都是不可能用言語來指實，只能是一種心領神會的直覺解悟。既然是直覺的，即不經過知性分析的，就必然是整體的把握。如風格論中的許多範疇，何謂「雄渾」，何謂「沖淡」，何謂「沉著痛快」，何謂「優游不迫」，都不可條分縷析。直覺性與模糊性無疑是有不可分割的連繫的。

五、靈活性和隨意性。漢語中存在大量的單音詞，其組合功能極強，一個單音詞和另一個單音詞組合便構成一個新的複音詞。中國古代美學利用組詞的靈活性，創建了許多新的範疇，如「韻」和「氣」組合構成「氣韻」，「韻」和「神」組成「神韻」，「韻」和「味」組成「韻味」，等等。而這種靈活性可以說達到了隨意的程度，一個主幹範疇能繁育滋生出一個龐大的範疇群或範疇系列，舉其極端的例子而言，如「氣」，不僅構成了「氣韻」「氣象」「氣勢」「氣格」「氣味」「氣脈」「氣骨」，還演化成「元氣」「神氣」「逸氣」「奇氣」「清氣」「靜氣」「老氣」「客氣」「孱氣」「傖氣」「山林氣」「官場氣」等等，當然這些衍生的名稱未必都算得上範疇，但確有一部分上升到了範疇的地位。

上述這些傳統美學範疇的特點，也就是研究中的難點，要給予傳統美學範疇以現代詮釋，而不是以古釋古，難度是很大的。根本的問題在於古今思維方式的差異。我們現代的思維方式，基本上是採納了西方的思維方式，因此在詮釋中很難找到對應的現代語彙，要將傳統

美學範疇裝進現代邏輯的理論框架，便會感到方枘圓鑿，扞格難通。中國的傳統思維，經歷了不同於西方的發展道路，即沒有同原始思維決裂，相反地卻保留了原始思維的若干因素。我們不能同意西方某些人類學家的論斷，認為中國的傳統思維還停留在原始思維的水平。中國古人的理論思維在先秦時代已達到很高的水平，所保留的原始思維的痕跡，有些是合理的，保持了宇宙萬物的整體性和完整性，不以形式邏輯來切割肢解，是符合辯證法的原理的，在傳統美學範疇中也表現出這種長處。因此，研究中國美學範疇，必須結合古人的思維方式，連繫整個中國傳統文化的大背景來考察，庶幾能作出比較準確、接近原意的詮釋。範疇研究的深入自然會接觸到體系問題。中國古代美學家、文論家構築完整的理論體系者極少，但從範疇的整體來看是否構成了一個統一的體系呢？範疇的層次性是較為明顯的，如有些研究者區分為元範疇、核心範疇（或主幹範疇）、衍生範疇（或從屬範疇）等三個或更多的層次。但範疇之有無邏輯體系，研究者尚持有截然不同的觀點。我們傾向於首肯「潛體系」的說法，即範疇之間存在有機的連繫，範疇總體雖然沒有顯在的體系，卻可以探索出潛在的體系。但要將這種「潛體系」轉化為「顯體系」並非易事，因為這是兩種思維方式的轉換，轉換實際上是重建。有些研究者梳理整合出了一套範疇體系，只能是一家之言，是一種先行的試驗。由於對個別範疇還未研究深透，重建整個中國美學理論體系的條件就沒有完全成熟。於是我們萌發了一個構想，就是編輯一套「中國美學範疇叢書」，每一種（或一對）範疇列一專題，寫成一本專著，對其美學內涵作詳盡的現代

詮釋，並盡量收全在其自身發展的不同歷史階段上的代表性用法和代表性闡述，力爭通過歷史的評析揭示各範疇內涵邏輯展開的過程。「叢書」選題主要是元範疇和核心範疇，也包括少量重要的衍生範疇，在這些範疇之內涵蓋若干相關的次要範疇。這是對中國傳統美學範疇的一次全面深入的調查，工程是浩大的、艱難的，但確是意義深遠的，它將為中國美學和中國文論的史的研究和體系研究打下堅實的基礎。

這一工程從一九八七年開始策劃，歷時十三年，得到許多中青年學者的熱烈響應。更有幸的是，在世紀交替之年，獲得江西省新聞出版局和百花洲文藝出版社領導的大力支持，在他們的努力下，「叢書」被列入「十五」國家重點圖書出版規劃，「叢書」共計三十本，預定在四年內分三輯出齊。為此組織了力量較強的編委會，投入了充足的人力、物力、財力，力爭使「叢書」成為精品圖書。我們萬分感佩江西出版部門充分估計「叢書」學術價值的識見和積極為文化建設做貢獻的熱忱。最終的成果也許難以盡愜人意，但我們相信「叢書」的出版，必將在中國美學範疇研究的長途跋涉中留下一串深深的足印。

蔡鍾翔
陳良運
二○○一年三月

提要　內容

　　本書上編對中國美學思想中「美」這一重要觀念和範疇，從發生、形成、發展、演變的歷程，作了較為全面、系統的考索。上溯中國先民群體原初的「美」意識，推翻「羊大則美」起源於「味覺」的誤說；下及個人五官與身心審美所產生的諸多相關觀念。論證了「真」為「美」之本體，「善」則是儒家學派所求「美」之功利，而在道家，又以「善」為「道」的內在能量，並具有「生萬物」的重要作用。由此而在中編與下編展開描述儒、道、墨、法、玄、佛各家在政事、社會、人格、自然、精神、藝術諸領域的審美創造與接受的不同表現，並作出若干比較性評價。從總體而觀，各家學說中的精華，都成為自古至今中國人「美」意識的有效成分，共同完成了對中國之「美」的塑造；而當「美」的觀念和範疇獲得了相對的獨立性，各個時代、社會上各色人等有了基本的共識之後，人文美的創造者，又對各家思想加之於「美」的種種制約在不同的向度實行突破，使「美」獲得更多、更大的自由。

目次

引　言

　　「美」，是一個誘人的字眼，它使人眼睛發亮，心靈愉悅。

　　美，是心靈健康的人類共同的所愛所好，是全世界億萬斯人共有共享的精神財富。

　　美，不會凋零，不會衰老，不會死亡，它長生不息，長存不朽。因為凋零、衰老、死亡，僅僅是有形的個體退出美的領域，美又在新的有形的個體和無形的精神領域煥發其迷人的風采，億萬斯年，唯美永恆。

　　無限的空間，無盡的時間，美是宇宙的靈魂，人類的靈魂。小小寰球，東方人與西方人，自古至今，都在談美、尋美、欣賞美、創造美；都在探根究底：何者為美，為何而美，美是什麼，什麼是永恆的美？……西方和東方的學者，都在無止境地觀察、思索、闡釋，各有所悟所得。

　　西方學者偏重於理性思辨。古希臘學者認為，「美在於和諧」「從不同的因素產生最美的和諧」；古羅馬學者認為，「物體美是由於分享

一種來自神明的理式而得到的」；中世紀經院哲學家認為，美是「完整，和諧，鮮明」；文藝復興時期的詩人認為，「美是自然的一種作品」；近代以來，則有「美學的對像是感性認識的完善」「美是理念的感性顯現」「美是生活──依照我們理解的應當如此的生活」「美是一種客觀化的快感」等等，乃至有馬克思的「美是人的本質力量對象化」這個著名的命題。

古代的中國學者、文學藝術家，雖然也有不同程度的理性思辨，但更偏重於直觀、直覺地言美，「《詩》三百」中對英俊漂亮的少男少女直呼「彼美人兮」；春秋時代的政治家説，「夫美也者，上下、內外、小大、遠近皆無害焉」；孔子聞《韶》樂曰「盡美矣，又盡善也」；莊子説「天地有大美而不言」；《易傳》説「乾以美利利天下」；孟子説「充實之謂美」；荀子説「不全不粹之不足以為美」……先秦更多地以美言政教、言社會、言人之修養，亦言自然；漢魏六朝而後，則更多地以美言藝術，言詩、文、書、畫、音樂、舞蹈之最高造詣，無限地豐富和擴大了「美」這一觀念範疇的內涵與外延，為中國也為世界的美學理論建設，提供大量生動多彩的材料。

本書將較為全面、系統地紹述中國之「美」，這本是一項非常重大的工程，絕非這部區區小書所能勝任。《紅樓夢》中的鳳辣子説，「大有大的難處」，筆者既然不能大筆如椽地描述浩瀚長河的壯麗景觀，於是盡己所能地對中國之「美」的觀念範疇發生、形成、發展、演變歷程作些考索和梳理，以期將各家各派之「美」的觀念內涵，社會、人格、自然、藝術之美的種種形態，粲然呈現於讀者之前。

「溯流探源」與「披源覽流」，是著者數十年研究中國古代詩學文論久行之法。本書撰述，一如既往：微觀探幽索隱，宏觀把握導向；忠於原始資料，主觀判斷求實；力貫中國古今，融通多科學理。前人

論述之精華我當弘揚，自己一管之見亦不羞於陳述。研究中國古典美學的著作已多矣，在此美苑學林之中，拙著豈敢有秀出林木之望？唯願不成枯木敗株，則可矣！請讀者諸君，隨著筆者的文字，對中國之「美」作一次粗略的瀏覽吧！

上編

「美」觀念的發生與拓展

第一章

「美」起源於「味覺」辨正

　　中國古代的文字形成於何時？實在不能確考，解釋古老《易經》的《易傳》〈辭繫〉說：「上古結繩而治，後世聖人易之以書契，百官以治，萬民以察，蓋取諸〈夬〉。」孔子可能參與了《易傳》〈辭繫〉的創作，但據歐陽修等後世學者判斷，該書當成於春秋晚期到戰國時代，此中沒有提到黃帝時代倉頡造字的傳說，而說受〈夬〉卦之啟發而造字，更是毫無事實作根據，因為〈夬〉為別卦，若按周文王被囚於羑裡時將八經卦演繹成六十四別卦之說，「易之以書契」豈不在周文王之後？事實上，商代已有甲骨文，古文字已基本成型。

　　「美」字出現於何時？殷商甲骨文中已數見「美」字，只是字形略有不同：

　　（甲868）（甲1269）（乙5327）（《京都》981）商代青銅器「父乙簋」亦見「美」字，寫作，像是一個孕婦。周代金鼎文「美」字見於《美爵》（《金文編》卷四第13頁）：

米

在現今所能見到的「五經」中，屬於最早的《易經》《尚書》兩經中無「美」字，《詩經》有「美」字，但對其含義沒有解釋。此後，諸子之書和東漢之前的典籍，均用「美」字表達美好的人、事、物，亦無對字義的解釋。東漢時期之許慎（約58-約147年），著《說文解字》，據他在該書序中所闡明的「六書」（指事、象形、形聲、會意、轉注、假借）而釋字義，釋「美」之字義云：

美，甘也。從羊從大，羊在六畜主給膳也，美與善同意。

將「美」與言味之「甘」等同起來，但未出所據。宋代徐鉉等注《說文解字》，補註曰：

羊大則美，故從大。

此解是否正確？本章將予辨正。

第一節　關於「羊大則美」

許慎訓「美」為甘，由此被後人引申出「美味」；徐鉉以羊從「大」則美，即謂大羊肉肥味美，更明確為「美」字初義、本義就是味覺美，以至後人將此義推衍為「中國人原初的美意識」。

在文字學研究發達的現代，至少已有兩位學者不同意許、徐之

説。第一位是馬敍倫先生，他在《説文解字六書疏證》卷七有辨：

　　徐鉉謂羊大則美，亦附會耳。倫謂字蓋從大，芉聲。芉音微紐，故美音無鄙切。《周禮》美惡字皆作媺，本書：媄，色好也，是媄為美之轉注異體，媄轉注為媺。從女，媺聲，亦可證美從芉得聲也，芉芊形近，或訛為羊；或羊古音本如芉，故美從之得聲。當入大部，蓋媄之初文，從大猶從女也。

　　馬先生不從象形釋「美」字，而從形聲釋「美」字，認為「大」「美」「媄」乃至「羊」，古音皆讀如「媺」，由讀音相同而互相轉注，因此與象形無關；「美」又作「媺」，又即「媄」（轉注之異體）。值得我們特別注意的是，「媄，色好也」，「媄之初文，從大猶從女」。換句通俗的話説，女之「色好」即美，已屬視覺之感了，似與味覺無干。

　　第二位是蕭兵先生，他在《楚辭審美觀瑣記》一文中説：「美的原來含義是冠戴羊皮或羊頭裝飾的大人（『大』是正面而立的人，這裡指進行圖騰扮演、圖騰樂舞、圖騰巫術的祭司或酋長），最初是『羊人為美』，後來演變為『羊大則美』。」李澤厚、劉綱紀先生的意見接近蕭兵，他們在《中國美學史》第一卷第二章第一節《關於美的思想》作了一個長注，引申發揮蕭兵之見，其大略謂：（1）細審甲骨文、金文「美」字，「皆由兩部分組成，上邊作『羊』，下邊作『人』，而甲文『大』訓『人』，像一個人正面而立，攤開兩手又開兩腿正面站著，『大』和『羊』結合起來就是『美』。這些字形，都像一個『大人』頭上戴著羊頭或羊角，這個『大』在原始社會裡往往是有權力有地位的巫師或酋長，他執掌種種巫術儀式，把羊頭或羊角戴在頭上以顯示其神祕和權威。……美字就是這種動物扮演或圖騰巫術在文字上的表

現。」（2）原始人的圖騰崇拜，「往往跟當地的人類生產、生活關係非常密切，羊圖騰就是其中很重要的一種，羊在原始經濟生活中很重要，所以世界各古老民族都有豐富的關於羊的記載、神話、傳說和故事。……牧羊民族、牧羊人所扮演的圖騰羊、跳的圖騰舞，就是最美的事物了。可見美最初的含義是『羊人為美』，它不但是會意字，而且還是個象形字」。（3）「原始社會變成了階級社會，『羊人為美』的圖騰扮演儀式也不大舉行了，大字也從『大人』變成了形容詞『巨大』『碩大』『偉大』之類，美字的古義含糊了，泯滅了。於是人們把它當作純會意字。宋朝徐鉉注《說夏》時就說：『羊大則美，故從大。』《說文》說：『羊在六畜主給膳也』，當然越肥大越甘美。『羊大則美』雖然不是最古老的美的定義，但離最初的健全的審美活動和價值判斷不遠。」「美由羊人到羊大，由巫術歌舞到感官滿足，這個詞為後世美學範疇（訴諸感性又不止於感性）奠定了字源學的基礎。」[1]

馬敘倫先生與李澤厚、劉綱紀二位先生，都未同意許慎、徐鉉所釋之義說是古代中國人（直至原始人）的「原初美意識」，而後者又有所折中，推測「美字的古義含糊了，泯滅了」，許、徐所演繹之義離「最古老的美的定義」尚不遠。

但是，有位日本學者將「美」字的「《說文》本義」，斷然定為「中國人原初的美意識」，這就是笠原仲二先生一九七九年出版的《古代中國人的美意識》[2]一書中所表述的最基本的思想，其開宗明義第一節之題為：「『美』字的《說文》本義和美意識的起源──味覺美」。他鄭

---

[1] 李澤厚、劉綱紀：《中國美學史》第一卷，中國社會科學出版社1984年版，第80-81頁。

[2] 〔日〕笠原仲二：《古代中國人的美意識》，魏常海譯，北京大學出版社1987年版。本書引笠原先生文皆出此書，以下不再注。

重地寫道：

　　中國人最原初的美意識是怎樣的呢？這樣的美意識又是從怎樣的生活環境或實際體驗中產生的呢？並且，這種美意識最初用什麼樣的語言、什麼樣的文字來表達呢？不用說，既叫作「美意識」，就與「美」這個詞、這個字有必然的關係。

　　笠原先生將發掘中國人原初的美意識，聚焦於許、徐所釋之「美」字，他從此而發揮引申：

　　它是「羊」和「大」二字的組合，是表達「羊之大」即「軀體龐大的羊」這樣的意思，同時表達對這樣的羊的感受性。如果這種理論能夠成立的話，那麼，可以說「美」字就起源於對「羊大」的感受性吧，它表現出那些羊體肥毛密，生命力旺盛，描繪了羊的強壯姿態。然而，如前所述，當美的本義限於表達「甘」這樣的味覺的感受性時，所謂「羊大」這種羊的特殊姿態性，就與美的感受性沒有任何關係了。因此，在這裡又可以想到，歸根到底中國人最初的美意識是起源於「甘」這樣的味覺感受性。

　　笠原考慮到了，中國古人的「羊大」，是否也有視覺的感受性？但他據許慎之釋中有「甘也」，否定了自己的推測；接著又從清代段玉裁的《說文解字》注「解釋美從『羊』、從『大』，本義並不是指對那羊的姿態的感受性，而是指肥大的羊的肉對人們來說是『甘』的，是表達『甘』這樣的味覺美的感受性」，再次坐實「中國人最原初的美意識就起源於『肥羊肉的味甘』這種古代人們的味覺感受性」。

　　這位日本學者畢竟有現代美學知識，他抓住「羊大」這一特徵，指出羊皮可以防寒、羊肉可以食用，羊往往作祭祀典禮獻牲之用，又是人們經濟生活中物物交換的一種重要財貨。由此，他由所謂「羊大」而引起的人們直接的意識和感情，對「美」字所內含的「最原初的意識」，作了補充闡釋：「第一，視覺的，對羊的肥胖強壯的姿態的感受；第二，味覺的，對於羊肉肥厚多油的官能性的感受；第三，觸覺的，期待羊毛羊皮作為防寒必需品，從而產生一種舒適感；第四，從經濟角度，預想那種羊具有高度的經濟價值即交換價值，從而產生一種喜悅感。」可以說，笠原先生對「羊大則美」作了最完滿的解釋，勝過了中國古人、今人之釋，但他於視、味、觸、心（喜悅感）等感覺中，還是強調以味覺為核心，在該節結語中他寫道：

　　通過以上考證，對中國人原初的美意識的內容或本質，我們可以一言以蔽之，主要是某種對象所給予肉體的、官能的愉悅感。

　　如果毫不懷疑許慎對「美」的字義之釋，不追究這一字之釋是否真實地表達了中國人「最原初的美意識」，那麼，笠原先生的論述和結論也是不可動搖的，我們十分感謝他作為一位日本學者對中國人美意識研究的關注和努力。

第二節　《說文解字》釋「美」之本義質疑

　　許慎撰《說文解字》於西元一世紀後期至二世紀間，距「美」字出現於甲骨文時代已兩千多年了，距「美」字用於《詩經》的時代也有千年了。

他對「美」之初義釋訓是否正確？如果正確，也就能正確解釋《詩》及以後《左傳》《莊子》等先秦文獻中出現的大量「美」字的意義；如果會引起歧義，那我們就應大膽地對他的釋訓提出質疑。現在，請允許我以《詩經》等古代經典文獻為依據，對「甘也。從羊從大」依次提出質疑：

「甘」，初義即好味道，或曰味美，《尚書》〈洪範〉述「五行」：

一曰水，二曰火，三曰木，四曰金，五曰土。水曰潤下，火曰炎上，木曰曲直，金曰從革，土爰稼穡。潤下作鹹，炎上作苦，曲直作酸，從革作辛，稼穡作甘。

這是最早出現的「五味」說，孔安國《傳》釋「稼穡作甘」曰：「甘味生於百谷。」那麼，「美」是否可等同於「甘味」呢？我在前面已說過，「美」不見於《尚書》和《易經》，最早見於《詩經》，在〈國風〉中出現三十次以上。那麼，有「美」可與「甘」等言「味」之物或感覺味美之食連繫的嗎？遍查《詩經》中數十例，一例也沒有！全部是言美男美女、與人有關的詩句，試分例選錄。言美男的有：

云誰之思，西方美人；彼美人兮，西方之人兮！（〈邶風〉〈簡兮〉）

不如叔也，洵美且仁。……洵美且好。……洵美且武。（〈鄭風〉〈叔於田〉）

盧令令，其人美且仁。……其人美且鬈。……其人美且偲。(〈齊風〉〈盧令〉)

三首皆是讚美武士、獵人的詩。寫到美女的則更多，如：

彤管有煒，悅懌女美。自牧歸荑，洵美且異；匪女之為美，美人之貽。(〈邶風〉〈靜女〉)

云誰之思？美孟姜矣。(〈鄘風〉〈桑中〉)

彼美孟姜，洵美且都。(〈鄭風〉〈有女同車〉)

有美一人，清揚婉兮。(〈鄭風〉〈野有蔓草〉)

彼美叔姬，可與晤歌。(〈陳風〉〈東門之池〉)

類似之處還有不少，這裡不能盡行引錄。再看關於眼睛、神態風度而及「美」的詩句：

巧笑倩兮，美目盼兮。(〈衛風〉〈碩人〉)

猗嗟昌兮！頎而長兮。抑若揚兮，美目揚兮……美目清兮。(〈齊風〉〈猗嗟〉)

彼其之子，美無度。……彼其之子，美如英。……彼其之子，美如玉。（〈魏風〉〈汾且洳〉）

應該特別值得注意是，《詩經》中言「美」者，皆是男女情人稱對方，有性愛意味，〈陳風〉〈防有鵲巢〉謂「誰侜予美，心焉忉忉」，直稱「我的情人」（「予美」）。

「美」不與「味」相關，那麼，《詩經》言及「味」用什麼詞呢？

通檢三〇五篇，用「甘」、用「旨」！用「甘」不多，僅〈邶風〉〈谷風〉有：「誰謂荼苦？其甘如薺。」其他有「甘瓠」「甘雨」等。凡及酒食美味的，幾乎全用「旨」形容之。《說文解字》釋：「旨，美也，從甘匕聲。」旨的「古文」是，很像現在少數民族中還有的飲酒習俗，人俯首以竹管或蘆管汲酒之狀。「旨」從「甘」，有古字形為據，「旨」即美味或同「甘」，此為許慎正確之釋。《詩經》中以「旨」言美味遍及〈風〉〈雅〉〈頌〉，現各舉幾例：

我有旨蓄，亦以御冬。（〈邶風〉〈谷風〉）

防有鵲巢，邛有旨苕。……中唐有甓，邛有旨鷊。（〈陳風〉〈防有鵲巢〉）（註：「苕」「鷊」皆味美之草）

君子有酒，旨且多。……君子有酒，旨且有。……物其旨矣，維其偕矣。（〈小雅〉〈魚麗〉）

兕觥其觩，旨酒思柔。（〈小雅〉〈桑扈〉）

旨酒欣欣，燔炙芬芬。（〈大雅〉〈鳧鷖〉）

兕觥其觩，旨酒思柔。（〈周頌〉〈絲衣〉）

魯侯戾止，在泮飲酒。既飲旨酒，永錫難老。（〈魯頌〉〈泮水〉）

　　稱酒味醇美而曰「旨」者多，「酒既和旨」（〈小雅〉〈賓之初筵〉），似乎一切好味道都在酒中。而提到菜餚，則以「嘉殽」連及：「彼有旨酒，又有嘉殽。」（〈小雅〉〈正月〉）〈小雅〉〈車舝〉亦有「雖無旨酒」「雖無嘉殽」句。一般地說味道美不美，則如〈小雅〉〈甫田〉所云：「嘗其旨否。」

　　從《詩經》可作確證的「美」字用法與言「甘」言美味皆用「旨」，許慎的「美」字釋義沒有確鑿根據，似無可懷疑。

　　「羊大則美」，笠原先生特別論證了「羊大」則「肥胖強壯」，「肥厚多油」，「防寒」等產生視覺、味覺、觸覺的美感，這在實際生活中確實是如此，但從更美、更有味、更舒適的享受追求，古人的意識中，並不是大羊最美，而是小羊即「羔」（即《說文解字》中「羊子也」），從《詩經》若干詩篇看，恰恰是羔羊更美。古人以羔羊最為珍貴，其肉質鮮嫩味美（五味調和之「羹」即「從『羔』從『美』」），皮毛柔軟，乃至用於獻祭天神與祖宗。〈豳風〉〈七月〉第八章寫道：

　　……四之日其蚤，獻羔祭韭。九月肅霜，十月滌場。朋酒斯饗，曰殺羔羊。躋彼公堂，稱彼兕觥，萬壽無疆。

　　兩次提到「羔」，可見祭禮上獻羔方顯特別隆重。周代還將羔羊皮

作毛裘定為官服，〈詩經〉〈國風〉中四國〈風〉詩有〈羔羊〉〈羔裘〉詩，皆言其美：

羔羊之皮，素絲五紽。……羔羊之革，素絲五。……羔羊之縫，素絲五總。……（〈召南〉〈羔羊〉）

羔裘如濡，洵直且侯。……羔裘豹飾，孔武有力。……羔裘晏兮，三英粲兮。……（〈鄭風〉〈羔裘〉）

羔裘豹袪，自我人居居。……羔裘豹褎，自我人究究。……（〈唐風〉〈羔裘〉）

羔裘逍遙，狐裘以朝。……羔裘翱翔，狐裘在堂。……羔裘如膏，日出有曜。……（〈檜風〉〈羔裘〉）

四首詩皆描寫羔裘之美：或以白線巧妙縫製又繡五色圖案，或以豹之皮毛飾袖、領等處，或以羔裘與狐裘並美。在孔子心目中，「緇衣羔裘、素衣麑裘、黃衣狐裘」皆美服，而小羊皮製的「羔裘」比小鹿皮製的麑裘與狐狸皮製的狐裘更珍貴，「羔裘玄冠不以吊。吉月，必朝服而朝」（《論語》〈鄉黨〉），即羔裘只能用作上朝官服而不能穿它去弔喪。總之，羔皮肯定比老羊皮柔軟而美，在他們眼中，羔羊比大羊更美，就如小孩比大人更可愛一樣。由「從羊從大」而推論「羊大則美」，同樣是沒有確鑿的事實為依據。

《詩經》之後，記載孔子及其學生言論的《論語》，多處出現「美」字，也未與「味覺」連繫，如：「子謂衛公子荊善居室。始有，曰：『茍

合矣。』少有，曰：『苟完矣。』富有，曰：『苟美矣。』」（〈子路〉）
又如：「如有周公之才之美，使驕且吝，其餘不足觀也已。」

（〈泰伯〉）再如，孔子評論一位能言善辯的衛國大夫祝與一位容
貌很美的宋國公子：「不有祝之佞，而有宋朝之美，難乎免於今之世
矣。」（〈雍也〉）三例中的「美」字能解釋味覺之「甘也」嗎（當然可
引申為「善」）？孔子也言及味，如「子在齊聞《韶》，三月不知肉味，
曰：『不圖為樂之至於斯也。』」（〈述而〉）但未連及「美」字，而說
《韶》樂「盡美矣，又盡善也」（〈八佾〉），卻又不言「味」。[3]

再看《左傳》，大量運用「美」字（有近百次），大致可分為五類：

（一）涉及人與人事的有：「春秋成人之美」「孝子揚父之美」（〈隱
西元年〉），「美而有勇力」（〈襄公二十一年〉），「美齊侯之功也」（〈僖
西元年〉）。

（二）描述男子女子之形貌情態的有：「公子鮑美而豔」（〈文公十
六年〉），「子晳信美矣」（〈昭西元年〉），「莊姜美而無子」（〈隱公三
年〉），「昔有仍氏生女，黰黑而甚美」（〈昭公二十八年〉），「天下多
美婦人」（〈成公二年〉）。

（三）涉及天地自然景物的有：「有山之材，而照之以天光……天
地之美具焉」（〈莊公二十三年〉）。

（四）言車、服等日用器具的有：「慶季之車不亦美乎」（〈襄公二
十七年〉），「（慶封）獻車於季武子，美澤可鑑」（〈襄公二十八年〉），
「子有美錦，不使人學制焉」（〈襄公三十一年〉），「穆姜使擇美檟以自
為櫬與頌琴」（〈襄公二年〉）。

3　以目所見曰「美」，以口所感曰「甘」，《墨子》與《孟子》中屢見。《墨子》〈非樂〉
　　曰：「身知其安也，口知其甘也，目知其美也，耳知其樂也。」

（五）「美」升格為觀念的。這種升格可先舉一典型之例：前已引〈襄公二十七年〉齊國慶封「其車美」，而叔孫豹曰：「豹聞之，『服美不稱，必以惡終』！」顯然此「美」與「惡」相對，已不限於具指車、服。還有：「美惡不嫌同辭」（〈隱公七年〉），「甚美必有甚惡」（〈昭公二十八年〉），「己惡而掠美為昏」（〈莊公十四年〉）。

遍查《左傳》，沒有見到一個「美」字與味覺或進食之物連繫起來，與「美」字構成的詞彙已有「美秀」「美稱」「美談」等等，獨不見「美味」！

漢代《詩經》被尊為「六經」之一，東漢時《左傳》之學盛行，立學官設博士，難道這位文字學家沒有細檢？不過，他一句「美與善同意」，給他的釋義留有很大的餘地。「善」，《說文解字》作「譱」，釋曰：「吉也，從誩從羊，與義美同意。」顯然，「善」是一種觀念，「美」上升到觀念範疇，與「惡」相對，前引《左傳》之文即是。許慎將「美，甘也」上升到「吉也」，留給了後人更多的解釋空間，可是，徐鉉等偏偏將重點放在「從羊從大」而推導出更褊狹的「羊大則美」，以至後人不察其微便斷言此即「味覺美」。

許慎著《說文解字》有偉功於後人，他釋「美，甘也」是否還有後他之人已不能見到的更古老的文獻作依據？兩千年過去了，我們也只能存疑了。

第三節　「美」的「原初意識」新探

蕭兵、李澤厚等先生認為已含糊、泯滅了的「美」之古義是「羊人為美」，此果為「古義」嗎？著者近讀葉舒憲先生新著《高唐神女與

維納斯》[4]，獲得了一些新的啟發。在該書第六章〈美神〉中，葉氏以「美始於色」紹述古代希臘與古代印度的「性美學」，於中國則沿用成說，曰「美始於食」為「食美學」。為什麼古代西方的希臘和東方的印度，人們皆由男女兩性關係而生發美感，對女性，尤愛其美，難道中國古人就只求滿足口腹之慾而淡漠於兩性交歡之美、無視於人類之尤物——女子之美？葉氏以古印度《大林間奧義書》等證實古印度人的「性快感是產生美的體驗的重要來源和手段」，著者於古老的《易》之中，可提出多個卦象來證明中國古人也不乏如此的「性快感」與「美」的體驗，如：（1）「龍戰於野，其血玄黃」（〈坤〉〈上六〉），其本義為天地交合、陰陽交合、男女交合。（2）「憧憧往來，朋從爾思」「咸其脢」「咸其輔頰舌」，這是〈咸〉卦描述少男少女相會交歡的三條爻辭，雖不著「美」字，但充溢著「性快感」。（3）「歸妹以娣，跛能履」「眇能視」，這是〈歸妹〉卦描寫少女出嫁時的喜悅情態，表現她即將與夫君交合的興奮。

　　《詩經》之〈風〉詩，尤其是鄭、衛之風，多描寫男女約會交歡的情感美、「性快感」，以致後來的「道學」先生純以「淫詩」斥之。對於女子之美的特別關注，馬敘倫先生引《周禮》之「嫩」「媄」，以證「中國人最原初的美意識，是起源於女人的美麗和對這種美麗的感受」。笠原先生斷然否定了這一觀點：「馬氏把所謂『色』—美人所給予的美的感受性，看作是中國人原初美意識形成的一個重要契機，這種說法表面看來很有道理，然而……」實際上，《詩經》之中如〈衛風〉〈碩人〉〈鄭風〉〈野有蔓草〉等描述女子給予人們美的感受性的詩篇，是對馬氏之說有力的支持。《左傳》〈桓西元年〉有一則欣賞女子美的

4　葉舒憲：《高唐神女與維納斯》，中國社會科學出版社1997年版。

記載：

> **宋華父督見孔父之妻於路，目逆而送之，曰：「美而豔。」**

　　這位宋國的「大宰」督（字華父），垂涎「司馬」孔父妻之美，竟借故將孔父殺害而取其妻，國君怒，他竟連國君也殺了，於是釀成小小的宋國一場大亂。此事發生於西元前七一一到前七一〇年。古代中國人對女人之美的欣賞與迷戀，實不亞於古希臘、印度人，這在記載統治者行為的史書中多有所見，如商紂王之於妲己，周幽王之於褒姒，陳靈公之於夏姬，皆因貪美好色而亡身喪邦。「食色，性也」，先人們的性意識不可謂不強烈，而《易經》與《詩經》兩部經典，都以性意識貫穿其中。

　　《易經》之八卦符號，應是中國最古老的尚未形成正式文字的簡單符號（《易》在周代以遠稱《連山》《歸藏》），並且最原始最簡單的僅是「—」「--」，按《繫辭》「近取諸身、遠取諸物」的說法，人類首先是認識自身，然後而及周圍和更遠的世界。「—」是男根，「--」是女陰，屬「近取」；推及身外，「—」為天，「--」為地，是「遠取」。而後形成的經卦，繼續是擴大的「近取」（父、母、長男、長女、中男、中女、少男、少女）和「遠取」（天、地、雷、風、水、火、山、澤）。並行的兩個序列，體現了原初性意識的廣義化，宇宙間萬物皆由兩性關係中產生：「天地絪縕，萬物化醇；男女構精，萬物化生。」（《易傳》〈繫辭〉）由此可以肯定地說：《易》，就是男女性意識的擴大化（天、地）、廣義化（動、植、萬物），繼而是觀念化（乾——健、坤——順、震——動、巽——入、坎——陷、離——麗、艮——止、兌——悅）的總體表現。於是，人與自然、人與社會、人與人之間的種種關係，

都被性意識滲透了。正是這種無所不及的滲透，解釋《易經》的《易傳》的作者們，面對日益複雜化的觀念再度簡化為兩個包容性極大的觀念——「陰」「陽」，「一陰一陽之謂道。繼之者善，成之者性也」。此「性」，即人之性、物之性，而人之性最根本的當然是男女之性（物之性亦有雄、雌之分），進而又發明「性」之質——陽「剛」、陰「柔」。男剛女柔，將男女的生理之質與心理之質揭示出來了。由此可言：一部《周易》（從《易經》到《易傳》）具有最透徹的性意識。

《易經》之〈乾〉〈坤〉兩卦，前者為純陽之卦，以「潛」「躍」「飛」之龍象徵「君子」「大人」；後者是純陰之卦，以「牝馬」之性喻陰性—女性之柔順，並且揭示了兩性關係：「含章，可貞；或從王事，無成有終。」直言則是，女子以內在之美德輔佐男人的事業，成功不在自身而有美好的結果。「龍戰於野，其血玄黃」，隱喻男女交合誕育新的生命。此二卦於其他六十二卦，那就是「有天地然後有萬物，有萬物然後有男女，有男女然後有夫婦，有夫婦然後有父子，有父子然後有君臣，有君臣然後有上下，有上下然後禮義有所錯（措），夫婦之道不可以不久也」（《易傳》〈序卦〉）。此可見古人將性意識處於何等重要的地位。「《詩》三百」就是以此將「窈窕淑女，君子好逑」的〈關雎〉列《詩》之始，漢代治《詩》的匡衡說：「室家之道修，則天下之理得。……孔子論《詩》以〈關雎〉為始，言太上者，民之父母也，後夫人之行不侔乎天地，則無以奉神靈之統而理萬物之宜，故《詩》曰『窈窕淑女，君子好逑』，言能致其貞淑不貳，其操情慾之感無介乎容儀，寡私之意不形乎動靜，夫然後可以配至尊而為宗廟之主，此綱紀之首，王教之端也，自上世以來，三代興廢，未有不由此者。」（《漢書》〈匡衡傳〉）請看，匡衡語中，連「情慾」二字也出現了，不是性意識的明白表述嗎？古代中國人不但不迴避性意識，而且

非常重視正當、健康的性意識，將其昇華而融入「王道」意識[5]。與此呼應的是，《詩經》〈大雅〉之始的〈文王〉，歌頌周文王子孫興旺、繁衍，而〈大明〉一詩，八章中有五章描述周文王父親和周文王的婚姻生活，「大邦有子，倪天之妹。文定厥祥，親迎於渭」。文王的新娘漂亮美麗，像天上的仙女一樣。〈思齊〉首段，又歌頌周初三位國母：文王之母「思齊」，端莊嚴謹；文王祖母「思媚」，德貌皆美；文王之妻太姒「則百斯男」，即善生兒子，生下武王姬發，奪得商的天下。這些描述，實質上都表現了當時統治階級規範了的性意識，與鄭、衛之風表現的性意識只是層次不同而已。

以上所列述的原始資料足可證明，古代中國人的性意識是與「美」密切連繫在一起的，且「美」又偏重於對女性的審視，那麼，「美」字是不是體現了這種「原初意識」呢？讓我們從多個角度對它進行一番解構性操作，探究其「羊」「大」後面的隱含之義。

第四節　「美」字原義辨析

由男、女而及天、地，再及陰、陽與其分別的屬性剛、柔，是古代中國人最原初的意識，且有一個從具象到抽象的演化過程。展示這個過程的文本，迄今為止，我們只能找到《易經》。

《易經》的符號象物，「━」「--」，原始初意應是男根女陰，「近取諸身」也；然後才擴伸到象天象地，排列而出八卦之後，又還原於象具體的人和物。這些具象，都與日常生活經驗連繫在一起，現將八

5　孔子之孫子思對此說得更明白：「君子之道，造端乎夫婦，及其至也，察乎天地。」（《中庸》〈第十二章〉）

經卦幾種主要之象並可由卦爻辭證實之象列表以示：

卦　符	☰	☷	☳	☴	☵	☲	☶	☱
自然之象	天	地	雷	風	水	火	山	澤
人倫之像	父	母	長男	長女	中男	中女	少男	少女
動物之像	公馬	母馬	龍	雞	豬	野雞	狗	羊
屬　性	陽	陰	陽	陰	陽	陰	陽	陰

我要特別提示讀者諸君注意最後一個經卦，此卦以澤（湖、泊）為本象，澤中之水微波蕩漾，不像江河之水奔騰傾瀉，因此給人以柔美之感。

此卦被正式命名為「兌」，「兌，悅也」，美澤予人以歡悅。澤水可平和暢流灌溉萬物，如少女待字閨中而後出嫁生育子女，她秉性溫柔，因此澤如人中之少女（《易經》〈說卦傳〉引申為「妾」，是男權主義的表現），而在動物中，與人關係最密切的羊與此類似，即性情柔順，生殖力強，在日常生活中，使人產生視覺、味覺、觸覺的愉悅感、美感。

按《易經》所示，「美」字上部之「羊」，不能僅看作是具體的動物羊，它可能是一種觀念顯示：歡悅的、柔順的、美麗的、陰性的。

「美」字下部之「大」，或如蕭兵所說「人」，是「正面而立的人」，而這「人」的代表，在父系社會中必定是男子（如蕭氏所說的「祭司或酋長」）。對「大」之義，不能簡單地理解為形體大小之大，古代中國人常常以「大」讚美天地神祇與政治軍事偉業，在《尚書》中已頻頻屢見，盤庚稱自己祖先所創的政績為「先王之大業」，稱王命為「大命」，稱隆重的祭獻為「大亨」（〈盤庚〉）；周人稱自己的一位傑出祖先為「大王」（〈金縢〉），稱意義重大的誥命為「大誥」，還有「嗣無

疆大曆服」「茲不忘大功」「寧王遺我大寶龜」等，稱成功地治理天下
為「大化」（〈大誥〉）；在〈洛誥〉中，已有與「大」合成有一定審美
意義的「惇大成裕」「大惇」（博大惇厚）等新詞。當代古文字學家指
出，甲骨文、金文中的「大」，字形像一個成年人，「以一種且有『大』
這一特徵的具體事物來表示一般的『大』」（裘錫圭《文字學概論》）。
王獻唐先生在《炎黃氏族文化考》一書中說：遠古時的中國人以身材
體型高大健壯為衡量人美的尺度，「黃族又自稱曰華，華，大也。自稱
曰夏，夏，亦大也。華夏本名由此而起，引申而為雄張之義」[6]。因
此，「大」是一個雄性詞，有剛健之姿，稱傑出人物為「大人」，乃至
稱男性臣僚為「大夫」，《易》有四卦以「大」冠題：〈大有〉〈大畜〉〈大
壯〉〈大過〉，皆是「剛健」「剛以動」（〈大過〉則是「剛過而中」，即
剛健過甚）之象。《乾文言》給「大人」下了一個定義：

　　夫大人者，與天地合其德，與日月合其明，與四時合其序，與鬼
神合其吉凶。先天而天弗違，後天而奉天時。

　　這些所謂「大」，都是裘錫圭先生所說的「一般的『大』」，而非
涉及形體大小之「大」（本書在下章專論與「美」相關的其他的審美觀
念時，將有專節論「大」，此不贅述）。
　　按上述古文獻所示，以「大」僅作「軀體龐大」解，只能說是皮
相之見。此「大」，應該是人，是男人，從觀念上說，是陽性的、剛健
的、雄張的。
　　「美」字構成於上「羊」下「大」，依前說是上女下男，上陰下陽，

6　王獻唐：《炎黃氏族文化考》，齊魯書社1985年版，第122頁。

上柔下剛。這個結構在男尊女卑、男主外女主內的父系、父權社會說得通嗎？著者認為，正是這一特殊結構，體現了「美」字主要屬於觀念性的，蘊含了中國人的原初意識，這種意識的產生，當然早於《易》的形成時代，於是《易》卦陰陽結構便將已經成為傳統的意識、觀念付之符號化。

我們的先人從觀察天地大自然現象中發現天上的陽氣下降，地下的陰氣上升，陰陽二氣交合，則萬物發生；如果相背而行，否閉不通，就對人類的自身生產和物質生產大為不利乃至發生災害。《易》中〈泰〉〈否〉兩卦便是典型卦例，〈泰〉卦象下「天」上「地」（☷），即下「陽」上「陰」，示陰氣已上昇陽氣已下降─已經相交，「小往大來」，是「吉」「亨（通）」。〈象〉釋曰：「天地交而萬物通也，上下交而其志同也，內陽而外陰，內健而外順……」（別卦以下為內，以上為外）。荀爽曰：「坤氣上升，以成天道；乾氣下降，以成地道。天地二氣若時不交，則為閉塞；今既相交，乃通泰。」[7]緊承之〈否〉卦象，下「地」上「天」（☰），即下「陰」上「陽」，陰陽之氣相背而行，不能交會──「大往小來」，是「否之匪人，不利」，是「天地不交而萬物不通也」。八經卦分四陽四陰（見前表「屬性」欄），兩兩相迭為六十四別卦，下上皆陽、下上皆陰、下陰上陽、下陽上陰各十六卦。下陽上陰十六卦（〈師〉〈小畜〉〈泰〉〈大有〉〈謙〉〈隨〉〈噬嗑〉〈復〉〈咸〉〈益〉〈夬〉〈困〉〈漸〉〈旅〉〈渙〉〈未濟〉），除了〈夬〉卦因一陰凌駕於眾陽之上（☱）只置「利有攸往」（化險為夷之後）一語，其餘皆以「貞」「亨」「元亨」標之。下陰上陽十六卦（〈比〉〈履〉〈否〉〈同人〉〈豫〉〈蠱〉〈賁〉〈剝〉〈恆〉〈損〉〈姤〉〈井〉〈歸妹〉〈豐〉〈節〉

7　轉引自唐代李鼎祚撰〈周易集解〉。

〈既濟〉），雖有幾卦強調在人為的努力之後亦可「亨」，但有一半根本不見「亨」字。這三十二卦中，有四卦牽涉到男女婚姻，下陽上陰與下陰上陽各兩卦，現將卦辭及部分「彖」辭抄錄如下，供讀者諸君鑑別：

〈咸〉（☷，下艮上兌）：亨，利貞，取女吉。〈彖〉辭：咸，感也；柔上而剛下。二氣感應以相與，止於說（同「悅」─引者）。男下女，是以「亨，利貞，取女吉」也。

〈漸〉（☴，下艮上巽）：女歸吉，利貞。〈彖〉辭：漸之進也，「女歸吉」也。進得位，往有功也；進以正，可以正邦也。

〈姤〉（☰，下巽上乾）：女壯，勿用取女。〈彖〉辭：姤，遇也，柔遇剛也。「勿用取女」，不可與長也。

〈歸妹〉（☳，下兌上震）：徵凶，無攸利。〈彖〉辭：……「徵凶」，位不當也；「無攸利」，柔乘剛也。

〈咸〉與〈漸〉是〈泰〉卦形結構，〈姤〉與〈歸妹〉是〈否〉卦形結構；〈咸〉與〈歸妹〉，是體現〈泰〉與〈否〉之觀念最典型又形象、具體的兩卦。由〈泰〉而及〈咸〉的卦象結構，反觀於「美」字下「大」上「羊」的結構，不過是與之完全對應的觀念化結構（以文字取代線條符號，進了一步），此中奧祕豈不了然明白！

至此，我們對於「美」字中所蘊含的、真正屬於古代中國人的「原初美意識」，可以提出一個結論性的意見了（歡迎中國美學專家、讀者

諸君商榷），試析為三個層面：

（一）「羊」為女性之徵，「大」為男性之徵，男女交合，「美始於性」。此與《易經》《詩經》表現的性意識及「美」之用法完全契合，且其上下結構與《易經》表現性感的〈咸〉卦完全一樣：〈咸〉──下〈艮〉（少男）上〈兌〉（少女），男處下位，表示「內健」，女處上位，表示「外順」，因此〈咸〉〈象〉曰：「男下女，是以『亨，取女吉』也。」（如果女下於男，如〈歸妹〉下〈兌〉上〈震〉，則「徵凶，無攸利」）由此可以作出肯定的判斷，「美」字初構之義，生發於男女交感之美。

（二）羊因柔順被歸於陰性之屬，「雄張」之「大」為陽性之屬，陽氣上升，陰氣下降，亦是〈咸〉〈象〉所言：「咸，感也；柔上而剛下。二氣感應以相與，止於悅……」「天地感而萬物化生」「上下交而志同」即「內健而外順」為「泰」（反之，相背而行，則是「天地不交而萬物不通」，為「否」，則無美），陽而剛、陰而柔，陽剛與陰柔相交相合，才有天地人間之美。

（三）「羊在六畜主給膳」，「食肉寢皮，最為大宗」（王獻唐《炎黃氏族文化考》），大有利於人類的生存發展，有「利」且「大」，合於「美利利天下」之義，超越了「甘」之味覺美，昇華到觀念性的「利」「益」「善」之美（這一條應該說是附庸性的，兼及「美」的一些相關觀念，以存《說文解字》「美與善同意」之義）。

如此說來，「羊」「大」為美，實為具象與抽象、陰與陽、剛與柔的結合，由具象向觀念昇華，這就是「美」字構成的秘妙，中國人原初的美意識就產生於陰陽相交的觀念之中，也可說是最基本、最普及的男女性意識之中。「美」字上下兩個觀念符號所蘊含豐富深邃的「神理」，絕非一個「味覺轉換」可以盡其意。

第二章

與「美」相關的審美觀念

　　一個「美」字，不能盡含中國人原初的美意識，從文字發展向度觀，字的筆畫必定是從簡單到複雜，「美」字的結構由「羊」「大」兩字組成，複雜於「羊」和「大」。並且，人的美感確實是先由視、聽二覺發生，從對象形體、音聲而感美醜，味覺還在其次，因為味是無形無聲的。

　　直到人們對大自然界與自身的觀察體驗更廣且深，積累了豐富的視、聽經驗之後，五官感覺互相連繫，互通共感，才有更複雜的審美觀念發生，從而大大地拓展了與「美」相關種種觀念，並且用結構複雜化的文字表示。

　　笠原仲二先生在其大著第三章《表現在文字上的中國人的美意識》中，列舉了「膚」「都」「那」……「伐」「遒」等四十二字，説「它們從來就有美（好）之訓」，又分節細述「多」「長」「大」……「靡」等八十四字與「美」的關係，但還是繁而有漏。鄙意以為，中國文字

同義、近義吸附性很強，若全從單字追索，便會在相互之間糾纏不清，試遵從「有感而美」的原則，從五官之感和聯感聯覺的角度，掇取若干蘊含了先人審美意識的文字加以展述，以便窺識一下兩三千年來逐漸形成的審美觀念系列。

第一節　視覺發生──「大」「文」「麗」「豐」等

當我們的原始先民睜大眼睛打量身外的世界，廣大的天，遼闊的地，地上生動、活躍的動植萬物進入他們的眼簾，於是由視覺獲得的愉悅感就發生了。《易傳》〈繫辭〉描述了先民這種觀察活動：

> 古者包犧氏之王天下也，仰則觀象於天，俯則觀法於地，觀鳥獸之文與地之宜……

請注意「宜」字，《說文》曰「所安也」，後又增釋曰「適理也」。
「所安」「適理」，就是產生愉悅感的心理基礎，亦即美感發生之始。由視覺而發生，又經過心覺（第六感覺）接受、思索而形成原初美意識。本書將表示這種美感觀念的字詞，擇其主要者並流傳沿用至今的，分別述之。
一、「大」
前章說「美」字結構已及於「大」，但言之不詳，且有「正面而立的人」一解。究「大」義之源，應該是先人們眼見對象形體之不可估量而形成「大」的意識；不可或難以估量，包括高、廣、遠。《易》之八卦，初始的象徵有「遠取諸物」的大的自然景象（卦畫「━」「--」當是「近取諸身」，只能說是八卦的原始符號）：天、地、風、雷、水、

火、山、澤，而天、地之大更是有目共睹。《易》〈乾〉爻辭兩見「大」字，即「見龍在田，利見大人」（九二）、「飛龍在天，利見大人」（九五），兩「大人」實是在遼闊廣大的天地背景中出現，解釋此卦爻辭的《乾文言》之作者，深明此意：「夫『大人』者，與天地合其德，與日月合其明，與四時合其序……」孔子則具體地以堯為「大人」，「子曰：『大哉，堯之為君也！巍巍乎，唯天為大，唯堯則之。……』」（《論語》〈泰伯〉）堯「則」天之大而使天下大治，此「大」已進入觀念範疇。

　　天地之大，實在難以形容，正如老子所言：「大方無隅」，「大音希聲，大象無形」，因此，「大」很早就進入了觀念之域，與「大小」之大相併而行。《老子》五千言，出現「大」字五十八次，其言與「小」（包括「細」）相對之「大」的如：

治大國若烹小鮮。（〈六十章〉）

故大國者以下小國，則取小國；小國以下大國，則取於大國。（〈六十一章〉）

大小多少，報怨以德。（〈六十三章〉）

天下大事，必作於細。（〈六十三章〉）

　　皆言事情之大小，國之大小，不會生發歧義，而經過抽象而入觀念之「大」，如：

有物混成，先天地生，寂兮寥兮，獨立而不改，周行而不殆，可

以為天下母。吾不知其名，字之曰「道」，強名之曰「大」。大曰逝，逝曰遠，遠曰反。故曰：道大，天大，地大，王亦大。域中有四大，而王居其一焉。（〈二十五章〉）

天下皆謂我大，似不肖；夫唯大，故似不肖；若肖，久矣其細也夫。（〈六十七章〉）

「天大」「地大」有視覺意義，當是「大」的初義。「道」不可見（「視之不足見，聽之不足聞」）而曰「大」，明顯地觀念化了，說「強名之」，正是具象之「大」向觀念之「大」的轉換。實際上，老子還是給「大」下了一個定義：「萬物歸焉而不知主，可名於大。是以聖人終不為大，故能成其大。」（《老子》〈三十四章〉）他還賦予了「大」的動態性：「逝」「遠」「反」；進而又將「大」賦予人（人與天地比較，何其渺小哉），人有「道」則「大」，「我大」，是因為我不像那些無道的屑小之輩（陳鼓應說：「道廣大，不像任何具體的東西，如果它像的話，那早就渺小了。」），若自以為「大」，那早就渺小得很了。老聃為後人展示了「大」從具體的東西向觀念轉化的清晰軌跡。

「大」與人的美感發生，客觀地說，應該是從具體的人和自然現象而出現的，先看《詩經》中的描寫：

椒聊之實，藩衍盈升；彼其之子，碩大無朋。……椒聊之實，藩衍盈匊；彼其之子，碩大且篤。……（〈唐風〉〈椒聊〉）

彼澤之陂，有蒲與荷；有美一人，碩大且卷。……彼澤之陂，有蒲菡萏；有美一人，碩大且儼。……（〈陳風〉〈澤陂〉）

　　前一首歌詠一位女子健壯而美，後一首描寫一位少女想念她英俊魁偉的戀人或丈夫。〈衛風〉中還有詠一位美女之「碩」的詩〈碩人〉：「碩人其頎」，即身材高挑；「碩人敖敖」，即美人身材長得高且婀娜多姿。具體地言天地之大而美，《中庸》〈第二十六章〉有段話很精彩：

　　天地之道，博也，厚也，高也，明也，悠也，久也。今夫天，斯昭昭之多，及其無窮也，日月星辰系焉；今夫地，一撮土之多，及其廣厚，載華岳而不重，振河海而不洩，萬物載焉；今夫山，一卷石之多，及其廣大，草木生之，禽獸居之，寶藏興焉；今夫水，一勺之多，及其不測，黿鼉蛟龍魚鱉生焉，貨財殖焉。

　　這就是莊子說的「天地有大美而不言」（《莊子》〈知北遊〉），《易傳》〈乾文言〉說：

　　乾始能以美利利天下，不言所利，大矣哉！大哉，乾乎！剛健中正，純粹精也……

　　「大」，作為一個能使人產生美感的單音詞，古人賦予了它更多的內涵，這就是：高、遠、厚、豐、博（廣）、健（壯）、精，有的有形狀，有的屬精神性感受，比如「健」，〈乾〉〈象〉曰：「天行健，君子以自強不息。」《易經》有〈大壯〉一卦，〈象〉曰：「大者壯也，剛以健，故壯。」（下章論《周易》美觀念時將綜言〈大有〉〈大畜〉〈大壯〉〈大過〉及〈豐〉諸卦）再至孟子，他更將「大」的內涵與外延次第擴張：善→信→美→大→聖→神。其云：

　　可欲之謂善，有諸己謂之信，充實之謂美，充實而有光輝之謂大，大而化之之謂聖，聖而不可知之之謂神。（《孟子》〈盡心下〉）

「信」即真而無偽，「善」與「真」是美的基本內涵，而至「充實」，是一般意義的美；至於「大美」，則是「篤實輝光」（可見《孟子》與《易傳》見解相同），「大而化」「不可知之」，實言「大美」的兩個高層次的審美境界，亦同於老子的「大象無形」「大方無隅」。「大」而能「化」，就是後人所向往所追求的至美而「無跡可求」，文學家、美術家都將那種「大化無跡」「不知所以神而自神」的大手筆，稱為「神品」乃至「無上神品」，宋初黃休復在《益州名畫錄》裡換言為「格」，「神格」是「其天機迥高，思與神合，創意立體，妙合化權」，而作為「無上神品」的「逸格」是「拙規矩於方圓，鄙精研於彩繪。筆簡形具，得之自然；莫可楷模，出於意表」。其下之「能格」「妙格」，亦可得「形象生動」「曲盡玄微」之美，但與「神」「逸」之大美不可比擬。司空圖、嚴羽等評詩而竭力推崇詩之神品，或曰「神而不知，知而難狀」（《詩賦贊》），或曰：「詩而入神，至矣，盡矣，蔑以加矣！」（《滄浪詩話》〈詩辨〉）這就是說孟子所闡明的「大美」思想，完整地被後人接受了，「聖」與「神」，非虛語！

笠原先生說：「在古代西洋，柏拉圖、亞裡士多德、普洛丁等，已經在各種意義上發現了『大』的東西的美價值。」亞裡士多德與孟子是同時代人（前384-前322年；或前390-前305年），東方人認識「大」的美學價值可能早於西方人，且不知西方之論是否如東方這樣層次分明？

二、「文」

《易傳》〈繫辭〉說包犧氏「俯則觀法於地」時，觀察了「鳥獸之文」。「文」，最初是由視覺發生的，並且一開始就有了美感特徵，即鳥獸皮毛有色彩交錯的花紋而稱之有「文」。《易》之〈革〉卦爻辭有云「大人虎變」「君子豹變」，〈象〉傳釋曰「大人虎變，其文炳也」，「君

子豹變，其文蔚也」。虎皮之文，鮮明耀目；豹皮之文，蔚然成采。孔子學生子貢在回答棘成子「君子質而已矣，何以文為」時，便以虎豹毛皮有文作答：如果將其毛去掉，「虎豹之鞟猶犬羊之鞟」（《論語》〈顏淵〉），謂其毛之「文」是一種重要的識別標誌，不然就與犬羊之皮無別。「文」，首先就作為色彩之美而發明的，春秋時代的《考工記》講繪畫用色就說：「青與赤謂之文」，兩種色彩交錯即成文。西元前七七四年，鄭國史伯對鄭桓公進言中說「物一無文」，《易傳》〈繫辭〉說：「物相雜，故曰文。」先後兩說，可視為最早對色彩交錯之美的「文」進行抽象，使「文」開始進入觀念領域，獲得一般的美感意義，廣用於「鳥獸之文」後的一切自然人事現象。

　　鳥獸是大自然之物，於是其「文」便被目之為自然之文，非人工所為，天然而成，是為「天文」；「文」的使用範圍擴大了，大自然界所有相雜之物，皆是「天文」之呈現。中國古人之言「天文」，猶現在我們之言「自然美」。《易傳》之〈象〉，於〈姤〉卦有曰：「天地相遇，品物咸章也。」意為天地交合，所生萬物皆美；於〈賁〉卦又曰：「剛柔交錯，天文也；文明以止，人文也。觀乎天文，以察時變；觀乎人文，以化成天下。」〈賁〉卦是專論人工文飾的一卦，其爻辭似是描述一位貴族公子「賁其趾」「賁其須」「賁於丘園」等裝飾打扮，但最後一爻辭是「白賁，無咎」，意為無須打扮，示其本色無所咎害。「天文」是自然成文，人傚傚「天文」而美，只須使自己天生美質讓他人「明」而止，不必過分地文飾。〈賁〉卦最早地提出了「人文」之美的創造原則，但同時又崇尚本色和天然之美。

　　與「天文」相對應的「人文」，那內容就廣泛得多了，大凡經人的心智、手工勞作創造的獨立於自然之物且「美」與「宜」的，便都屬於「人文」範疇了。本叢書第一輯拙著《文質彬彬》已言「人文種種」，

主要有修身之文，事蹟之文，政化之文，請參閱。修身之文中的言語
辭令之文，發展為後來的書辭文章之文，於是而有了文學。儒家是非
常重視「人文」的，本書論述儒家「美」的觀念時將有續述。

三、「麗」

「物一無文」，那麼兩物相併就有文了，「麗」字似乎就是根據這
一原則造出來的。「麗」，初義表偶數，《周禮》〈夏官〉〈校人〉：「麗
馬一圉」，意即兩匹配一個養馬人。又「束帛麗皮」，即一束帛兩張皮
子，古為嫁娶之禮。《易經》之〈兌〉卦下上皆「兌」（☱），經卦即澤，
〈兌〉〈象〉即直說「麗澤」，兩澤相連。〈離〉卦是「明兩作」，〈象〉
曰：「離，麗也；日月麗乎天，百穀草木麗乎土，重明以麗乎正，乃化
成天下。」此「麗」，有的《周易》注家曰「附也」，日月附麗於天，
百谷草木附麗於土。王弼注曰：「麗，猶著也，各得所著之宜。」（《周
易注》）「著」即顯著、昭彰，〈象〉辭實際上描述天地之間大自然的美
麗景象，因此「麗」又有了「華綺」之義。到了《楚辭》產生的時代，
「麗」與「美」與「文」便通用了，《招魂》有句：「被文服纖，麗而不
奇些。」在宋玉《神女賦》《登徒子好色賦》中，「美」與「麗」互文
見用：

　　茂矣美矣，諸好備矣；盛矣麗矣，難究測矣。上古既無，世所未
見，瑰姿瑋態，不可盛讚。（《神女賦》）

　　天下之佳人莫若楚國，楚國之麗者莫若臣裡；臣裡之美者莫若臣
東家之子。⋯⋯
　　（秦章華）大夫曰：「⋯⋯此郊之姝，華色含光，體美容冶，不待
飾裝。臣觀其麗者因稱詩曰：『遵大路兮攬子袪』，贈以芳華辭甚妙。」

（《登徒子好色賦》）

　　宋玉以「美」稱神女與東鄰少女，又可證「美」字中濃厚的性意識；在他筆下言中，「茂」「美」「盛」「麗」「華」，皆是同一級的審美觀念詞語。

　　後來，文學家用「麗」表述文學作品的文采與語言之美，揚雄說「詩人之賦麗以則，辭人之賦麗以淫」，即言前者之美有一定的規範，後者之美則文辭繁而濫。曹丕在《典論》〈論文〉中則以一句「詩賦欲麗」，突出詩賦區別於奏、議、書、論、銘、誄等文體的審美特徵。東晉而後，由賦衍生的新文體——駢文，用對偶排比句式成篇（五言詩中已早有偶句對仗），劉勰在《文心雕龍》中專設〈麗辭〉一篇，追索「麗辭」起源《易傳》之〈文言〉〈繫辭〉曰：「序乾四德，則句句相銜；龍虎類感，則字字相儷；乾坤易簡，則宛轉相承；日月往來，則隔行懸合；雖字句或殊，而偶意一也。」他提示「麗辭」給人的美感是：「麗句與深采並流，偶意共逸韻俱發。」「麗」與「美」並行通用流傳至今。

四、「豐」「豔」「秀」「壯」

　　孟子說「充實之謂美」，大凡美的東西一定要有充實的內涵才是真美，虛弱之美只是一種表象；用孔子的話來說就是「文質彬彬」，外美與內質「適均」。屈原在《離騷》中寫道：「紛吾既有此內美兮，又重之以修能。」又在《懷沙》中對「內美」有所表述：「內厚質正兮，大人所盛。」

　　「豐」。《說文解字》釋曰：「豆之豐滿者也，從豆象形。」古文「豐」作豐。或說，豆莢飽滿即豐。《易經》有〈豐〉卦，卦象下離（☲）上震（☳），其本意即為萬物在陽光照耀下成長，〈象〉曰：「豐，大也，明以動，故豐。」與「大」相類，有「美」之義。《揚子方言》續

釋云：「凡物之大貌曰豐。又趙魏之郊、燕之北鄙，凡大謂之豐人，《燕記》曰『豐人杼首』，杼首，長首也。」（長首有長壽之象）以「豐」描述禾稼草木之美，則與「茂」「盛」同義，《詩經》〈小雅〉〈湛露〉：「湛湛露斯，在彼豐草。」清晨晶瑩的露珠，沾在茂盛的野草上，多美！揚雄《蜀都賦》描寫竹子之美：「野篠紛邑，宗生族攢，俊茂豐芙。」芙，一作美，即，俊茂豐美。以「豐」描寫人之美，《詩經》〈鄭風〉有詩題〈豐〉，是典型之例，其一、二節：

　　子之豐兮，俟我乎巷兮，悔予不送兮！

　　子之昌兮，俟我乎堂兮，悔予不將兮！

　　詩以少女之口描述她的戀人，「豐」，容顏豐滿美好，「昌」即身體生命力旺盛，豐、昌互文，少女心目中之美男。女子體態豐滿、曲線分明是為形體美，又是宋玉描寫他想像中「姣麗」的神女：

　　他人莫睹，玉覽其狀。其狀峨峨，何可極言！貌豐盈以莊姝兮，苞溫潤之玉顏。……（《神女賦》）

　　她體態豐盈，容顏溫潤。然後細緻地描寫她的「眸子」「蛾眉」「朱唇」。由「豐」而構成了不少審美詞語，如「豐美」「豐沛」「豐妍」「豐嫮」「豐蔚」「豐融」等等，對「豐」的審美體驗由視覺而觸覺、心覺。

　　「豔」（艷）。《說文解字》釋云：「好而長也，從豐，豐大也。」前引《左傳》記載宋華父督讚孔父之妻「美而豔」，美而有炫目的光彩，似是比「美」更高級的形容詞。據《揚子方言》：「美也，宋衛晉

鄭之間曰豔，一曰秦晉之間美色為豔。」

　　《詩經》〈小雅〉〈十月之交〉第四節敘述了周幽王政權的皇父、番維、家伯等七人與褒姒狼狽為奸，最後一句是「豔妻煽方處」，說他們與周幽王的「豔妻」搞得火熱。未點褒姒之名，但曰「豔妻」，顯然是貶義。高誘注《淮南子》釋此字曰：「好色曰美，好體曰豔。」那麼說，前指容顏之美，後指體態豐盈之美。清段玉裁具體地解釋《說文解字》「好而長」又指出：不僅僅是指容貌美麗，而且也意味著身高體豐。自漢而後，「豔」似乎主要是指女色之美，比「美」字更進一層，更勝一籌，以至「豐」字之旁原是形聲的「盍」（《說文解字》作「盍」）改而為「色」（隸書），「豔冶」「豔色」都專言女人鮮豔之美（庾肩吾《長安有狹斜行》：「少婦多豔冶」；陶淵明《閒居賦》：「表傾城之豔色」）；後來又稱以男女關係為主題的情歌和情詩為「豔曲」「豔詩」。這個與「豐」與「美」關係密切的審美觀念，沿用到今亦是如此。

　　「秀」。又是一個與「充實」相關的審美觀念詞，《詩》〈大雅〉〈生民〉是歌頌後稷從事農業生產並獲豐收的一首敘事詩，第五節有如下詩句：

　　荏厥豐草，種之黃茂。實方實苞，實種實褎，實發實秀，實堅實好，實穎實栗。

　　「實發實秀」，即是所種穀物抽穗開花。《詩經》〈豳風〉〈七月〉亦有「四月秀葽」句，說的是草木（程俊英謂「葽」是可作藥用的遠志）開花結籽。於是「秀」從此初義引申為花開而美，「不秀不實」，不開花則不結果。後又擴而為草木凡美者曰秀，《楚辭》〈九歌〉〈山鬼〉有句：「歲既晏兮孰華予？采三秀兮於山間。」漢武帝作《秋風辭》有句：

「蘭有秀兮菊有芳，懷佳人兮不能忘」，即以秀美芬芳之蘭菊擬所思之女子。「秀」成為美的觀念，似與「豔」有所區別，用它更適宜於描述清雅恬淡之美，因此，「秀色」一般不同於「豔冶」，「秀麗」不同於「豔麗」，不但用於描述品位較高的男子女子之美（如「秀士」「秀女」），還用於與眾不同之美，即所謂特優秀者。《楚辭》〈招魂〉中有一段描寫音樂歌舞的美辭，先錄下共賞：

　　肴羞未通，女樂羅些。陳鐘按鼓，造新歌些。《涉江》《菱采》，發《楊荷》些。美人既醉，朱顏酡些。娭光眇視，目曾波些。被文服纖，麗而不奇些。長髮曼鬋，豔陸離些。二八齊容，起鄭舞些。衽若交竿，撫案下些。竽瑟狂會，搷鳴鼓些。宮庭震驚，發《激楚》些。吳歈蔡謳，奏大呂些。士女雜坐，亂而不分些。放陳組纓，班其相紛些。鄭衛妖玩，來雜陳些。《激楚》之結，獨秀先些。

　　我想提請讀者注意，前所言「美」「文」「麗」「豔」都在此一併出現，均是用以言「女樂」及在座「士女」容顏、服飾、盛妝之美，在所奏音樂之中，所謂《激楚》（楚地歌曲名），較吳、蔡、鄭、衛之曲，「獨秀先些」，即更美妙而出眾，優秀於所有歌曲。這個「秀」字，南朝劉勰作《文心雕龍》引入文學之域，列於一篇之中而深述其美學價值，這就是〈隱秀〉。茲將言「秀」者撮錄於後：

　　秀者也，篇中之獨拔者也。……秀以卓絕為巧，斯乃舊章之懿績，才情之嘉會也。……凡文集勝篇，不盈十一；篇章秀句，裁可百二：並思合而自逢，非研慮之所求也。或有晦塞為深，雖奧非隱；雕削取巧，雖美非秀。故自然會妙，譬卉木之耀英華；潤色取美，譬繒

帛之染朱綠。朱綠染繒，深而繁鮮；英華曜樹，淺而煒煒：秀句所以
照文苑，蓋以此也。

　　「秀」之美態，出眾拔萃，劉勰所言明矣！

　　「壯」。「壯」與「健」有同義關係，但「壯」從「壯實」「健壯」
講更有視覺感受。《說文解字》釋「壯」僅曰「大也」，又是「大」之
美的一種形態。《易經》有〈大壯〉卦，卦像是下乾上震，〈象〉曰：「雷
在天上，大壯。」從視覺從聽覺而言，雷在高天陣陣烏雲中滾滾而鳴，
氣勢磅礴，至為雄壯。〈彖〉則抽象地闡發「壯」之本義：「大壯，大
者壯也。剛以動，故壯。……大者，正也。正大之而天地之情可見
矣。」「壯」，屬於陽剛之美的表述詞（本書中篇論《易經》中美學觀
念時將述及，此不贅言），它所審視、描述的對象都有雄渾、博大、強
健之態勢。比如「壯觀」，李白詩云：「登高壯觀天地間，大江茫茫去
不還。」（《廬山遙寄盧侍御虛舟》）「壯懷」，岳飛詞云：「抬望眼，仰
天長嘯，壯懷激烈。」（《滿江紅》）表達的是一種激烈、悲壯的感情。
「壯麗」，不是一般的美麗，《史記》〈高祖本紀〉記丞相蕭何為漢高祖
劉邦建未央宮，「高祖還，見宮闕壯，甚怒，謂蕭何曰：『天下匈匈，
苦戰數歲，成敗未可知，是何治宮室過度也？』」蕭何回答說：「天下
方未定，故可因遂就宮室。且夫天子以四海為家，非壯麗無以重威，
且無令後世有以加也。」

五、「素」「樸」

　　子夏問《詩》於孔子曰：「『巧笑倩兮，美目盼兮，素以為絢兮。』
何謂也？」孔子回答說：「繪事後素。」（《論語》〈八佾〉）子夏所問
之《詩經》，朱熹說是「逸詩」，但今所見《詩經》〈衛風〉〈碩人〉第
二章有前二句，該章是：「手如柔荑，膚如凝脂。領如蝤蠐，齒如瓠

犀。螓首蛾眉，巧笑倩兮，美目盼兮。」唯不見「素以為絢兮」一句，此句意為素白的臉蛋文飾之後更絢麗。孔子答語的意思是：「先粉地為質而後施五采，猶人有美質然後可加文飾。」（朱熹註解）

「素」。《說文解字》釋曰：「白緻繒也。」即白色的未經染制的生絹，因此，白色亦曰「素」，《詩經》〈召南〉〈羔羊〉有「素絲五紽」「素絲五緎」「素絲五總」句，均言用白線縫製白絨絨的羔羊皮。《詩經》〈唐風〉〈揚之水〉有「素衣朱繡」等句，白色衣服繡上紅色花紋，色彩相稱鮮明。「素」字更早見於《易經》爻辭，〈履〉〈初九〉：「素履往，無咎。」意為腳穿白色的無裝飾的鞋子前往，沒有咎害。《易經》《詩經》時代的先人崇尚素樸無華的白色，《易經》〈大過〉〈初六〉曰：「藉用白茅，無咎。」後之釋卦者說：「白茅，物之潔者，用以承物，不敢以或苟也。」（宋書升《周易要義》）《詩經》〈召南〉〈野有死麕〉亦兩用「白茅包之」「白茅純束」以示獻給對方禮物的潔淨；《詩經》〈小雅〉〈白華〉第一章曰：「白華菅兮，白茅束兮。之子之遠，俾我獨兮。」前兩句，是表白自己潔白無瑕的純潔愛情。在前面「文」一節裡已提到的〈賁〉卦，〈上九〉爻辭是「白賁，無咎」，綜全卦爻辭而言：文飾這，文飾那，不如毫不文飾，保持素白無華的本色最好。西漢經學家、文學家劉向在《說苑》〈反質〉中有一則關於〈賁〉卦的說法：

孔子卦得〈賁〉，喟然而嘆息，意不平。子張進，舉手而問曰：「師聞〈賁〉者吉卦，而嘆之乎？」孔子曰：「〈賁〉，非正色也，是以嘆之。吾思乎質素，白正當白，黑正當黑，夫質又何也？吾亦聞之：丹漆不文，白玉不雕，寶珠不飾，何也？質有餘者不受飾也。」

孔子說過，「文質彬彬，然後君子」，他是不反對先有「素」而後

加以文飾的，劉向可能是將自己崇尚質素、反對文飾的觀點托於孔子以張揚，但從他借孔子之口所表達的言辭中，強調了「素」──白，「質」的正色、元色、本色，能不文飾最好不要文飾。

「樸」。未加工的原木謂之「樸」。「素」是本色之美，潔白無瑕之美，因此，它與前列之「豔」是相對的，是兩種截然不同的美感形態。「素」又往往與「樸」連繫在一起，即所謂「樸素」或「素樸」美。《老子》〈十九章〉有「見素抱樸」一說，未加工的原木最美，「素」在《老子》中只見一次，「樸」則出現了八次。老子言「樸」，昇華到了形而上意義，即「無名之樸」（無以名狀），《老子》〈十五章〉形容「道之為物」，有「敦兮，其若樸」之喻，意為敦厚純樸好似一塊沒有任何人為斫削的原木；《老子》〈二十八章〉則謂：「樸散則為器，聖人用之則為官長，故大制無割。」原木經過分割鋸解，被工匠做成各種器具，如《易傳》〈繫辭〉所說：「斫木為耜，揉木為耒，耒耨之利，以教天下。」老子是反對的，認為破壞了「樸」的完整與完美。在老子那裡，「樸」實際上成了「道」的又一個代名詞，或可說就是「道」的本相，《老子》〈三十二章〉云：「道常無名，樸雖小，天下莫能臣也。」《老子》〈三十七章〉重申「道常無為而無不為」後說，遵循這一規律，「萬物將自化」，即自自然然地發生變化，如果在萬物自化中人的慾望有所發生（「化而欲作」），「吾將鎮以無名之樸」；以「道」之樸素淨化人的心靈：「無名之樸，夫亦將不欲，不欲以靜，天下將自定。」這些話，透露老子以自然美為美的本體的思想；以「無名之樸」鎮住人心中的種種世俗慾望，使心靈空間臻至「虛靜」，正是後來文學藝術創作構思理論的基礎。

「素」與「樸」都屬於自然美範疇，在中國古典美學與詩文繪畫理論的形成發展過程中影響深遠，笠原先生在其大著中開列一百二十六

個與「美」有關聯的文字中，漏了「素」字與「樸」字，十分遺憾！

第二節　聽覺發生──「音」「章」「韻」

　　古代希臘哲人希庇阿斯說：「視覺與聽覺所欲悅的東西，應該說是美的東西。」此話笠原先生引用於《古代中國人的美意識》之〈中國人的五覺觀念〉一節中，他說，在五覺中，有關觸覺方面的美的感受中國人很少記述，因此在他的書中，對視、味、嗅三覺都有較多的紹述，但又沒有聽覺方面的特別關注。其實古代中國人在仰觀俯察時，聽覺敏銳地參與其中，聽覺之敏銳，特用一「聰」字表之，由聽覺而發生美感，一個典型之例，就是《左傳》〈襄公二十九年〉記載，西元前五四四年，吳公子季札出使魯國，「請觀於周樂」。所謂「觀」，「使工為之歌」，實即以聽為主，先聽周、召、邶等十五國的歌曲，繼聽雅、頌之樂，結合觀舞。季札每聽一曲後都加以評論，他聽出了曲中的感情意蘊，於他特別欣賞的，皆以「美哉！」讚嘆之：

　　為之歌〈周南〉〈召南〉，曰：「美哉！始基之矣，猶未也，然勤而不怨矣。」

　　為之歌〈邶〉〈鄘〉〈衛〉，曰：「美哉，淵乎！憂而不困者也。……」

　　為之歌〈王〉，曰：「美哉！思而不懼。……」

　　為之歌〈鄭〉，曰：「美哉！其細已甚……」

　　為之歌〈齊〉，曰：「美哉！泱泱乎，大風也哉。……」

　　為之歌〈豳〉，曰：「美哉！蕩乎！樂而不淫。……」

　　為之歌〈魏〉，曰：「美哉！渢渢乎！大而婉，險而易行。……」

為之歌《小雅》，曰：「美哉！思而不貳，怨而不言。……」

至於〈大雅〉與〈頌〉，則屬「大美」範疇，評語也非一般，盛讚前者：「廣哉！熙熙乎，曲而有直體。」頌揚後者：「至矣哉！直而不倨，曲而不屈，邇而不逼，遠而不攜，遷而不淫，復而不厭，哀而不愁，樂而不荒……五聲和，八風平，節有度，守有序，盛德之所同也。」這是中國最早一篇音樂評論，主要由聽覺生發美感的表述。聽覺產生的美感用以表述的詞語不像表述視覺的那樣多，有幾個也因其旨義後來發生了轉換，不太為人所注意，本節選擇「音」「章」「韻」試述之。

一、「音」

現在，人們不會以為「音」有審美的意味，因為它已與「聲」成了一個合成詞：「聲音」。「音樂」一詞，也將重心移在「樂」字上。其實先秦至漢，「聲」與「音」兩字，前者純屬動物與人生理的發聲，而「音」，則由人的心理活動所控制。動物都會啼叫出聲，除了一些小鳥因其聲高低婉轉而可聽之外，虎、豹、牛、馬、之聲皆單調而「一」，只是有聲的信號而不悅耳。相傳是孔子再傳弟子公孫尼子所作的《樂記》，在〈樂本〉篇對「聲」「音」「樂」作了有區分的論述：

凡音之起，由人心生也。人心之動，物之使然也。感於物而動，故形於聲；聲相應，故生變，變成方，謂之音；比音而樂之，及干戚羽旄，謂之樂。

「感物而動」之「聲」尚不具言語與美感意味；聲聲相應而有變化，且變化有一定的規則，就成為「音」，抑揚頓挫之「音」相互比附

而使人聞之快樂，以至翩翩起舞，這就是後人之謂「音樂」了。《樂記》
作者反覆強調「音」生於「人心」，區別於「聲」僅發於喉腔，並說：
「知聲而不知音者，禽獸是也。」所謂「生於人心」，實生於「情」。《樂
記》〈樂本〉篇又說：

> 情動於中，故形於聲；聲成文，謂之音。是故治世之音安以樂，
> 其政和；亂世之音怨以怒，其政乖；亡國之音哀以思，其民困。……

這段話，〈詩大序〉也錄之，並說：「情發於聲，聲成文，謂之
音。」「文」本為形色交錯之美，此借言耳聽之聲，眼目通感也。「音」
與「文」，同為美感描述之字已無疑了。《說文解字》釋「音」字云：

> 聲也，生於心，有節於外，謂之音。宮商角徵羽，聲；絲竹金石
> 匏土革木，音也。

「音」有五聲變化、抑揚頓挫而美，許慎這一解釋觸及了音美的本
質。

二、「章」

「章」作為聽覺發生的美感詞，以前很少有人特別提示過。許慎
《說文解字》釋云：「樂竟為一章，從音從十。十，數之終也。」他是
從多段結構的樂曲來遷就「章」的字形。他接著釋「竟」云：「樂曲盡
為竟。」須知，在「章」字始用時代，還不大可能有段落分明的「樂
曲」，因此，可以肯定地說，「章」之初義並非如此。古老的《易經》
之卦爻辭中，已兩見「章」字，〈坤〉〈六三〉爻辭：「含章，可貞。」
〈姤〉〈九五〉爻辭：「以杞包瓜，含章，有隕自天。」若以「樂竟」解

「含章」，如何説得通？尊重《易》之原始文本解，原來「章」有「美」之義（《易經》中尚無「美」字），「含章」，即含美於內。〈坤〉之於〈乾〉，或女之於丈夫，或臣之於君，〈坤文言〉即以此釋「含章，可貞」：

> 陰雖有美，含之以從王事，弗敢成也。……君子黃中通理，正位居體，美在其中，而暢於四支，發於事業，美之至也。

節引這段話，有兩層意思：前段言女子或臣民（與「王」相對皆屬陰性）有內在的美德，不為自己所用，而是為丈夫或國君「王天下」所用，因此不求一己之成功而助對方成大事業。這就是〈彖〉所説：「乃順承天。坤厚載物，德合無疆；含弘光大，品物咸亨。」〈象〉亦説得明白：「『含章可貞』，以時發也；『或從王事』，知光大也。」內美適時發揚可助成大美！後段是承〈六五〉爻辭「黃裳，元吉」所用「黃裳」之喻，進一層釋「含章」之大義：古人服裝是上衣下裳，而「黃」居五色之中，「黃裳」在上衣之下，呈被「含」之象，〈象〉又明白地説：「『黃裳元吉』，文在中也。」此實將「章」與「文」等同了。僅從此爻辭與〈彖〉〈象〉之釋判斷，「章」即「美」義，非常明確。〈象〉釋〈姤·九五〉爻辭又説：「九五含章，中正也；有隕自天，志不捨命也。」在任何一個別卦裡，下位之經卦為內，上位之經卦為外；「二」為內卦之中位，「五」為外卦之中位，〈坤〉〈姤〉之「含章」均在「二」「五」，明顯示以內在之美，是「美」在其中，妙的是〈姤〉爻辭又用了一個形象的比喻：用杞樹葉包裹著一個甜美的瓜，含美瓜於杞葉內，是天賜之美食。〈象〉引申到「志不捨命」，將人的內在之美與其心理、行為指向連繫起來，又有「含弘光大」之意。

　　「章」，確實是「從音從十」。為什麼從「音」呢？「凡音者，生
人心者也」，先「聲」後「音」都從內心發出，含「音」於內，發於口，
才作用於外；為什麼從「十」呢？「十」乃多也，「聲一無聽」，多種
「音」和諧協合，聲音才美[1]。古人對由內而外發的聲音之美，有從生理
到心理方面的認識。西元前五二二年，晏子對齊侯問，將聲音與「味」
連繫起來談：「聲亦如味，一氣、二體、三類、四物、五聲、六律、七
音、八風、九歌，以相成也。清濁、小大、短長、疾徐、哀樂、剛
柔、遲速、高下、出入、周疏，以相濟也。君子聽之，以平其心。心
平德和，故《詩》曰：『德音不瑕。』」（《左傳》〈昭公二十年〉）同一
時期或稍前，鄭國大臣子產有「氣為五味，發為五色，章為五聲」之
說，那麼，聲音之美是「章」的主要之義，也是《易經》爻辭「章」
的原始之義。近代國學大師章炳麟在《文學總略》中說：「八風從律，
百度得數，謂之章。」這一解釋是合於古義的。

　　「章」亦有色彩美之義，應是由聲音美延伸、轉化而來的，子產
說：「為九文、六采、五章，以奉五色。」由章而色，前已提及古人已
有耳、目「通感」意識。《書》〈皋陶謨〉：「天命有德，五服五章哉。」
孔傳：「尊卑彩章各異。」《詩》〈小雅〉〈六月〉：「織文鳥章，白旆央
央。」鄭箋：「鳥章，鳥隼之文章。」這「章」也有色彩形象之義。春
秋末的齊國官書《考工記》，其論「畫繢」之事時，將色彩的組合，以
「文」與「章」並言之：「青與赤謂之文，赤與白謂之章，白與黑謂之
黼，黑與青謂之黻，五彩謂之繡。」如此說，符合「物相雜謂之文」，
但與「章」之音聲義何干？是不是當時的畫家就已經意識到，繪畫各

1　《周禮》〈地官〉〈鼓人〉有「鼓人掌教六鼓四金之音聲，以節聲樂」之記載，這可
　　能是一個沿用已久的制度（上至商代）。「六鼓四金」，合而為「十」，或許正是「音」
　　與「十」合而為「章」之由。

種色彩的「相次」(「青與白相次也，赤與黑相次也，玄與黃相次也」)，也要像音樂那樣有韻律感和節奏感？「章」的衍生義，或許都與初義有些關係。《詩》〈小雅〉〈都人士〉「出言有章」，即出言有條理之意，如《易》〈艮〉「言有序」；「不成章則不達」，言語、文字需經巧妙的組合、結構，才能使人樂於接受。《考工記》說畫家「雜四時五色之位以章之，謂之巧」，此「章」或謂各種色彩的組合有序地「相次」，也呈現如音樂一樣的節奏美、韻律美。《中庸》說天地之道「不見而章」，君子之道「暗然而日章」，則「章」又衍生出「昭彰」之義……「章」之初義逐漸轉化，衍生新義，使它向「書辭」步步靠近，《說文解字》釋「彰」云：「文彰也」(清代段玉裁注《說文解字》更說「文章」當作「彣彰」)。東漢末荀悅說：「章成謂之文」(《申鑑》)，使用了結構(後謂之「章法」)條理之義。而這「條理」「章法」之義，其實又回應了《易經》之《艮》〈六五〉爻辭「言有序」之義，還是與聽覺有關。所以，「章」的字義雖有所變化，還是基於聲音美、聽覺美而後變。

三、「韻」

「韻」，又作「韵」，《說文解字》釋曰：「和也，從音員聲，裴光遠云：古與均同。」聲音和曰「韻」，「韻」是又一個表述聽覺美之詞。在詩文中用韻，遠古先人早在實踐之中，《易》之卦爻辭就多有韻語，如「其亡其亡，繫於苞桑」(〈否〉〈九五〉)，「不克訟，歸而逋；其邑人，三百戶」(〈訟〉〈九二〉)，雖不知古音讀法如何，但今天讀來還頗有韻味。「《詩》三百」更是普遍用韻，不必細舉。西漢之前，對詩文只言「音」不言「韻」，音樂作用於人的聽覺，東漢蔡邕在《琴賦》中用了「韻」字：「繁弦既抑，雅韻復揚。」聲音之美，用「韻」來描述。晉代葛洪《抱朴子》中，將視覺美之「悅情」與聽覺美的「快耳」並提：

妍姿媚貌，形色不齊，而悅情可均；絲竹金石，五聲詭韻，而快耳不異。（《抱朴子》〈博喻〉）

這是分別言形色之美與音樂之美。此後的詩文作品中，描述大自然的音響和人的樂器演奏與歌唱，凡和諧動聽的聲音，多以「韻」擬之，如南朝謝莊《月賦》描寫月夜聞風吹篁竹之聲：「若乃涼夜自淒，風篁成韻。」用「韻」代稱詩文，則遲至陸機《文賦》：「收百世之闕文，采千載之遺韻。」前者指散體文章，後者指韻體之詩、賦等。魏晉而後，人們的文體意識愈益明確，「無韻者，『筆』也；有韻者，『文』也」。於是對有韻之文的音樂美提出了更高的要求。南朝宋齊時代的沈約與周頤等詩人，創造了一種新詩體，後人稱之「永明體」（「永明」是齊武帝蕭賾的年號，483-493年），這種詩體「皆用宮商，以平上去入為四聲，以此制韻，不可增減」（《南齊書》〈陸厥傳〉）。沈約在〈宋書〉〈謝靈運傳論〉闡其要旨曰：

夫五色相宣，八音協暢，由乎玄黃律呂，各適物宜，欲使宮羽相變，低昂互節，若前有浮聲，則後須切響。一簡之內，音韻盡殊；兩句之中，輕重悉異，妙達此旨，始可言文。

這就是中國韻文史上著名的「聲律」說。「音韻盡殊」，指五言詩的一句五字，前四字不得與最後押韻的字犯同韻，相互之間也不得用同韻字，充分體現「和而不同」之聽覺美，但從全篇而言，則是偶句之間對應押韻，劉勰在《文心雕龍》〈聲律〉對「韻」下了一個定義：

異音相從謂之和，同聲相應謂之韻。

這個定義，至今依然適應。他認為用韻並不是一件難事，難的是整體的音韻和諧：「韻氣一定，故餘聲易遣；和聲抑揚，故遺響難契。屬筆易巧，選和至難，掇文難精，而作韻甚易。」押韻確屬於「形而下」之功，而「和」，則有「形而上」之「遺響」，押韻的目的與美感的獲得，正是促成「異音」與「同聲」之「和」，《文心雕龍》〈麗辭〉中他説的「麗句與深采並流，偶意共逸韻俱發」，「逸」有超眾脱俗、清雅非常之義，則「韻」之美，通過聽覺接受向內心的感受轉化，便有興高意遠的愉悦。

「韻」既作為聲律美，聽覺美的一個表述詞，但中國人的通感能力實在不凡，如視覺美、味覺美向心覺美轉化一樣，「韻」也很快或説幾乎同時向內心感覺之美轉換，與陸機差不多同時代的葛洪，在《抱朴子》〈刺驕〉就用「韻」來描述人物的氣概風度：

若夫偉人巨器，量逸韻遠，高蹈獨往，蕭然自得。

所謂「量逸韻遠」，那就不是憑聽覺而是憑觀人品人者的內心去感受了。

東晉王坦之《答謝安書》中謂「人之體韻，猶器之方圓」，又將用於品人之「韻」擬形化。人之有風度、有氣概、有精神，都是從內到外種種有形無形的優點和合而成，「韻」是個軟性詞，似乎都可以接受容納，於是，「風韻」「氣韻」「神韻」等新的審美術語出現。南朝宋之劉義慶撰《世説新語》，記述晉時士大夫言行，便運用了這些審美術語，撮數例如下：

衛（君長）風韻雖不及卿（孫興公），諸人傾倒處亦不近。（〈賞

譽〉）（註：括號中人名為筆者所加，下同。）

阮渾長成，風氣韻度似父。（〈任誕〉）

愛喬（冀州刺史楊淮之子楊喬）之有高韻。（〈品藻〉）

時人道阮思曠，骨氣不及右軍，簡秀不如真長，韶韻不如仲祖，思致不如淵源，而兼諸人之美。（〈品藻〉）

南朝的文章中，亦是如此品描人物，宋順帝劉準稱賞其臣王敬弘曰：「神韻沖簡，識宇標駿。」（《全宋文》卷一，《詔謚王敬弘》）梁元帝蕭繹在《金樓子》〈後記〉中記宣修容相靜順王：「行步向前，氣韻殊下。」又〈雜記〉上記孔翁歸：「好飲酒，氣韻標達。」以「韻」品人，皆是對人的綜合審視，視內美之氣質情性與外在的氣概風度兼及形色而統言之，即對多種審美要素的綜合審視。

如前所言「章」字亦有色彩之義，「韻」由品人向造型藝術邁進，繪畫作品以人物為對象，畫家與品畫家也以無形之「韻」作為繪畫的美學追求與品畫的審美標準。最先將「韻」引入畫論的南朝齊代的謝赫，他的《圖繪六法》第一大法便是：「氣韻，生動是也。」在《古畫品錄》中屢用「韻」品評具體的畫家和作品：

評陸綏：「體韻遒舉，風采飄然，一點一拂，動筆皆奇。」

評張墨、荀勗：「風範氣韻，極妙參神。」

評顧駿之：「神韻氣力，不逮前賢。」

評毛惠遠：「力遒韻雅，超邁絕倫。」

評戴逵：「情韻連綿，風趣巧拔。」

　　錢鍾書先生在《管錐編》中說:「談藝之拈『神韻』,實自赫始,品畫言『神韻』,蓋遠在詩之先。」(第四冊一八九《全齊文》卷)。謝赫品畫之「氣」「神」「體」「情」諸「韻」說,其審美本體是「神」「生氣」,而美感表徵是「生動」,其畫面表現應是人物的動態感,線條的節奏感,色彩的和諧感。後世的繪畫受此影響很大,從唐代的張彥遠到宋代的郭若虛,直至明清畫論家,對「氣韻」發揮尤多,本書下篇論繪畫美時再詳述。

　　當「韻」再回到詩文理論時,也發生了戲劇性的變化,即有形跡之「押韻」反成為一般知識而不屑多談,受繪畫理論的啟發,賦予了「韻」更豐富的美學內涵。首先將「韻」在詩文論中大作「形而上」發揮的是北宋的范溫,他有一篇可稱之《韻論》的文章[2],文中陳述了「韻」的發展歷史:「自三代秦漢,非聲不言韻;舍聲言韻,自晉人始;唐人言韻者,亦不多見,惟論書畫者頗及之。至近代先達,始推尊之以為極致,凡事既盡其美,必有其韻,韻苟不勝,亦亡其美。」「韻」不與「聲」關聯之後,到底為何物:

　　夫書畫文章,蓋一理也。然而巧,吾知其為巧;奇,吾知其為奇;佈置開闔,皆有法度;高妙古淡,亦可指陳。獨韻者,果何形貌耶?

　　在文中,與范溫對話者是王定觀,王分別提出「不俗」「瀟灑」「生動」等為「韻」之形貌,范氏一一否定,也不同意「清」與「神」是

2　錢鍾書先生從《永樂大典》卷八〇七鉤索出此文,郭紹虞《宋詩話輯佚》上冊增訂《潛溪詩眼》時轉錄補校,見該書372-375頁,中華書局1980年版。

「韻」的美感特徵：「瀟灑者，清也，清乃一長，安得為盡美之韻乎？」「夫生動者，是得其神；曰神則盡之，不必謂之韻也。」這就是說，他所言詩文之「韻」不可等同於繪畫之韻，由此，專言「文章之韻」曰：

> 且以文章言之，有巧麗，有雄偉，有奇，有巧，有典，有富，有深，有穩，有清，有古。有此一者，則可以立於世而成名矣；然而一不備焉，不足以為韻；眾善皆備而露才用長，亦不足以為韻。必也備眾善而自韜晦，行於簡易閒淡之中，而有深遠無窮之味，觀於世俗，若出尋常，至於識者遇之，則闇然心服，油然神會。測之而益深，究之而益來，其是之謂矣。其次，一長有餘，亦足以為韻；故巧麗者發乎於平淡，奇偉有餘者行之於簡易，如此之類是也。

這段記述有三層意思：（一）言「韻」美發生的根本，文章有各種各樣美的形態，若是種種美（「眾善」）皆具備，為爭美鬥妍而顯露出逞氣用才的痕跡，不能說有「韻」，當然，如果一種也不具備，則不可言「韻」。（二）各種美的元素不自顯其美（「自韜晦」），而是相互融會於「簡易閒淡之中」，即合眾美於一而外現無炫耀之狀，使識者感到內美無窮。此即發揮「韻」為「和」之美的初義。（三）只要「一長有餘」，即兩種美感形態互生、融合、轉換，亦可發生美之「韻」。此三者，他舉例作證：左丘明、司馬遷、班固之文章，「意多語簡，行於平夷，不自矜炫，故韻自勝」；魏至南朝「曹、劉、沈、謝、徐、庾諸人，割據一奇，臻於極致，盡發其美，無復餘蘊」，難以用「韻」品之；「備眾善而自韜晦者」，唯陶淵明可稱：「惟陶彭澤體兼眾妙，不露鋒芒，故曰質而實綺，癯而實腴，初若散緩不收，反覆觀之。乃得其奇處；夫綺而腴，與其奇處，韻之所從生，行乎質而癯，而又若散緩

不收者，韻於是乎成。」范溫心目中的「韻」到底如何定義？其實他的
定義很簡潔，歸納為一句話：

「有餘意謂之韻。」王定觀立即應曰：「余得之矣！蓋聞之撞鐘，
大聲已去，餘音復來，悠揚宛轉，聲外之音，其是之謂矣。」范溫說他
「得其梗概而未得其詳」，你知道「韻惡從生」嗎？自答曰：「蓋生於有
餘。」其實，回到聽覺感受，如聞鐘聲，更能直覺體悟韻「生於有餘」
的奧妙，而與南朝鍾嶸《詩品》說「有滋味」的詩是「文已盡而意有餘」
契合了。

這一層次的「韻」之美，在繪畫、書法，尤其在詩之域，還有各
種發揮，容後再述。

第三節　觸覺發生──「風」

《孟子》〈盡心下〉語云：「口之於味也，目之於色也，耳之於聲
也，鼻之於臭也，四肢之於安佚也，性也。」人的五官感覺之中提到四
官，未及膚覺即觸覺但言及「四肢」，似與觸覺有關。《荀子》〈榮辱〉
篇亦云：

「目辨白黑美惡，耳辨音聲清濁，口辨酸鹹甘苦，鼻辨芬芳腥臊，
骨體膚理辨寒暑疾養，是又人之所常生而有也，是無待而然者也。」這
段話裡，「膚理」應是指觸覺，擴而及「骨體」，實指有之肉體感覺。
笠原先生說，中國古代「有關觸覺方面的美的感受」很少記述，大體
確實如此，但有一個非常重要的美感觀念詞，正是從觸覺發生，只是
當今的中國人也沒有注意到這個常見字有美的意蘊，這個字就是

「風」！[3]

　　大自然空氣流動曰「風」，有風無風，風大風小，人的觸覺最為敏感，寒冷的風，使人感到透過了皮膚而「刺骨」；灼熱的風，使人感到皮膚滾燙而全身發熱，唯不冷不熱的「和風」使人感到舒暢。傳說中的舜作《南風歌》曰：「南風之薰兮，可以解吾民之慍兮；南風之時兮，可以阜民之財兮。」這是歌頌「南風」之美與利。《易》列「風」於八經卦之中，《易傳》〈說卦〉云：「雷以動之，風以散之，雨以潤之……」又說「橈萬物者莫疾乎風」。風無形無狀，唯觸覺易於感到，它運而行之無處不到，無隙不入，因此卦命名曰「巽」，「巽，入也」。「風」的觀念進入《易》，然後由《易傳》加以轉述發揮，於是尤其本義開始發生轉換；〈巽〉卦在八卦中屬陰性卦，陰的性質是「柔」，柔婉、柔順，有女性之美，因此當八卦人化、家庭化時，她是「長女」；當風「橈」動有形的萬物，對風的感受就由觸覺轉向視覺與聽覺了——風吹草木而搖曳，草木有花葉之美，因此「巽」可代指木；花草香臭氣味，由風傳送入鼻，與嗅覺也有些關係了。當「風行水上」，更能喚起人們的視覺美，《易》學家釋〈渙〉卦（下坎上巽，即風行水上）曰：「渙，流散也；又文貌，風行水上，而文成焉。」「風行水上，文理粲然，故為文也。」[4]這就是「風乍起，吹皺一池春水」之美的景觀。對「風」之美加以描述並使它可確認為一個審美觀念，我們不能不提到宋玉所作的《風賦》。

3　日本的美學論著中，將「風」作為一個重要的美學觀念加以論述，今道友信在《東方的美學・歌論的美學反思・風的美學》寫道：「無法作為形照原樣把握的水與風的流動，只能通過草木和藻類的搖曳顯示出來。也可稱為風的美學和幽玄美學，就這樣發展了建立在植物性美學上的古代日本的審美意識，成為中世紀的特點。」（第207頁，三聯書店1991年版）

4　朱駿聲：《六十四卦經解》，中華書局1988年版。

「楚襄王游於蘭台之宮。宋玉、景差侍。有風颯然而至，王乃披襟而當之，曰：『快哉，此風！寡人所與庶人共者耶？』」宋玉出於阿諛楚襄王的動機，將風分為「大王」之「雄風」和「庶民」之「雌風」兩級，實即風力強勁之風和風力疲弱之風。他先描述了風的氣勢之美、力量之美：

夫風生於地，起於青之末。侵淫谿谷，盛怒於土囊之口。緣泰山之阿，舞於松柏之下。飄忽溯滂，激揚熛怒。耾耾雷聲，回穴錯迕。蹶石伐木，梢殺林莽。至其將衰也，被麗披離，沖孔動楗，眴煥粲爛，離散轉移。

接著描寫「清涼雄風」的自由自在之美，靈動飄逸之美：

故其清涼雄風，則飄舉升降，乘凌高城，入於深宮。邸華葉而振氣，徘徊於桂椒之間，翱翔於激水之上，將擊芙蓉之精，獵蕙草，離秦衡，概新夷，被荑楊。回穴沖陵，蕭條眾芳。然後徜徉中庭，北上玉堂。躋於羅帷，經於洞房。……

無形無狀的風，被才子宋玉賦予種種動態之美，而這樣變化莫測的風，觸動不同感情狀態的人產生不同的審美快感：「故其風中人狀，直憯淒惏慄，清涼增欷；清清泠泠，愈病析酲；發明耳目，寧體便人。」這就是楚襄王「披襟而當之」生發美感愉悅的「快哉，此風」！宋玉將「雌風」即「庶人之風」描寫得萎疲畏瑣（「塕然起於窮巷之間，堀堁揚塵，勃郁煩冤……」），那是不公正的，不足道哉。

宋玉的《風賦》，可啟迪我們探討古人賦予「風」的美學內涵。

「風」之美，也有一個從觸覺美向觀念美昇華的過程。

在《周易》中，「巽」有「入」之義，風總是順其空間而入，入於虛，因而「巽」又有順從、謙遜之義，將其人格化、精神化，於是可喻人「謙遜」「婉順」的美德。在《易》之六十四別卦中，凡是與「巽」有關的卦，多數與「文」與「美」有些關係，演變推導出一些人文景觀，如〈小畜〉卦，〈象〉曰：「風行天上，⋯⋯君子以懿文德」；〈觀〉卦又說：「風行地上，⋯⋯君子以省方觀民設教」；〈姤〉卦再說：「天下有風，⋯⋯後以施命誥四方。」這幾卦，實質以風指代一種美好的政治道德精神，而以這種精神教育感化百姓（即所謂：「君子之德，風；小人之德，草。風過，草必偃」），就可造成良好的社會風氣。周代十五個地區的民歌都命名曰「風」，示其「風以動之，教以化之」的功能，隨後又以「美教化」概而言之，相當於今天所說的「美育」。

風之本為氣，氣流動為風，因此，有上述美感效應的風，當是氣盛的體現，「天地之氣，溥蕩而至」，國家之氣盛，則一國之風美；人之氣盛，則人之風度、情采皆美。氣是人的生命之本，一呼一吸之間維繫著人的生命，氣盛氣衰，人的生命精神、生命力外觀於形體容貌可以直觀察覺，於是，「氣」與「風」構造出一些並行不悖的審美術語，如，「氣力」──「風力」、「氣骨」──「風骨」、「氣度」──「風度」、「氣韻」──「風韻」、「氣味」──「風味」等等。細品一下，凡言「風」者，美的色彩更為濃郁。「風」還與另一些美感意味鮮明的單字合成一些表述美化景物、美化人的詞語。描述自然景物的有「風光」「風景」「風物」等；描述人物的，則於人之才華、感情、外在表現幾乎無所不備，如「風華」（毛澤東《沁園春》〈長沙〉：「恰同學少年，風華正茂」）、「風采」（《宋書》〈劉秀之傳〉：「秀之野率無風采」）、「風姿」（《世說新語》〈容止〉：「驃騎王武子⋯⋯雋爽有風姿」）、「風情」

（《晉書》〈庾亮傳〉：「風情都雅，過於所望」）、「風神」（《世說新語》〈賞譽〉：「王彌有雋才美譽……風神清令，言語如流」）、「風趣」（《古畫品錄》：「情韻連綿，風趣巧拔」）、「風流」（《世說新語》〈賞譽〉范寧謂王忱：「卿風流雋望，真後來之秀」）等等，這些詞語流行到現代，人們還常用常新。現代文藝理論中的「風格」一詞，也是從品評人物而來。葛洪《抱朴子》〈行品〉謂：「士有行己高簡，風格峻峭……」《世說新語》〈德行〉謂：「李元禮風格秀整，高自標持。」與「風」有關的詞語，幾乎都被接納到美學、文學藝術理論中來，劉勰在《文心雕龍》中特標〈風骨〉一篇，是開發「風」之美學內涵最早的專論。「風」之多種審美術語流行，以致使人忘記它是發生於觸覺美了。

第四節　味覺發生──「淡」

　　表述味覺美的詞，前章已言「旨」與「甘」，但它們只及形而下的味覺（「甜」，更是形而下的味覺詞），後人沒有昇華其美學意義（「旨」從味美向語言、書辭的意義轉換，稱其內容方面的精義、要領，如《易傳》〈繫辭〉之「其旨遠，其辭文」，《宋書》〈謝靈運傳論〉之「妙達此旨，始可言文」等等，構成「意旨」「辭旨」「旨趣」等新詞），上升到觀念範疇，倒有一個也是從味覺發生的字──「淡」（又是笠原先生沒有注意到的），蘊含了一代代不斷開掘的美學意義。

　　「淡」，《說文解字》釋云：「薄味也。」在一般人看來，「淡」是無味或近乎無味，與「羊大肉肥」之味形成強烈的反差。《老子》中兩見：

　　　　道之出口，淡乎其無味。（《老子》〈三十五章〉）

為無為，事無事，味無味。（《老子》〈六十三章〉）

　　道家以「道常無為而無不為」為其美學思想本體，「有生於無」，已有形跡顯現的，不是真正的美，唯無形無跡、「惚兮恍兮」的才有不可言狀的妙，「常無慾以觀其妙」（《老子》〈一章〉），因此，所謂「無味」，就是無形跡可尋之味，甘酸辛鹹苦，是有跡可辨（通過口）之「五味」（因此人們可為這五味分別命名），老子説「五味令人口爽」（《老子》〈十二章〉），意即正是有這五味，把人的口味敗壞了（《廣雅・釋詁》：「爽，敗也」）。「無味」即「淡」，也是「味」之一種，在五味之外，按《老子》以「無」為本、為「母」的思想，「五味」皆以「淡」為本，這就是「恬淡為上」（《老子》〈三十一章〉）。莊子與老子思想一致，也有「五味濁口，使口厲爽」（《莊子》〈天地〉）之説，不求「厚味」而言「淡」，《莊子》〈山木〉篇中有句流傳到今的名言：「君子之交淡若水，小人之交甘若醴。」又説：「君子淡以親，小人甘以絕。」在《莊子》〈刻意〉篇中又專論「恬淡」曰：「平易則恬淡矣。平易恬淡，則憂患不能人，邪氣不能襲，故其德全而神不虧。」説的是人的一種精神狀態，如果以「淡若水」而釋「淡」，他亦有言：「水之性，不雜則清，莫動則平；鬱閉而不流，亦不能清。」將「清」與「淡」連綴而言，稱此為「天德之象」。也就在此篇中，他給中國古典美學留下了一個後人論之不盡的命題：「淡然無極而眾美從之。」「眾美」皆從「淡」生，「此天地之道，聖人之德也」。從味覺產生的「淡」，本來也是有形跡的（如清澈之水），莊子將它昇華，變成了「淡而無為，動而以天行」的高層次審美觀念。

　　從味覺來説，儒家不崇尚「淡」，孔子「食不厭精，膾不厭細」，平時耽於「肉味」，何「淡」之有？但作為一種「清」與「平易」的觀

念來說，他們也不避言淡，如《四書》〈中庸〉有云：「君子之道，淡而不厭。」但是以「淡」作為一個審美觀念，是不符合儒家美學思想的，因為「無為」之「淡」與有為之「和」有距離。莊子而後，將「淡」明確地作為一種美的形態，一個審美觀念，在人文創造活動中作為至高的美學追求，恰是那些崇尚老莊自然之道的文學家。第一位追求平淡自然之美的詩人是陶淵明，他的「此中有真意，欲辨已忘言」的隱居田園的詩作，無濃墨重彩之筆，可能昭明太子蕭統最先感覺到了，因而在〈陶淵明集序〉中特別寫了一句話：「橫素波而傍流。」鍾嶸《詩品》評陶淵明詩雖未有自然平易之語，但說了「風華清靡，豈直為田家語耶」，與「淡」相關了。陶淵明詩影響到唐代，則王維、韋應物等詩人的審美風格近之。晚唐詩人司空圖也追求這種風格，在《與李生論詩書》中，繼鍾嶸以「味」論詩，但他所謂「味」，不是鍾嶸較籠統的「有滋味」（鍾嶸的「滋味」說是建立在五言詩「指事造形，窮情寫物」的基礎上，實是有形跡之味），而是在「酸」「鹹」即五味之外的「醇美」之味，也就是王維、韋應物之詩的「澄淡精緻，格在其中」之味。他給這種「味」下了一個定義：「近而不浮，遠而不盡，然後可言韻外之致耳。」這也是「味外之旨」的真諦。在目前尚不能定論是他作的《二十四詩品》中，將「沖淡」列於「雄渾」之後，清人楊廷之曰：「兼體用，該內外，故以『雄渾』先之，有不可以跡象求者，則曰『沖淡』。」其品云：

　　素處以默，妙機其微。飲之太和，獨鶴與飛。猶之惠風，荏苒在衣。閱音修篁，美曰載歸。遇之匪深，即之愈希。脫有形似，握手已違。

「沖，和也」（孫聯奎《詩品臆說》），淡而和，是具視、聽、味、觸聯覺形態的「淡」。「淡」屬於「無」的範疇，本來很難名狀，司空圖用詩將它描述：處之於素淡之境而靜默意會，妙合天機而悟其幽微奧渺；吸飲陰陽和合的太空之氣，猶如一隻白鶴在寂寞地翱翔；又好像柔和淡蕩的春風輕輕吹拂，襟袖微微地飄動而通體舒適；像聞風拂篁竹之雅韻而神往，心向幽美之域而棲息；目之所遇彷彿有形跡可見，然而一握手間就恍兮惚兮不見蹤影。司空圖心目中的「淡」，是一種可望不可即、可遇不可求的美感態勢。在此後各品中也有的言及「淡」，如〈典雅〉品曰：「落花無言，人淡如菊」；〈綺麗〉品曰：「濃盡必枯，淡者屢深」；〈清奇〉品曰：「神出古異，淡不可收；如月之曙，如氣之秋」。這恰印證了莊子「淡然無極而眾美從之」。

不知是否是「濃盡必枯，淡者屢深」給後人留下了深刻印象，對藝術創造有深刻的啟示，中國文學史上有兩位著名的詩人在理論與創造兩方面竟將「平淡」和「淡泊」當作詩歌美學的一桿大旗高高舉起，這就是北宋的梅堯臣和蘇軾。

在中國詩史上，南朝詩以「綺麗」著稱，但當綺麗過分，就會引起人們非議和不滿，後來者往往會採取批判的態度而另開新路，李白在《古風》詩中就發出了「自從建安來，綺麗不足珍」的新聲，但還沒有言及「淡」，他所崇尚「清水出芙蓉，天然去雕飾」，實際就是一種清淡美了。五代至宋初，詩壇上出現了一個「西崑體」流派，「西崑體」詩人以李商隱為師，但他們將李商隱高度意象化的詩歌藝術，變而為華麗精緻的「雕章麗句」，梅堯臣首先站出來反對這種「煙雲寫形象，葩卉詠青紅，人事極諛諂，引古稱辨雄」[5]的詩風，提出為詩須「平

5　梅堯臣：《答韓三子華、韓五持國、韓六玉汝見贈述詩》，《宛陵先生集》卷二十七。

淡邃美」與之抗衡。他認為詩「綺麗」易，「唯造平淡難」（《讀邵不疑學生詩卷》）。所謂「平淡」，就是平易簡淡，不故作高深，「詩本道性情，不須大厥聲，方聞理平淡，昏曉在淵明」（《答中道小疾見寄》）。可見他也是以陶淵明為師的，又說：「泊舟寒潭陰，野興以秋葵，因吟適情性，稍欲到平淡。」（《依韻和晏相公》）寒潭之水是清洌的，秋天又是天高氣清，因此，他的「平淡」又有「清」之美。他為林和靖詩集寫的序言中有云：「其順物玩情，為詩則平淡邃美，讀之令人忘百事也。其辭至乎靜正，然後知趣尚博遠，寄適於詩爾。」我們知道，林和靖（逋）寫梅花的名句「疏影橫斜水清淺，暗香浮動月黃昏」，以「疏影」「暗香」為詩眼，恰到妙處地寫出了梅花的清淡之美，大有別於牡丹的國色天香。「平淡邃美」以「趣尚博遠」為底功，梅堯臣追求自己的詩也要達到這樣的審美境界。或許他達到了，同時代的歐陽修讚賞他：「聖俞覃思精微，以深遠閒淡為意。」推他為當時詩文革新運動的旗手詩人。

　　蘇軾在青壯年時期，並不是崇尚平淡之美的詩人，才華橫溢又血氣旺盛，使他敢於「以文字為詩，以才學為詩，以議論為詩」，亦不以「五色絢麗」為忌，但當他在官場、在現實生活中屢屢碰壁乃至進入老境還被遠放到海南等偏僻地方做官之後，陶然忘形於大自然中，其審美情趣也為之大變，他欣賞司空圖的「味外」詩論（說年輕時「不識其妙」），讚揚與他命運差不多（遠放嶺南）的柳宗元之詩是「發纖穠於簡古，寄至味於淡泊」（《書黃子思詩集後》）；更推重陶淵明，大作《和陶詩》一百多首，說陶淵明的詩是「質而實綺，癯而實腴」，有內在的豐美。在《評韓柳詩》這篇短文中，將陶淵明置於柳宗元、韋應物之上，對司空圖的「濃盡必枯，淡者屢深」作了具體的引申發揮：

所貴乎枯淡者，謂其外枯而中膏，似淡而實美，淵明、子厚之流是也。若中邊皆枯淡，亦何足道。佛云：「如人食蜜，中邊皆甜。」人食五味，知其甘苦皆是，能分別其中邊者，百無一二也。

所謂「枯」，是外樸而內實；所謂「淡」，是含眾味而淡（不辨或甘或苦之味）。前所謂「簡古」，不是簡陋古拙，而是刪繁就簡，歸璞返真，這便是「淡」的本質美；所謂「淡泊」，則是「中膏」而外素樸清純，如莊子說的水清而不雜，這便是「淡」的可感情態意態美。宋周紫芝《竹坡詩話》云：「作詩到平淡處，要似非力所能。」接著引述了蘇軾給其侄的一信：「大凡作文，當使氣象崢嶸，五色絢爛，漸老漸熟，乃造平淡。余以不但為文，作詩者尤當取法於此。」這是對「發纖穠於簡古」的最好注釋。要達到「簡古」，須先經過豐富的情感儲備，高超的技巧鍛鍊，達到爐火純青的境地，濃郁的情感與高超的技巧渾然一體，有技巧轉化為「游刃有餘，運斤成風」的無技巧的最高境界，也就是「淡泊」而有「至味」的境界。蘇軾到晚年才悟到這樣一種「至味」，正是他一生藝術經驗的結晶，如果說「發纖穠於簡古」可看作是他一生藝術實踐的走向的話，那麼，「寄至味於淡泊」就是他在美學王國最後的歸宿。

話似乎扯得遠了一點，但正是蘇軾的「至味」說，使發生於味覺的「淡」在文學藝術的創造活動（區別於老、莊哲學意味的）中，獲得了至高無上的美學地位，此後還有種種關於「淡」之美論述，在此略而不提了。

第五節　聯覺通感發生——「和」

　　兩三千年前的人，從具象到抽象、從形而下到形而上的思維就非常發達，這是至今都令人感到十分驚奇的。視、聽、味、觸所發生的美感都上升到具有普遍意義的美的觀念，唯有一個例外，那就是嗅覺發生的「芳」「香」「馨」等未能昇華到形而上的觀念層次，但往往又與味覺密切相關，荀子云：「五味芬芳，以塞其口」(《荀子》〈富國〉)、「口好味而臭味莫美焉」(《荀子》〈王霸〉，古時「臭」「香」通訓，即味覺與嗅覺通感)。為什麼先人們的聯覺通感能力這麼強？讓我們先讀《孟子》〈告子〉中的一段話：

　　口之於味也，有同耆焉；耳之於聲也，有同聽焉；目之於色，有同美焉。至於心，獨無所同然乎？心之所同然者何也？謂理也，義也。聖人先得我心之所同然耳！故理義之悅我心，猶芻豢之悅我口。

　　原來是他們特別重視「心」的作用。「心統五官」，即以意識去發動、聯絡、回收、加工五官的感覺，形成所謂的「理」「義」。《荀子》〈天論〉篇中說得很明白：

　　耳、目、鼻、口、形，能各有接而不相能也，夫是之謂天官；心居中虛，以治五官，夫是之謂天君。

　　五官各有所能但不能相互替代，心是統率五官的主宰，它根據五官傳送來的感覺材料融會加工，形成一種新的感覺——心覺，於是心覺便可籠蓋所有的感官感覺，在「理」「義」的層次上交融互通。有一

個古人運用得很普遍，使用頻率很高的審美觀念，與五官感覺都有連繫，又上升到中國古代美學的高層次，成為通用的觀念範疇，這就是「和」。

「和」，《說文解字》釋云：「相應也，從口禾聲。」如果從「相應」為「和」之義，那就與《易經》〈中孚〉〈九二〉爻辭「鳴鶴在陰，其子和之」意通，有兩聲相應之美，屬聽覺範圍；如果從「口禾」由聲而得義，那就是《尚書》〈洪範〉所謂「稼穡作甘」，「甘」為五味之一，有味美之義，屬味覺範圍。「和」，從聽、從味，發展為一個廣義的通感美觀念，凝聚為心覺美的重要觀念，而後又將其引申到國家的政治教化，西元前七七四年就已經有了十分明確的表述，那就是其時在周天子朝廷做司徒的鄭桓公問鄭國的史官史伯：「周其弊乎？」史伯回答時申述了周王朝所存在最大的弊端是「去和而取同」：

　　夫和實生物，同則不繼。以他平他謂之和，故能豐長而物歸之。若以同裨同，盡乃棄矣。故先王以土與金木水火雜，以成百物，是以和五味以調口，剛四支以衛體，和六律以聰耳，正七體以役心，平八索以成人，建九紀以立純德，合十數以訓百體。……周訓而能用之，和樂如一。夫如是，和之至也。（《國語》〈鄭語〉）

任何可感可見可聞的事物，都是由多種不同的要素構成的，這些不同的要素和諧地共處一體，才會給人造成一定的美感（色、聲、味），因此，「和」是美之本。後來，東晉的葛洪在《抱朴子》〈勖學〉中說：「雖云色白，匪染弗麗；雖云味甘，匪和弗美。」史伯已有他的定義：

聲一無聽，物一無文，味一無果，物一不講。

前三者分別屬聽覺、視覺、味覺之美感。關於聽覺美，應是多種音聲和諧協調，這與西方古代人的聽覺審美觀完全相通。古希臘的畢達哥拉斯派認為「和諧起源於差異的對立」，「音樂是對立因素的和諧統一，把雜多導致統一，把不協調導致協調」。赫拉克利特也說：「互相排斥的東西結合在一起，不同的音調造成最美的和諧。」他亦從聽覺而及視覺：「自然是由聯合對立物造成最初的和諧，而不是由聯合同類的東西。藝術也是這樣造成和諧的，顯然是由於模仿自然。繪畫在畫面上混合著白色和黑色、黃色和紅色的部分，從而造成與原物相似的形象。」[6]只是他們還沒有延伸到味覺。史伯所謂「物一不講」，意為光是「聯合同類的東西」不能進行比較，不能比較就沒有產生「和」的條件。史伯的定義雖然簡單一些，但他比畢達哥拉斯與赫拉克利特早出兩三百年啊！

將聽覺之「和」與味覺之「和」明確地並提而論的，是與畢達哥拉斯同世紀的齊國名臣晏嬰。《左傳》〈昭公二十年〉記載：西元前五二二年，在齊景公的一次宴會上，齊侯問晏子：「『和』與『同』異乎？」晏子對曰：「異。和如羹焉。水火醯醢鹽梅以烹魚肉，之以薪。宰夫和之，齊之以味，濟其不及，以洩其過。君子食之，以平其心。」晏子很聰明地用五味調和的道理來發揮史伯「和實生物，同則不繼」之論。當他進一步談到「以平其心」，這就將味覺之「和」轉向心覺之「和」了。接著又以聽覺為核心，與視、味、心諸種感覺聯合展開而歸結到「心平德和」：「聲亦如味，一氣、二體、三類、四物、五聲、六

6　以上引文見《西方美學家論美和美感》，商務印書館1982年版，第14、15頁。

律、七音、八風、九歌以相成也。清濁、小大、短長、疾徐、哀樂、剛柔、遲速、高下、出入、周疏，以相濟也。君子聽之，心平德和。」就我們現在所見到的畢達哥拉斯關於「音樂是對立因素的和諧統一」論述的譯文資料，何謂「對立因素」語焉不詳，晏子則列出了「清濁」至「周疏」等十組「對立因素」，由它們的「差異對立」而形成「不同而和」，於是就有了和諧而美的音樂。晏子最後又用了一個淺顯的事例證味、聽若「同而不和」則無美感：「若以水濟水，誰能食之？若琴瑟之專壹，誰能聽之？」白水滲白水，有什麼味道？琴瑟只彈奏一個音調，豈能悅耳？

視覺之「和」，就是「物相雜」之「文」；觸覺之「和」，則有「和暖」「和風」言之。為什麼心覺能使五官感覺相通，產生共同的美感？我們的先人比古希臘哲學家似有更高明之處，那就是他們進一步發現了一個直接支配心覺，繼而使五官發生連繫、產生通感的重要元素——「氣」。

西元前五三三年，晉國有位叫屠蒯的「膳宰」，這個專職「司味」的宮廷廚師，他從「味」對人的生理與心理的作用，揭示了「味」對人的生命、事業的重要關係：

味以行氣，氣以實志，志以定言，言以出令。（《左傳》〈昭公九年〉）

「氣」是人的生命之本，屠蒯說他以美味食物使掌管國家大權的人生發旺盛的血氣，氣盛則志壯；「志」自心發生，「氣以實志」就是使心覺健康而敏銳，於是出言有定，發號施令有人聽從。十一年之後，即西元前五二二年（周景王二十三年，魯昭公二十五年），在周天子的

朝廷之上又有一個人發表類似的論述，那是周景王要鑄造一座「無射」[7]大鐘，朝臣單穆公諫曰：「不可！」為什麼不可？鐘太大，則聲震耳，嗡嗡然不辨其高低抑揚，「耳所不及，非鐘聲也；猶目所不及，不可以為目也」。他從聽賞、觀賞的角度言：

　　夫目之察度也，不過步武尺寸之間；其察色也，不過墨丈尋常之間；耳之察和也，在清濁之間；其察清濁也，不過一人之所勝。（《國語》〈周語下〉）

任何聲音，都只作用於每一個人的耳朵，並非聲音愈大，作用也愈大。他亦將聽覺、視覺與味覺溝通，以「氣」統之：

　　口內味而耳內聲，聲味生氣。氣在口為言，在目為明。言以信明，明以時動。名以成政，動以殖生。政成生殖，樂之至也。（《國語》〈周語下〉）

也是強調「味」是「氣」之源，由此而關係君王的賢明之治。同一年內，鄭國的子產向趙簡子發了一番關於「禮」的議論，他將「氣」的概念擴展到了宇宙天地之氣，置於「味」之前：

　　夫禮，天之經也，地之義也，民之行也。天地之經，而民實則之。則天之明，因地之性，生其六氣，用其五行。氣為五味，發為五

7　「無射」，古代十二律中的第十一律，十二律從低到高依次排列：黃鐘、大呂、太簇、夾鐘、姑洗、仲呂、蕤賓、林鐘、夷則、南呂、無射、應鐘，無射為高音之律。

色，章為五聲。……（《左傳》〈昭公二十五年〉）

何謂「六氣」？「陰、陽、風、雨、晦、明」是也。何謂「五行」？「金、木、水、火、土」是也。何謂「五味」？「辛、酸、鹹、苦、甘」是也。何謂「五色」？「白、青、黑、赤、黃」是也。何謂「五聲」？「商、角、羽、徵、宮」是也（據《左傳》杜預注）。至此，「聲」「文」（色）、「味」相互依存的審美關係大體清晰了，是「氣」，指揮了這一曲「復調」音樂（請允許借用一下這個音樂調式術語）。

這一曲「復調」音樂的靈魂是「和」，西方美學家對「和諧」解釋，或謂「數的比例」合度，或謂「比例適當，顏色悅目」，或謂「對稱、整一」等等，幾乎都是從審美對象的外部特徵來探討，而中國古人則將和諧美作了哲學與心理學的闡釋。

從史伯到單穆公都是將「和」與「同」作為一對矛盾的範疇在哲學與心理學層面上展開。「和」，是事物多樣化統一，多元化取向而「殊途同歸」，《周易》〈繫辭〉云：「天下同歸而殊途，一致而百慮」，又云：「屈信相感而利生焉。」「和」使不同的事物處於一種共感共振的狀態；「同」則是事物的存在和發展處於一種單調的重複狀態，相互遮蔽、相互抑制。所以史伯說：「夫和實生物，同則不繼。以他平他謂之和，若以同裨同，盡乃棄矣。」「以他平他」有多樣化的豐富性，晏子已用了很好的比喻：「和，如羹焉」，「同」，則似「以水濟水」，前者是美味佳餚，後者僅寡淡而已。周景王準備鑄無射大鐘，單穆公以為鐘過大（按先王標準是「大不出鈞，重不過石」），則「聽之弗及，比之不度，鐘聲不可以知和」。所謂「不可以知和」，即是大鐘轟鳴之聲是一種巨大的單調的震耳之聲，不能與其他樂器配合產生悅耳動聽的音樂。他還論「和」與「不和」的音樂對人們的心理所產生的影響：

夫樂不過以聽耳，而美不過以觀目。若聽樂而震，觀美而眩，患莫甚焉。夫耳目，心之樞機也，故必聽和而視正。聽和則聰，視正則明。聰則言聽，明則德昭。聽言昭德，則能思慮純固。以言德於民，民歆而德之，則歸心焉。……若視聽不和，而有震眩，則味入不精，不精則氣佚，氣佚則不和，於是乎有狂悖之言，有眩惑之明，有轉易之名，有過慝之度。（《國語》〈周語下〉）

這裡也提及西方美學家所公認的人的兩種審美器官：耳和目。單一之聲使耳震，單一之色使目眩，有何美感？視聽不和則不能精於品味，不能精於品味則精氣耗散，人的整個生命體氣的不和，於是造成言不順、眼不明，思維混亂，完全失去正常的審美尺度。中國人如此之早，如此深入透徹地闡述「和」之理，難怪孟子說「理義之悅我心」，西方美學家中倡「美是和諧」論者，其學理層面似乎尚不及此。還須一提的是，與單穆公一道說服周景王的伶州鳩，是一個地位不高的樂師，他就音樂理論講了一大段話，其要義云：

夫政象樂，樂從和，和從平。聲以和樂，律以平聲。金石以動之，絲竹以行之，《詩》以道之，歌以詠之，匏以宣之，瓦以贊之，革木以節之。物得其常曰樂極，極之所集曰聲，聲應相保曰和，細大不逾曰平。如是，而鑄之金，磨之石，系之絲木，越之匏竹，節之鼓而行之，以遂八風。（《國語》〈周語下〉）

如果我沒有理解錯的話，這就是音樂中的「和聲」理論，當今所謂「復調」音樂之遠源。

到了儒家學說盛行時，「和」之觀念似乎發生了一些變化，「和」

與「中」連綴而成「中和」之説，《中庸》〈第一章〉云：「喜怒哀樂之未發，謂之中；發而皆中節，謂之和。中也者，天下之大本也；和也者，天下之達道也。致中和，天地位焉，萬物育焉。」在理論上固然拔得很高，但將「和」界定為「發而皆中節」，不合「和」之初義、本義，若皆以「中節」應之，豈不是又「去和而取同」了？此後中國古典美學中所標舉的「中和」之美，當屬於另一個審美範疇，筆者將在本書中編論儒家之美學觀時再述。

第六節　身心自由之美──「休」

由五官感覺繼而融於心覺發生種種美感，大致已如前述，那麼作為血肉之軀的人，當他不只是憑藉五官感覺，也不勞煩運思「理、義」的心覺，而是全身心的放鬆，通體舒適而感到無限的愉悦，是不是一種至高至全的美感呢？有一個字，在「美」字出現並通用之前，就以含「美」之義而經常出現在上古文獻之中，這個字就是「休」。

「休」，甲骨和金文皆有此字，為人依木之形，是「會意」字，《爾雅》〈釋詁〉有：「休，息也。」但是在另一條又明明白白的：

> 旺旺、皇皇、藐藐、穆穆、休、嘉、珍、褘、懿、鑠，美也。

首先確定「休」即「美也」，但它是一個多義詞，從字形來看，「息」是初義，還有「戾也」「慶也」（《爾雅》〈釋言〉）、「休，無實李」（《爾雅》〈釋木〉）、「瞿瞿、休休，儉也」（《爾雅》〈釋訓〉）等引申義。[8]

8　《爾雅》，《十三經註疏本》中華書局1980年版。

許慎《說文解字》釋云：「休，息止也，從人依木。庥，或從廣。」

「休」為什麼有「美」之義呢？我們只能從其初義進行聯想：人們在田野勞動或上山打獵，勞累之時多想停下來休息一會兒，如果有烈日當頭，在樹蔭下乘涼而息更是舒適、愉悅，《詩經》〈大雅〉〈民勞〉每節以「民亦勞止」發語，接著是「汔可小康」「汔可小休」「汔可小息」「汔可小偈」「汔可小安」，都是聊可安適的心態、情緒表現。《詩經》〈大雅〉〈卷阿〉描述詩人在「有卷者阿，飄風自南」的大自然中，「伴奐爾游矣，優游爾休矣」，可謂優哉游哉，「休」更是美好心情的表白。勞而不能休則心情痛苦，「悠悠我裡，亦孔之痡。四方有羨，我獨居憂。民莫不逸，我獨不敢休。天命不徹，我不敢效我友自逸。」（《詩經》〈小雅〉〈十月之交〉）

休，使人感到舒適暢美，即是精神與肉體的放鬆感、愉悅感，也是一種美感。「休，美也」，原來是從恬美的感受引申而來！

《尚書》[9]，這部中國最早的官方歷史文獻，沒有一個「美」字，卻頻頻出現「休」字，現僅以《今文尚書》所存篇目為據（其字句訓、釋采用現在通用的孔安國傳，孔穎達疏）。請先看最先出現的一例：

禹曰：「……惟動丕應徯志，以昭受上帝，天其申命用休。」（《尚書》〈皋陶謨〉）

9 　據顧頡剛先生考證，「《今文尚書》中〈盤庚〉〈大誥〉〈康誥〉〈酒誥〉〈梓材〉〈召誥〉〈洛誥〉〈多士〉〈多方〉〈呂刑〉〈文侯之命〉〈費誓〉和〈秦誓〉十三篇，在思想上、文字上都可信為真」（見王尚華編：《古文辨偽與現代史學·顧頡剛集》，上海文藝出版社1998年版，第21頁）。本節引用時，按現在學界公認的《今文尚書》二十八篇之目，凡屬「偽古文」部分一律不取。

　　記錄的是禹對舜說的話，孔安國《傳》曰：「昭，明也。非但人應之，又乃明受天之報施，天又重命用美。」據唐代孔穎達的解釋，這段話的意思是：禹說，作為一國之君，萬民之主，他的動止都應該順應天命，「心之所止，止於所好，其有舉動，發號施令，則天下大應之」，不但人應之，上天也「必從之」，於是上天以種種美的事象朕兆（「四時和祥瑞臻之類」）來表示對您治績的滿意。所謂「用休」，就是用美的事相、物相（天相）來顯示天意。此篇是否屬舜、禹時代真實可信的歷史文獻？不可為確據。讓我們看周代的文獻（茲附孔安國《傳》及孔穎達《疏》於後）：

　　「曰休徵：曰肅，時雨若；曰乂，時暘若；曰晢，時燠若；曰謀，時寒若；曰聖，時風若。」（〈洪範〉）孔《傳》曰：「敘美行之驗。」孔穎達復《疏》曰：「曰美行致以時之驗。」

　　「天休於寧王，興我小邦周。」（〈大誥〉）孔《傳》曰：「言天美文王興周者。」孔穎達《疏》曰：「天休美於安天下之文王興我小國周者⋯⋯」

　　「予以秬鬯二卣，曰明禋，拜手稽首，休享。」（〈洛誥〉）孔《傳》曰：「周公攝政七年致太平，以黑黍酒二器，明絜致敬，告文武以美享。」孔穎達《疏》曰：「告文王、武王以美享，謂以太平之美事享祭也。」

　　「汝有合哉！言曰：『在時二人，天休滋至，惟時二人弗戡』⋯⋯」（〈君奭〉）孔《傳》曰：「言汝行事，動當有所合哉。發言常在是文

武，則天美周家，日益至矣，惟是文武不勝受。言多福。」孔穎達《疏》曰：「天美我周家，日日滋益至矣。」

「天惟時求民主，乃大降休命於成湯。」（〈多方〉）孔《傳》曰：「天惟是桀惡，故更求民主以代之，大下明美之命於成湯，使王天下。」孔穎達《疏》曰：「天乃大下明美之命於成湯，使之代桀王天下。」

以上均屬周初文書，以「休」言「美」當更為可信。周公所作〈洛誥〉中，記成王答謝周公在洛邑的地方為他營造了新的都城，一段話中連用四「休」：

王拜手稽首，曰：「公不敢不敬天之休，來相宅，其作周匹休。公既定宅，伻來，來視予卜休，恆吉。我二人共貞。公其以予萬億年敬天之休。」

孔穎達將此段話轉譯成唐代白話：

不敢不敬天之美，來至洛相宅，其意欲作周家配天之美故也。公既定洛邑，即使人來告，亦來視我以所卜之美、常吉之居，我當與公二人共正其美。公定其宅，其當用我萬億年敬天之美故也。

孔穎達將這段中的「休」字皆譯成「美」字，兩相比較，似無歧義。在〈大誥〉中，「休」被賦予動詞讚美之義：「我西土惟時怙冒，聞於上帝，帝休。」意為周文王治下的西方，恩澤廣披百姓，天帝讚美

其治。還值得注意的是，已出現多個合成詞：「休命」「休亨」「休徵」「天休」「休祥」，在這些合成詞中，「休」無「息」義，而與「美」「好」「吉」通。

愈往後，「休」字出現了愈明顯的「美」義，下舉兩例：

「爾尚敬逆天命，以奉我一人。雖畏勿畏，雖休勿休。」（〈呂刑〉）孔《傳》曰：「汝當庶幾敬逆天命，以奉我一人之戒。行事雖見畏，勿自謂可敬畏；雖見美，勿自謂有德美。」孔穎達《疏》曰：「汝所行事，雖見畏，勿自謂可敬畏，勿自謂有德美。」

「如有一介臣，斷斷猗，無他伎，其心休休焉，其如有容。」（〈秦誓〉）孔《傳》曰：「如有束修一介臣，斷斷猗然專一之臣，雖無他伎藝，其心休休焉樂善，其如是，則能有所容。」孔穎達《疏》：「休休，好善之意。」

「好善」亦即美好、美善。《公羊傳》〈文公十二年〉有「其心休休」，《注》曰：「休休，美大貌。」以上引《尚書》各例，「休」與「止」「息」實不相及，純粹作為表述美及美感之詞而用。

與《尚書》〈周書〉成文時間相近的《易經》卦、爻辭中亦無「美」字而有「休」字，但僅見二例：

休否，大人吉。其亡其亡，繫於苞桑。（〈否〉〈九五〉爻辭）

休復，吉。（〈復〉〈六二〉爻辭）

　　前例是指〈否〉卦九五為陽爻，而下卦三位皆陰爻，有陽爻居九五之尊位，則陰氣被抑止，有否去泰來之象。孔穎達《疏》曰：「休否者，休美也，謂能行休美之事，於否塞之時能施此否閉之道遏絕小人，則是否之休美者也。」有今人解《周易》，因以為「休」只有「止」義，而說「休止否閉局面，大人可獲吉祥」（黃壽祺、張善文《周易譯註》），顯然不及其主旨之義。後例為〈復〉卦第二爻，因是陰爻而正當其位，孔穎達《疏》曰：「得位處中，最比於初陽為，行仁已在其上，附而順之，是降下於仁，是休美之復，故云：『休復吉。』」這就是說，《易經》中兩「休」均可作「美」解，與《尚書》一致。

　　這裡有一個奇怪的現象：商、周的甲骨文和金鼎文中都有「休」字與「美」字，為什麼《尚書》與《易經》都用「休」而不用「美」？「《詩》三百」編定之後，各篇中或用「休」，或用「美」，考察一下「風」「雅」「頌」中的「休」「美」的分佈情況，或許可解此疑惑一二。

　　《詩經》三百零五篇中，「休」出現了十八次，如前所說，已有「休息」「休止」之義，但更多的還是「美」及引申義。先看《風》詩三例：

　　南有喬木，不可休思；漢有游女，不可求思。（〈周南〉〈漢廣〉）

　　無已大康，職思其憂；「好樂無荒」，良士休休。（〈唐風〉〈蟋蟀〉）

　　周公東徵，四國是遒；哀我人斯，亦孔之休！（〈豳風〉〈破斧〉）

　　前例應作「歇息」解，後二例，「休休」出於《尚書》，此句可換言曰「良士」有美好的情懷。第三例中「亦孔之休」，可直解為「大而美」，據〈破斧〉之士卒隨周公東徵喜獲生還的詩意，有「吉慶」之

義,即留得一命回家鄉,值得大為慶幸。在「雅」詩出現的(其中〈小雅〉三次,〈大雅〉四次)「休」,除前已提到的〈十月之交〉〈民勞〉中的休息之義,以下兩例與〈卷阿〉中「優游爾休」一樣,與「美」相關:

> 式遏寇虐,無俾民憂。無棄爾勞,以為王休。(〈大雅〉〈民勞〉)

> 虎拜稽首,對揚王休;作召公考,天子萬壽。⋯⋯(〈大雅〉〈江漢〉)

前例「以為王休」,即意為了君王美好的事業,「無棄爾勞」。此詩此節前有「民亦勞止,汔可小休」,兩用「休」字而意義不同,可見詩人對「休」字兩義已有準確的把握與區分。後例更明顯是「虎」(召虎,周宣王命他帶兵討伐淮夷)讚揚君王的美德,此「休」如〈尚書〉〈大誥〉中「天休於寧王」之義。

「頌」是《詩經》中出現最早的詩,出現於〈周頌〉〈商頌〉中的四「休」,全具「美」「吉」「好」之義:

> 載見辟王,曰求厥章。龍旂陽陽,和鈴央央。鞗革有鶬,休有烈光。(〈周頌〉〈載見〉)

> 紹庭上下,陟降厥家。休矣皇考,以保明其身。(〈周頌〉〈訪落〉)

> 兕觥其觩,旨酒思柔,不吳不敖,胡考之休。(〈周頌〉〈絲衣〉)

受小球大球，為下國綴旒，何天之休。……（〈商頌〉〈長發〉）

以上詩中之「休」或言大美（「烈光」），或讚美，或吉祥之美，無一「息」義，與《尚書》同。

《詩經》中出現「美」字大大超過「休」字，又多出現在邶、鄭、衛、齊、魏、唐、陳等國風詩中，如「彼美人兮，西方之人兮」（〈邶風〉〈簡兮〉）、「匪女之為美，美人之貽」（〈邶風〉〈靜女〉）、「巧笑倩兮，美目盼兮」（〈衛風〉〈碩人〉）……語例太多，對檢之後，有一個特別值得注意的事實：〈雅〉詩與〈頌〉詩中一個「美」字也沒有！

為什麼〈風〉詩極少用「休」而頻用「美」，〈雅〉和〈頌〉不用「美」而沿用《尚書》之「休」？此中有無官方與民間之別？階級貴與賤之別？雅與俗之別？我在《中國詩學批評史》中就「歌」「謠」與「詩」字的運用已述及：「前者皆出現於〈風〉，三次出現『詩』字都在〈雅〉詩裡，可否認為這個字當時還只是在中、上層知識分子中應用，作為與『歌』與『誦』同義的文體專用詞。」[10]〈雅〉〈頌〉的作者多為士大夫之類上、中層知識分子及宮廷中主持祭祀的「寺人」，他們或不屑於用來自民間的「美」字而沿用官方文獻典籍中的「休」。官方語言，當時有「雅言」之稱，《論語》〈述而〉謂：「子所雅言，《詩》《書》、執禮，皆雅言也。」孔子講授《詩經》《尚書》與在典禮儀式上，皆用典雅的官方語言、文獻語言，由此看來，「美」字當時尚被排斥於官方語言之外（孔子平時用語較為隨便，常用「美」字，《論語》中屢見）。由此可否推論，自商至周之前期，用「雅言」的人士描述美的事物、表述美的觀念唯用「休」，至少是到《詩》產生的時代；民間

---

10 陳良運：〈中國詩學批評史〉，江西人民出版社1995年版，第25頁。

則直用「美」字表現。階級分化、貴賤異位，在使用語言文字時也體現出來。

自《詩經》之後，諸子崛起，「美」與「休」在諸子著述中開始並用，並且「休」之「息」「止」等義逐漸突出。《左傳》用「休」僅十餘次，有「休息」義的如「休怠」，有承《尚書》義的「休命」「休和」「休明」等等，而「美」字出現五十次以上。這裡特別要著重提到的是戰國時代的莊周，他用「休」字似乎涉及了美學本質、揭示了「休」字的美學意義。

《莊子》一書中，見「休」三十餘處，見「美」五十餘處，但他用「休」不再是單純的「息也」或「美也」之義，而是將「休」上升到道家哲學一個至高的哲學觀念──「無為」。請先看〈天道〉篇中所論：

> 夫虛靜恬淡寂漠無為者，天地之平而道德之至也。故帝王聖人休焉。休則虛，虛則實，實則倫矣；虛則靜，靜則動，動則得矣。……靜而聖，動而王，無為也而尊，樸素而天下莫能與之爭美。

「休」，從「息止」義講，也是「有為」之人暫時的「無為」，「虛靜恬淡」實是「休」也是「無為」的一種美感狀態，莊子將「虛靜恬淡寂漠無為者」與「帝王聖人休焉」等論齊觀，因此，在莊子那裡，似不必追究「休」是「息止」還是「美」，他已將「休」視為「無為」之本，「無為」而有「天地之平而道德之至」之大美，是「天下莫能與之爭」之至美，而這種「休」而「無為」所獲得的美，其美感態勢是「淡然無極」。〈刻意〉篇又云：

> 淡然無極而眾美從之，此天地之道，聖人之德也。故曰：夫恬淡

寂漠，虛無無為，此天地之平而道德之質也。故曰：聖人休休焉則平
易矣，平易則恬淡矣，平易恬淡，則憂患不能入，邪氣不能襲，故其
德全而神不虧。

　　他也沿用了《尚書》中「休休」一詞，且從「無為」之美又返歸
於人，「平易恬淡」是「聖人」的精神狀態，也是在人們心目中的美感
狀態，這種美感狀態。在〈齊物論〉和〈天道〉篇中還有一種新的術
語：「天鈞」或「天樂」。

　　聖人和之以是非而休乎天鈞。（〈齊物論〉）
　　言以虛靜推於天地，通於萬物，此之謂天樂。天樂者，聖人之心
以畜天下也。（〈天道〉）

　　於是，臻至「天地有大美」人心亦有「大美」的至高審美境界。
　　莊子從「休則虛」發揮出「無為」為「美」之本，從而使「休」
這一中國遠古的美的觀念得到高度的昇華，「休」之美從形而下（人倚
木而息）昇華為形而上的「淡然無極」的天地、聖人之大美。如果我
們將莊子所說的「聖人」還原於一般意義的人，由「休」而「無為」
所感受到的「恬淡」之美，豈不是因為勞作止息之後，肉體與精神都
處於放鬆狀態，身心獲得了自由，從而有了審美的自由。自由的審
美，歸納為一句話則是：美即自由！現代美學家筆下反覆論證的「美
是自由的象徵」[11]，原來，中國上古時代就有一個很簡單的「休」字並
從此引申出「淡然無極」之大美與之相應，或者說，是其淵源。

11　高爾太：《美是自由的象徵》，人民文學出版社1986年版，第30-90頁。

在兩漢及稍後，「休」作為一個美感詞使用，構成了不少新的語詞。從〈辭源〉所列及所釋看，司馬遷《史記》〈秦始皇紀〉載秦始皇會稽立石之文，有「皇帝休烈，平一宇內，德惠修長」之語，「休烈」即盛美輝煌的事業，是一個很高級的讚美詞，司馬相如《難蜀父老》亦有「故休烈顯乎無窮，聲稱浹乎於茲」之語，可見「休烈」已是當時通用的語詞。又有「休光」一詞，意為盛美之輝光，班固《漢書》〈匡衡傳〉有「使群下得望盛德休光，以立基楨」之語，後來晉代嵇康在《琴賦》中沿用此詞：「含天地之醇和兮，吸日月之休光。」又有「休暢」一詞，意為美而舒暢，舊題李陵《答蘇武書》有「榮問休暢，幸甚，幸甚！」之語，酈道元《水經注》〈沔水〉之「望衡對宇，歡情自接，泛舟褰裳，率爾休暢」，更足其意。又有「休行」一詞，意為美好的操行，東漢蔡邕《袁滿來碑銘》有「茂德休行」之語。又有「休美」一詞，意為美善，陳壽《三國志》〈蜀〉〈楊戲傳〉有「贊時休美，和我業世」之語。還有「休德」「休熾」等等，不一一列舉了，這些詞，與《尚書》〈周書〉中的「休命」「休享」「休祥」等基本結構相似，有「美」之義而無疑，可也不一定就是莊子所欣賞的「恬淡」之美。魏晉以後，「休」作為一個美的觀念詞，使用者漸漸少了，還原為「人倚木而息」之原始義，這或許與許慎的《說文解字》流行於世有關。

在此，著者還要作點臆測的是，與「休」之「息」義有相通之處的「閑」，是否可取代「休」而表身心自由之美？尤其是魏晉之後。

「閑」字初義是「門中有木」（《說文解字》），即「以木拒門」（徐鉉解），可會意為閉門而息，但其原始義有「防止」一解，《易》已見其用：「閑有家，悔亡。」嚴防邪惡侵入家庭。其他引申義不擬在這裡一一轉述，它於何時獲得了美感意味？《詩》〈魏風〉〈十畝之間〉中就有跡象：「十畝之間兮，桑者閑閑兮，行與子還兮。」描述採桑女在

勞動之餘從容自得的情態。在此，著者想檢閱一下陶淵明作品中的「閒」字，因為他在農村過著與世無爭的日子，精神放鬆，心態自由，詩文中的「閒」字頗多，讓我先摘引若干詩句，以窺他的「閒」態：

　　戶庭無塵雜，虛室有餘閒。久在樊籠裡，復得返自然。(《歸田園居》五首之一)

　　形跡憑化往，靈府長獨閒。貞剛自有質，玉石乃非堅。(《戊申歲六月遇火》)

　　居止次城邑，逍遙自閒止。坐止高蔭下，步止蓽門裡。(《止酒》)

　　或有數斗酒，閒飲自歡然。我實幽居士，無復東西緣。(《答龐參軍》)

　　辛酉正月五日，天氣澄和，風物閒美，與二三鄰曲，同遊斜川。(《游斜川》詩序)

　　這些用了「閒」的詩、文，都表現了陶淵明在大自然的田園生活中，從形體到內心(「靈府」)的悠閒逍遙、自由自在的「閒美」之態(通於「休美」)。他在詩中多次寫到「閒居」(有詩題即《九日閒居》)，「閒居」一詞在《荀子》〈解蔽〉篇就已出現了：「是以辟耳目之慾，而遠蚊虻之聲，閒居靜思則通。」是居而身心自由。陶淵明在《五柳先生傳》中說：「閒靜少言，不慕榮利，好讀書，不求甚解。」便是他閒居生動的寫照。還應該特別提到他的《閒情賦》，賦前小序曰：「初，張

衡作《定情賦》，蔡邕作《靜情賦》，檢逸辭而宗淡泊，始則蕩以思慮，而終歸閑正。將以抑流宕之邪心，諒有助於諷諫。」陶淵明於「園閭多暇」而作賦，命題曰「閒情」，也是「有助於諷諫」嗎？或如一些注者所說「檢束放蕩的感情」嗎？賦的主體部分確實是「蕩以思慮」，以「傾城之豔色」的德貌雙全的女子為思念抒寫的意象，表達他向往美、欣賞美、追求美的情致，而他心目中的「美人」始終是可望不可即，「徒勤思以自悲，終阻山而帶河」。以下是全賦收束之語：

迎清風以袪累，寄弱志於歸波。尤《蔓草》之為會，誦《邵南》之餘歌；坦萬慮以存誠，憩遙情於八遐。

陶淵明作此賦，恰恰表明了他無「助於諷諫」之心（《歸去來兮辭》序中之謂「質性自然，非矯厲所得」）；這一點，編《文選》的蕭統，倒是很敏銳地發現了，在《陶淵明集序》中對陶氏大多數作品給予了很高評價之後說：「白璧微瑕者，惟在《閒情》一賦，揚雄所謂勸百而諷一者，卒無諷諫，何必搖其筆端？惜哉，亡是可也。」（這一說法，後來被蘇軾批評為：不曉事的小兒之言。）細考陶淵明在其他詩文中所有「閒」字，都不取「約束」之義，因此賦之「閒」義似無例外，正是無拘無束地抒發他「園閭多暇」時自由來去之情，此一「閒」字，有自賞其美的意味在其中。

更值得注意的是，這個「閒」字被劉勰引進《文心雕龍》，用以描述作家的創作心態，一是在〈養氣〉篇中，談到「吐納文藝」之先，要「清和其心，調暢其氣」，要「逍遙以針勞，談笑以藥倦」，然後有一句：「弄閒於才鋒」。所謂「弄閒」，與「逍遙」「談笑」連繫起來理解，就是保持創作心態的自由，才能毫無羈束地發揮自己的才氣。二

是在〈物色〉篇中，談到面對自然景物，如何使自己的才思不蹈古人之轍，而善於「因方以借巧，即勢以會奇」後接著說：

是以四序紛回，而入興貴閒；物色雖繁，而析辭尚簡；使味飄飄而輕舉，情曄曄而更新。

「入興貴閒」四字，引起了現代兩位國學大師劉永濟、黃侃先生的高度注意，他們在自己研究《文心雕龍》的著作中，對「貴閒」都作了精闢的闡釋。劉永濟先生在《文心雕龍校釋》中寫道：

舍人論文家體物之理，皆至精粹，而「入興貴閒，析辭尚簡」二語尤要。閒者，〈神思〉篇所謂虛靜也，虛靜之極，自生明妙，故能撮物像之精微，窺造化之靈秘，及其出諸心而形於文也，亦自然要約不繁，尚何如印之不加抉擇乎？[12]

黃侃先生在《文心雕龍札記》中寫道：

蓋四序之中，萬象森羅，觸於耳而寓於目者，所在皆是，苟非置於心悠然閒曠之域，誠恐當前好景，容易失之也。陶詩：「采菊東籬下，悠然見南山。山氣日夕佳，飛鳥相與還。此中有真意，欲辨已忘言。」因采菊而見南山，一與自然相接，便見真意，至於欲辨忘言，便非淵明擺落世紛，寄心閒遠，曷至此乎？[13]

12　劉永濟：《文心雕龍校釋》，中華書局1962年版，第181頁。
13　黃侃：《文心雕龍札記》，中華書局1962年版，第233頁。

　　不須我贅言，「閒」之於文心，是一種美的心態和創造美的心態。

　　後來，白居易或許受《閒情賦》的啟發，稱他「關美刺」的諷諭詩之外的詩：「詠性情者，謂之閒適。」[14]依著者的詩歌審美觀，《白氏長慶集》中，寫得最美、藝術成就最高的，正是他感到身心自由時自由抒發、自由表達的「閒適」詩。

14　白居易《答元九書》：「又或退公獨處，或移病閒居，知足保和，吟玩情性者一百首，謂之閒適詩。」

第三章

「真」──「美」之本體觀

中國現代大詩人艾青於二十世紀三〇年代末作的《詩論》[1]第一則是：

真、善、美，是統一在先進人類共同意志裡的三種表現，詩必須是它們之間最好的連繫。

何謂「真」？他說：「真是我們對於世界的認識，它給予我們對於未來的信賴。」何謂「善」？「善是社會的功利性。」又說：「凡是促使人類向上發展的，都是美的，都是善的，也都是詩的。」

艾青是中國新詩史上自由體詩創作之巨擘，受北美西歐惠特曼、阿波裡奈爾、凡爾哈倫等大詩人薰陶甚深，他的詩歌美學思想也主要

1　艾青：《詩論》，人民文學出版社1995年第2版。

受西方美學思想的影響，作《詩論》之前，從他的學歷看，尚未深入過中國古代美學領域，但他説真、善、美是「統一在先進人類共同意志裡的三種表現」，也道中了中國古代美學中一個核心問題。我們的先人對這一問題揭示之早，討論之深，延續之久，發揮之詳，足可證明中華民族確實是「先進人類」在東方一個最傑出的族類。

如果按現在關於真、善、美三位一體之屬性，「美」是這一本體屬性的外部表現。我們古代先哲們是怎樣論述、組合這三種關係呢？本章先從「真」之初義再及演變之義展開追索和論述。

第一節　「真」──「精」「誠」「信」「情」「實」

如果你從《説文解字》去求「真」字之解，會感到有點失望，許慎曰：「仙人變形而登天也。」他大概是以古文真（ 𢾁 ），為「仙人變形」登天之狀。在先秦以儒、道為代表的各學派中，極少見到言「仙人」之事，略長於許慎又是同時代的班固，在《漢書》〈藝文志序〉中列述了「諸子十家」（「其可觀者九家而已」，第十家「小説家者流」不在「可觀」之列）之後，又列了「權謀者」「陰陽者」「兵家者」至「方技者」等十七家，第十六家是：

神仙者，所以保性命之真，而游求於其外者也。聊以蕩意平心，同死生之域，而無怵惕於胸中。然而或者專以為務，則誕欺怪迂之文彌以益多，非聖王之所以教也。孔子曰：「索隱行怪，後世有述焉，吾不為之矣。」

很難令人想像，一個「真」字是為「非聖王之所教」而造，許慎

是否又如解「美」字一樣，僅從字形臆測而釋義？

　　與「偽」「假」相對的「真」，在《老子》一書中已具有較準確的意義，隨後《莊子》一書中大量出現「真」字，從現在所能見到的兩書看，實在看不出「仙人變形而登天」的蹤跡。「真」字在《老子》中出現三次：

　　道之為物，惟恍惟惚。惚兮恍兮，其中有像；恍兮惚兮，其中有物。窈兮冥兮，其中有精；其精甚真，其中有信。（〈二十一章〉）

　　上德若谷，大白若辱；廣德若不足，建德若偷（婾），質真若渝。（〈四十一章〉）

　　善建者不拔，善抱者不脫。……修之於身，其德乃真。（〈五十四章〉）

　　第一條是說「道」不是絕對的空虛，人們體悟「道」的存在，恍惚悟到「道」有「象」有「物」（《周易》言天地之道是「在天成象，在地成形」），老子描述這恍兮惚兮的物像用了三個字：「精」「真」「信」。「精」，即此物像之精粹、精華，是其核心、靈魂之所在。同是道家學派宋鈃、尹文所作的《內業》有云：「凡物之精，化則為生，下生五穀，上為列星，流於天地之間，謂之鬼神，藏於胸中，謂之聖人。」因此，這「精」是一切物像發生、存在的根本，是「道」的無窮生命力之體現。老子又強調一句：「其精甚真。」雖然物、像在人們心目中是恍恍惚惚的，但這「精」卻是真實的存在，如果沒有「精」發揮潛在的作用，「恍兮惚兮」的物像也就沒有了。下一句「其中有信」，

是承「其精甚真」説的，假者不可令人相信，唯其有「精」且真實地存在，那恍兮惚兮的物像便不是一片幻影，而是令人感到真實可信，用我們現在的話來説，這是相對於客觀真實的「主觀的真實」。由此，我們是否可來一個逆向推論：「信」，以「真」為前提、為依據；「真」，以「精」為本體、為依據。起著承上啟下作用的是「真」！物無「精」者，便失其「真」；無「真」可感可察，便失其「信」。

第二條説的「質真若渝」一語，後人解詁甚多，如果參照《淮南子》〈本經訓〉之「質真而樸素」一語即可理解老子此話的本意，即「樸」「素」是「質真」的內涵，「樸」是未經人為斫削的原木，「素」是一切事物的本色，「敦兮其若樸」「見素抱樸」，正是道家所崇尚的本質之真（凡有人為痕跡，即為偽），這樣的真本質、真本色又毫不向人炫耀，不會引起人們的特別注目。又據馬敘倫先生説，此「渝」當作「污」解，凡是質地純真的東西，外表看去都不光潔華美，或有天然的斑斑污跡。這樣解與「樸素」沒有矛盾，亦與「大白若辱」（辱，黑垢）等句意思是相承接。

第三條説「其德乃真」，是指個人的品德修養要臻至純真的境界，能葆其「真」者，就是「善建」與「善抱」。元代江西哲學家吳澄解釋道：「植一木於平地之上，必有拔而偃僕之時；持一物於兩手之中，必有脱而離去之時。善建者以不建為建，則永不拔；善抱者以不抱為抱，則永不脱。」（《道德真經注》）這實質是「無為」「見素抱樸」另一種表述方式，所謂「真」就是永葆物與人本質之真，用《老子》〈三十七章〉中的幾句話更見此義：「化而欲作，吾將鎮之以無名之樸。無名之樸，夫亦將不欲，不欲以靜，天下將自正。」（《老子》〈五十四章〉中亦有言：「修之於家，其德乃餘；修之於鄉，其德乃長；修之於邦，其德乃豐；修之於天下，其德乃普。」）

　　老子心目中的「真」，是表述事物及人的本質、本相、本色，一種自然而又真實的狀態，以後，莊子還有更多的發揮。在莊子之前，其他學派尤其是儒家學派對「真」尚未特別注意，他們對相當於「真」的觀念，有不同的表述方式。

　　與老子的「精」相對應，儒家學者以「誠」為「真」。我們知道，孔子不言「性與天道」，也許他尚未找到最有概括力的詞來表述「性與天道」的本質，但是他的孫子子思找到了，這個詞就是「誠」！

　　誠者，天之道也；誠之者，人之道也。誠者，不勉而中，不思而得，從容中道，聖人也。誠之者，擇善而固執之者也。（《中庸》〈第二十章〉）

　　「誠」是天道之本質，正如「精」是老子所言「道法自然」的核心本質，儒家也體認天道自然，孔子曾說過：「天何言哉？四時行焉，百物生焉，天何言哉！」（《論語》〈陽貨〉）而這「誠」也具有自然之質，子思進一步闡釋：

　　誠者，自成也；而道，自道也。誠者，物之終始，不誠無物。（《中庸》〈第二十五章〉）

　　這就是說，「誠」是天地萬物自我生成的本質，因而也就自我實現為「天之道」，它與天地萬物相為終始。「誠」，實而不虛，是客觀真實的存在，所以，「誠」首先是客觀事物的本質、本相的表現。人是萬物之靈長，「誠」也應該是人的本性，以「誠」處身，以「誠」待人接物，「自誠明，謂之性」，由內心之誠而使耳聰目明，這就是天賦本性的最

佳發揮；「自明誠，謂之教」，由明察身外的事理而增強內心的誠實感，成為自覺的「擇善而固執之者」，這就是對人後天教化的依據。由此，子思推出一個「至誠」的觀念：

> 唯天下至誠，為能盡其性；能盡其性，則能盡人之性；能盡人之性，則能盡物之性；能盡物之性，則可以贊天地之化育；可以贊天地之化育，則可以與天地參矣。（《中庸》〈第二十二章〉）

所謂「至誠」，也就是至真、至善，人的天賦本性就是人的真性情，所謂「盡性」者，就是「順理之使不失其所」（鄭玄語），人能最大限度發揮自己的天賦本性，也就能認識、發揮萬物的本性；天與人，人與萬物，皆以誠相見，整個世界就無比和諧了。

「誠」，真誠、誠實，子思將它視為人與萬物的本性，較之老子所言「精」，似乎更有實踐意義，不虛偽、不欺詐，「君子誠之為貴」，在道德修養領域，「誠」是一桿標尺，是真道德假道德的試金石。老子說「修之於身，其德乃真」，儒家則可說「其德乃誠」。

老子言「信」，以「真」為前提，「信」是「真」的一種效應狀態。在古老的《易經》卦爻辭中，常以一個「孚」字表述誠而信之意，並且專設一卦曰《中孚》。孔穎達說：「信發於中，謂之中孚。」該卦卦辭有：「中孚；豚魚吉。」孔氏又釋曰：「魚者，蟲之幽隱；豚者，獸之微賤。人主內有誠信，則雖幽微之物，信皆及矣。」由此可見，「信」也是「誠」的一種效應狀態，乃至可說，「信」是「真」和「誠」的代指詞。在子思提出以「誠」若真之前，孔子及其嫡系弟子已經常用「信」代指他們的「真」或「誠」之意，翻開《論語》〈學而〉，便見幾例：

曾子曰：「……與朋友交而不信乎？……」

子曰：「道千乘之國，敬事而信。……」

子曰：「弟子入則孝，出則弟，謹而信……」

子夏曰：「……與朋友交，言而有信。……」

與朋友真心相交，誠實而不欺詐，是「信」的感情基礎。對人講信識、信用，使他人對自己感到可以信任，那就是出於真心，動真情，說真話，辦真事。「言而有信」與《周易》〈乾文言〉「修辭立其誠」是一致的。「信近於義，言可復也。」（有子之言，見《論語》〈學而〉）這就是說，「信」與人事、義理相關，「有信」之言經得起客觀實踐的檢驗。在〈陽貨〉篇中，孔子將「信」列為人的五種品德之一，「能行五者於天下，為仁矣！」它們是：

恭、寬、信、敏、惠。恭則不侮，寬則得眾，信則人任焉，敏則有功，惠則足以使人。

「信」，即誠信，待人感情真摯而態度誠懇，必將得到上司和朋友的信任，此「信」，實言情感真實之美，與「恭」的禮貌美、「敏」的智慧美、「寬」與「惠」的品德美，合而為仁者的人格美。孟子還特別突出過這個「信」，提出「信人」之說。有一次，在回答浩生不害問「樂正子何人也」，他說：「善人也，信人也。」何謂「信」？「有諸己之謂信。」所謂「有諸己」，朱熹補釋云：「凡所謂善，皆實有之，如惡

惡臭，如好好色，是則可謂信人矣。」張載則曰：「誠善於身之謂信。」
這些解釋用今天的話來說，「信人」就是本本真真的人，按本心真意表
示自己的好惡，從不虛偽造作扭曲自己的本性，這與稍後莊子所標舉
的「真」是相通的。

在《論語》中與「信」同時出現的還有另一個表述「真」的意義、
在當時亦與「誠」等義的字──「情」。

如果說，「信」的本質是「真」，在客觀上表現為一種效應狀態；
那麼，「情」字最先的出現和使用，卻不涉及主觀感情，而是表達客觀
事物、人的行為的某種實質、真實狀況，這在《論語》《左傳》《易傳》
中都有不少實例，先看《論語》中兩例：

上好禮，則民莫敢不敬；上好義，則民莫敢不服；上好信，則民
莫敢不用情。（〈子路〉）

上失其道，民散久矣，如得其情，則哀矜而勿喜。（〈子張〉）

前一例是「禮」「義」「信」與「敬」「服」「用情」，朱熹說：「各
以其類而應也」，「信」與「情」對舉，「情，誠實也」。統治者對小民
講究信用，小民就以誠實而應，不敢造偽作假。後一例是曾子對一位
即將去做法官的學生的叮囑，意思是高居上位的人不按正道辦事，民
眾與之離心離德已經很久了，你下去如果瞭解到民間一些真實情況，
應該哀憐他們而不要沾沾自喜。

《左傳》採用了春秋時代的大量史料，用「情」字處，「情」常被
賦予或「真」或「實」之義，如：

小大之獄，雖不能察，必以情。（〈莊公十年〉）

吾知子，敢匿情乎？（〈襄公十八年〉）

魯有名而無情。（〈哀公八年〉）

宋殺皇瑗，公聞其情，復皇氏之族。（〈哀公十八年〉）

上述第一、二例皆指真實情況，第三例猶說「有名而無實」，第四例猶言「事實」「真相」。既然以「情」為「真」，那麼「情」必與「偽」相對，這樣的語例在《左傳》與《易傳》中皆有：

（晉國公子重耳流亡國外十九年）險阻艱難，備嘗之矣；民之情偽，盡知之矣。（〈僖公二十八年〉）

聖人立象以盡意，設卦以盡情偽。（《易傳》〈繫辭〉）

八卦以象告，爻象以情言。剛柔雜居，則吉凶可見矣。變動以利言，吉凶以情遷，是故愛惡相攻而吉凶生；遠近相取而悔吝生，情偽相感而利害生。（《易傳》〈繫辭〉）

「民之情偽」，楊伯峻先生釋曰：「情，實也；情偽猶今言真偽。」[2] 晉公子重耳因兄長被他父親的寵姬陷害而被殺，他被迫在國外流亡十

2　楊伯峻：《春秋左傳注》第一冊，中華書局1981年版，第456頁。

九年，從而離開了高層接近於民間，瞭解了民心向背，什麼是真實的，什麼是虛假的，早已心中有數了。《易傳》很多「情」字都作「真」解，與「偽」相對，孔穎達《正義》云：「情謂情實，偽謂虛偽。」第三例所謂「以情言」「以情遷」，都是強調真實的情況、真實的背景對卜筮判斷的重要性。「情以感物，則得利；偽以感物，則致害也。」（韓康伯注《周易》語）即對客觀事物客觀情況的感受認識要去粗取精，去偽存真，若是受到矇蔽得到弄虛作假的情況，那就要把事情辦壞產生不良後果。

「真」的多義之一是「情」，「情」的初義是「真」，這對於「真」以後轉移到美學、文學藝術領域，開通了一條捷徑，具有特別的意義。

第二節　莊子之「真」

當「真」之「誠」「信」「情」「實」等義已廣泛流傳之後，《莊子》一書中大量出現「真」字，莊周及其後學賦予道家之「真」以完整的意義。

《莊子》〈養生主〉講了這麼一個故事：老子死了，老子的朋友秦失去弔唁，秦失「三號而出」，沒有更多哀痛的表示，老子的弟子問他：你不是他的朋友嗎？怎麼能這樣弔唁？秦失說，人的生和死，都是自然而然的事，是順天安時的「來」和「去」，有什麼必要過多地哀哭呢？像那樣哭喪的人：「有老者哭之，如哭其子；少者哭之，如哭其母。彼其所以會之，必有不蘄言而言，不蘄哭而哭者，是遁天倍情，忘其所受。」此所謂「遁天倍（背）情」，是指那些哭喪人中，有不想弔唁而來弔唁的，不想哭而哭的，這是失去人的天性，違背生命真實的表現。秦失將「情」與「天」對舉，「倍（背）情」即是「失真」，

也就是指背離了人有生必有死之客觀必然性，無視世界上萬事萬物發展規律之「真」。莊子常常以合於「天道」、順乎自然發展的規律為「真」為「情」，如《莊子》〈大宗師〉說：「人之有所不得與，皆物之情也」「若夫藏天下於天下而不得所遁，是恆物之大情也」，「情」皆指事物本質的「真」。

通觀《莊子》，其「真」可析為三個層面。

第一，「真」具有先天之質，非人為所能成。

真者，所以受於天也，自然不可易也。（《莊子》〈漁父〉）

他承老子「道之惟物……其中有精，其精甚真，其中有信」而發揮，「真」是「道」最重要的屬性，或說「道」的核心與靈魂就是「真」。

夫道有情有信，無為無形；可傳而不可受，可得而不可見；自本自根，未有天地，自古以固存；……（《莊子》〈大宗師〉）

這就是說，「道」沒有形狀讓人們覺察它的存在，但它永遠真實可信地存在，因為有了它才有整個世界。莊子們將「真」納入「道」的境界，「道」的境界也就是「真」的境界，這樣「真」的本義就大大地提升了。在《莊子》〈齊物論〉中還賦予它特別的名號——「真宰」「真君」。

若有真宰，而特不得其朕。可行己信，而不見其形，有情而無形。……如求得其情與不得，無益損乎其真。

「真」不能以有形無形來感覺，而是以你自己感到可信不可信來判斷，如果你想求得其真而沒有得到那種「真宰」的感覺，對於「真宰」的存在無所益也無所損。

第二，「真」是知乎「天道」心懷「真宰」的人能臻至的一種人生最高境界，進入了這種境界的人就是「真人」。莊子列述了「真人」四大特徵：一是「不逆寡，不雄成，不謨士」，即不去挽救已失敗的事，也不力求成功，不對任何事物作個人的考慮；「登高不栗，入水不濡，入火不熱」，忘懷於物，超然世外，精神與肉體都有無限的自由。二是「其寢不夢，其覺無憂，其食不甘，其息深深」。他在生活中無慾無嗜，唯有天然的本能在支配自己。三是「不知說（悅）生，不知惡死。其出不訴，其人不距。翛然而往，翛然而來而已矣」，即是說他不計較生死禍福，淡漠於人情世俗，他的生命形體隨天道變化而自然地變化，其生命的存在狀態與形像是：「其心志，其容寂，其顙。淒然似秋，暖然似春，喜怒通四時，與物有宜而莫知其極。」四是「其狀義而不朋，若不足而不承；與乎其觚而不堅也，張乎其虛而不華也……」。講的是「真人」與天合一，「天與人不相勝」的純真之狀：他是與人合得來，但不與人結為朋黨；自己好像有不足之處，但無須接受外來的補足；他處世有棱有角，但又不是堅硬不化；胸懷若虛谷之廣，卻不浮華長揚。……（《莊子》〈大宗師〉）

莊子（或是其後學）後來又在《莊子》〈刻意〉篇中對四大特徵作了一個更簡潔的概括：「能體純素，謂之真人」。應該說，莊子心目中的「真人」，是能以「道」為本體的人典型的理想的生命狀態，不能與以後道教的所謂「真人」即「仙人」混為一談，《莊子》中使用「真」字的初義、本義，皆與「仙人變形而升天」無涉。

第三，「真在內者，神動於外」。晚唐司空圖《二十四詩品》〈雄渾〉

前四句是：「大用外腓，真體內充。返虛入渾，積健為雄。」他實是據莊子的理論而發揮的，如果說「真受於天」及所謂「真人」云云還屬抽象的話，那麼《莊子》〈漁父〉篇描寫孔子在杏壇「絃歌鼓琴」時，一位普通漁父所發的關於「真能動人」之教則足以振聾發聵。這位漁父說，你孔夫子奔波一生，「苦心勞形以危其真」，不如退而「謹修而身，慎守其真，還以物與人，則無所累矣」。孔子愀然而問：「何謂真？」這位漁父談不出什麼抽象道理，卻說得很實在：

真者，精誠之至也。不精不誠，不能動人。故強哭者，雖悲不哀；強怒者，雖嚴不威；強親者，雖笑不和。真悲無聲而哀，真怒未發而威，真親未笑而和。真在內者，神動於外，是所以貴真也。

這當然是莊子或他的學生借漁父之口談什麼是「真」，他們將老子所言「精」與儒家所言「誠」，合而稱「真」者之「至」，這就確定了「真」的核心內涵；而以「強哭」「強怒」「強親」與「真悲」「真怒」「真親」對照而言，果然是「情偽」之異昭然而明矣！那位聰明的漁父，繼續就人的感情狀態如何是「真」而議：

其用於人理也，事親則慈孝，事君則忠貞，飲酒則歡樂，處喪則悲哀。忠貞以功為主，飲酒以樂為主，處喪以哀為主，事親以適為主。功成之美，無一其跡矣；……禮者，世俗之所為也；真者，所以要受於天也，自然不可易也。

就「人理」來說，你遇到什麼樣的人，遇到什麼樣的事，該有什麼樣的心意與感情，便表達出什麼樣的心意與感情，如飲酒有快樂，

喪親有悲哀，不應有任何限制（「飲酒以樂，不選其具；處喪以哀，無問其禮」），自然而然地不受任何世俗約束而盡情表達，這就是真情的表達。大凡是「神動於外」的真情表達，其高度的完美狀態，便是沒有任何有意而為的痕跡。漁父又向孔子發出挑戰性批評：「聖人法天貴真，不拘於俗，愚者反此。」請注意，他又提出了一個與「真」對峙的觀念——「俗」。所謂「俗」，就是不能傚法自然而糾纏遷就於人事，受庸庸碌碌的世俗影響變真為偽，你孔丘就是一個大俗人：「子之蚤（通「早」）湛（耽、沉、溺）於人偽而晚聞大道也」。

更值得注意的是，在漁父的話中，還提出了一個與「真」相應的觀念——「神」。「神動於外」指的是人外現的神采風貌，如「真悲」「真怒」「真親」，便分別以「無聲而哀」「未發而威」「未笑而和」等不同的神色與情緒狀態而表現於外，及至達到「功成之美，無一其跡」——這便是「神」！《莊子》的作者們可能尚未自覺意識到，這是一個極富開發意義的美學命題，下一節在談到《二十四詩品》時筆者當連繫到「真力彌滿，萬像在旁」「是有真跡，如不可知」，續《莊子》的未盡之意。

第三節　「真」的審美化歷程

「真」最早不是作為一個審美觀念出現，因為它不能憑人的五官感覺而得，需要在與「偽」「虛」等相對的觀念思辨中，在對具體事物的理性審視中，方能把握「在內」之真。「精」「誠」「信」「情」「實」，是先人們在不同的精神領域和物質領域，對「真」實行不同層次的把握；從抽象到具體，從「天道」到「人理」，再到審美創造的文學藝術領域，「真」的美學意義被一代代學者作家不斷地開掘，鄭重地發揮與

運用。

　　最初較多使用「真」的老子，不以為「真」的都是「美」的。他說：「信言不美，美言不信。」（《老子》〈八十一章〉）即是說內容真實的言辭不美，那些華美的言辭是為掩蓋內容的虛假而不可信。這與他「質真若渝」之語相應。莊子心目中的「真人」和「至人」，內心與外表形成極大的反差，在《莊子》〈德充符〉中，描寫了王駘、叔山無趾、哀駘它等幾個奇形怪狀、外貌十分醜陋的人，可他們都是道德完美之人，孔子、子產、魯哀公乃至正在求偶的少女在他們面前，絕對地感動於內在道德的完美而無視其外貌之丑。他們都屬於「不離於真，謂之至人」「以天為宗，以德為本，以道為門，兆於變化，謂之聖人」之列。

　　如果將「美」僅限定人或事物外部形態的話，在老、莊那裡，似乎美與真不可共居一體，但是他們又強調了質之真具有樸素的特色，其實樸與素就是一種天然的美態，正是莊子說過的：「淡然無極而眾美從之」。劉勰在《文心雕龍》〈情采〉篇寫道：「老子疾偽，故稱美言不信；而五千精妙，則非棄美矣！」老子《道德經》五千言是「信」與「美」的統一；《莊子》一書，更是有思想自由飛翔之美，其文有「汪洋闢闔，儀態萬方」之美（魯迅語）；莊子與他的學生可能也意識到了這美的所在，自述「以卮言為曼衍，以重言為真，以寓言為廣」（《莊子》〈天下〉）。「卮言」和「寓言」其實就是「美言」，使「重言」得以充分的完美的表現，又因為有「重言」為綱、為核心，所以「其書雖瑰瑋，而連犿無傷也；其辭雖參差，而詭可觀。彼其充實，不可以已」（《莊子》〈天下〉）。這幾句話又表明「真」與「美」是可以共居一體的，只要是「彼其充實，不可以已」，從內心流露出來的文章就既真且美，美而可信。

　　在莊子之後，「真」與「美」相互靠攏，自東漢至明代，在文史與文藝領域，「真」與「美」關係，至少有過三次閃耀著美學輝光的討論。

　　東漢的王充第一個同時用「真」「美」兩個觀念來評論文章，並且將「真美」連綴成一詞而與「虛妄」相對立。在《論衡》〈對作〉篇，王充對自己的寫作動機與理論主張作了一番交代：

　　是故《論衡》之造也，起眾書並失實，虛妄之言勝真美也。故虛妄之語不黜，則華文不見息；華文放流，則實事不見用。故《論衡》者，所以詮輕重之言，立真偽之平，非苟調文飾辭，為奇偉之觀也。

　　王充反對虛妄之語，華而不實之文，他的集焦點在於：文人史家筆下所敘述所描寫的是不是符合客觀事實，是不是現實生活中的真實事件。《論衡》中特寫了「九虛三增」兩組十二篇論文：「漢有實事，儒者不稱；古有虛美，誠心然之。信久遠之偽，忽近今之實。斯蓋『三增』『九虛』所以成也。」（此為《論衡》〈須頌〉篇中語）從「書虛」到「道虛」等九篇，揭露了世之「傳書」中各種「神化」聖賢、帝王、天人感應、吉凶異相、仙道方術等虛妄的記載；〈語增〉〈儒增〉〈藝增〉三篇，則對說史、記事中各種「虛增之語」進行了分析批評，如史家為醜化商紂王、美化周武王，作了很多不符事實的誇張，使用了大量的「增益之語」，說什麼周武王伐紂出仁義之師，「兵不血刃」，實際情況是怎樣呢？「察〈武成〉之篇，牧野之戰，血流浮杵，赤地千裡。由此之言，周之取殷，與漢秦一實也。」王充心目中的「真」，強調的客觀事實之真，與「偽」相對，要求說話寫文章，首先要「立真偽之平」，二者界限斬然，就可以「喪黜其偽而存定其真」。他力圖糾正「虛妄之言勝真美」的錯位，何謂「真美」，他對文章作整體觀，《論衡》

〈超奇〉篇有云：

> 有根株於下，有榮葉於上，有實核於內，有皮殼於外。文墨辭
> 說，士之榮葉、皮殼也。實誠在胸臆，文墨著竹帛，外內表裡，自相
> 副稱，意奮而筆縱，故文見而實露也。

「實核」「實誠」，都屬於「真」的範疇，這也是莊子說的「真在
內者」，如果內部空虛，何來「華葉」？何來「皮殼」？文士胸中無「實
核」，「豈徒雕文飾辭，苟為華葉之言哉？」下面這句話，與莊子之言
一脈相承：

> 精誠由中，故其文語感動人深。

應該指出，王充所言之「真」，是從主客體兩方面強調言客體之
真，正確地認識、把握、再現客體之真才有主體的「精誠由中」，但他
還不理解與生活真實相對應的藝術之真，與客體真實相對應的人的主
觀真實之「真」，因此他在「三增」篇中對某些「增益之語」，作了一
些迂腐可笑的解釋，如他否定了武王伐紂「兵不血刃」，又對〈武成〉
篇中「武王伐紂，血流浮杵」過於穿鑿求實：「『血流浮杵』，亦太過
焉。死者血流，安能浮杵？案武王伐紂王於牧之野，河北地高，壤靡
不乾燥。兵頓血流，輒燥入土，安得浮杵？且周殷士卒，皆齎盛糧，
無杵臼之事，安得杵而浮之？」雖然他已意識到這樣的誇張性描寫是
「外有所為」，即是為了加深人們「欲言誅討，惟兵頓士傷」的印象，
但對「內未必然」穿鑿過甚，未免有點煞風景。其他如對《詩》〈小雅〉
〈鶴鳴〉「鶴鳴於九皋，聲聞於天」句和《詩》〈大雅〉〈雲漢〉「周余黎

民，靡有孑遺」句等的分析苛求其真（均見《論衡》〈藝增〉），均表明王充對「真」的理解還處在素樸的階段。不過，他所強調客體之「真」與美的創造密切相關，對以後的學術文化、文學藝術影響深遠。

　　「真」再次引起特別的關注，是在晚唐司空圖的詩學論著中。司空圖的詩歌美學思想，深受老莊思想的浸透，自述他祖傳的家教就是「取訓於老氏，大辯若訥言」（《自誡》詩），而他的詩心就是「道心」：「茶爽添詩句，天清瑩道心，只留鶴一隻，此外是空林。」（《即事二首》之一）「黃昏寒立更披襟，露挹清香悅道心。」（《白菊雜書》四首之一）在《二十四詩品》中，不但頻頻出現「道」字（〈自然〉品之「俱道適往，著手成春」、〈委曲〉品之「道不自器，與之圓方」、〈形容〉品之「俱似大道，妙契同塵」等等），也常見莊子所樂道的「天」（〈自然〉品之「薄言情晤，悠悠天鈞」、〈疏野〉品之「若其天放，如是得之」、〈流動〉品之「荒荒坤軸，悠悠天樞」等等），而「真」出現於下列十品之中：

　　　〈雄渾〉：「大用外腓，真體內充。」
　　　〈高古〉：「畸人乘真，手把芙蓉。」
　　　〈洗煉〉：「體素儲潔，乘月返真。」
　　　〈勁健〉：「飲真茹強，蓄素守中。」
　　　〈自然〉：「真予不奪，強得易貧。」
　　　〈含蓄〉：「是有真宰，與之沉浮。」
　　　〈豪放〉：「真力彌滿，萬像在旁。」
　　　〈縝密〉：「是有真跡，如不可知。」
　　　〈疏野〉：「惟性所宅，真取弗羈。」
　　　〈形容〉：「絕佇靈素，少回清真。」

很明顯，司空圖不同於王充執著於客觀事物之「真」，他所表述的也不是與「偽」相對峙的日常生活中一種觀念形態，而是發揮莊子「真在內者神動於外」轉入詩歌美學領域，將「真」推為詩最高的審美境界，換言之，詩的本體即「真」。

在司空圖之前，早有「詩言志」「詩緣情」之說。「志」，按儒家「唯天下至誠，為能盡其性」，此「志」當然隱含「真」之義；「情」之初義即「真」，陸機説「詩緣情而綺靡」，當然也應該理解為「詩因為表達了詩人的真實感情而美」。隨後，詩歌創作觀念發生變化，將「情」「志」合而稱「意」，「情志所托，故當以意為主，以文傳意」（范曄《獄中與諸甥姪書》），「意」便成為詩的主體。陶淵明的《飲酒》詩説：「此中有真意，欲辨已忘言。」「真意」於詩實是一種不言之美。再到唐代，王昌齡首發「詩有三境」說，由「物境」「情境」而至層次最高的「意境」，其「意境」的定義是：「張之於意而思之於心，則得其真矣！」因此，「真」就是「意境」的核心和靈魂，不但發自詩人主觀之意是「精練意魄」而真，而且要求與之相應的「山林、日月、風景為真」，乃至説，「詩有天然物色，以五采比之而不及。由是言之，假物不如真象，假色不如天然」[3]。這就是説，「真」作為一個詩歌美學的重要命題，在盛唐時期已經形成。

司空圖在前輩詩人創作實踐經驗不斷積累的基礎上，將「真」提到藝術哲學的高度再加以詩性的表述。現將上引十品，試分為三組，以便有層次地窺探一下司空圖言詩與真之大義：「大用外腓，真體內充」「是有真宰，與之沉浮」「真力彌滿，萬象在旁」，皆是總體言詩之本質之「真」，即所謂「真在內者」，以「真」為靈魂、為生命的詩，

3　轉引自遍照金剛：《文鏡秘府論》，中國社會科學出版社1983年版，第295頁。

必充溢著生機活力，用他《與王駕評詩書》的話是「神躍色揚」；《與李生論詩書》中說「千變萬狀，不知所以神而自神」，《詩賦贊》中說「神而不知，知而難狀；揮之八垠，卷之萬象」，其未道出之秘就是「真力彌滿」！千餘年之後，王國維在《人間詞話》中用了更淺顯更明白的話來說就是：「故能寫真景物真感情者，謂之有境界。否則謂之無境界。」

「畸人乘真，手把芙蓉」「體素儲潔，乘月返真」「飲真茹強，蓄素守中」「絕佇靈素，少回清真」，則是從詩之創作主體而言詩人本體之「真」。莊子說：「能體純素，謂之真人。」（《莊子》〈刻意〉）司空圖心目中的詩人，也應該是這樣的「真人」。所謂「畸人」，據莊子說是「畸於人而侔於天」（《莊子》〈大宗師〉），也就是率性本真之人，氣質「高古」之人；而「體素儲潔」「蓄素守中」「絕佇靈素」之「素」，當然更是直承莊子的「純素」。《莊子》〈大宗師〉指出，大凡能以「純素」為體的「真人」，他能不受物役之累，一切順應自然發展規律，「喜怒通四時，與物有宜而莫知其極」，在這種「與物有宜」的高層次上自然而然發生的「喜怒」之情，莊子認為，這才是人的真感情，「中純實而返乎情，樂也」（《莊子》〈繕性〉）。「返情」是莊子提出的一個重要的情感觀念（與此同列的還有「盡情」「應情」「達情」「復情」），前已論及「情」之初義、本義就是「真」，所以「返情」云云，實質上是指返璞歸真。司空圖的「乘月返真」「少回清真」，演繹莊子之意，實質上就是詩人要絕對地表現自己純真之情，所謂「洗煉」，就是要淘洗去情感的雜質，「超心煉冶」而「猶礦出金，如鉛出銀」（《二十四詩品》〈洗煉〉）。進入到藝術表現階段，將感情形象化、意象化（即「形容」）時，更需要以「真景物」來凸現情之真，光是對物描形模象並不能得物像之真，反而是在一定程度上的「離形」，方可出對象之神（「離形

得似」，即似其神，也就是〈雄渾〉所説的「超以象外，得其環中」，〈沖淡〉所説「遇之匪深，即之愈希，脱有形似，握手已違」）。這樣説來，司空圖將王充所不理解的主觀真實，在詩歌創作領域提出了主體與客體在創作過程中交融契合，以「真」為歸依，那完成的作品就臻至「俱似大道」的「化工」（孫聯奎《詩品臆説》云：「『妙契同塵』，則化工，非畫工矣」）之境。

　　如果説，陸機《文賦》中「詩緣情而綺靡」還有一種自發性、隨意性的話，司空圖出人意外地提出「情」還需加以「煉冶」才能進入「真美」的境界，並不是隨便什麼樣的感情「緣」而入詩就能產生美感。「真予不奪，強得易貧」「是有真跡，如不可知」「惟性所宅，真取弗羈」。詩人在創作過程中如何實現主客體的契合而有真詩？取之自然則詩有真趣，「如逢花開，如瞻歲新」，若是勉強模仿，那就落入貧弱蒼白之途。同時，詩有真趣，無需詩人運用什麼技巧加以張揚，反而是深藏不露，消融有形的痕跡，「語不欲犯，思不欲痴」，詩中之意象，造化天然，「如水之流，一片渾成，無罅隙之可窺；如花之開，一團生氣，無痕跡之可見」（郭紹虞《二十四詩品》〈縝密〉注）。任何一位有個性、情感真摯的詩人，不受任何羈束而憑自己的本性本情去感受、去攝取、去創造，「倘然適意，豈必有為；若其天放，如是得之」（《二十四詩品》〈疏野〉），他的作品便自有一片天真野趣，更重要的是有「神」！

　　詩的本質之真、詩人本體之真，詩的創作過程中主、客體縝密地契合而營造自然天真的詩美，或許這就達到了司空圖所傾心向往的有「韻外之致」「味外之旨」的「全美」妙境！司空圖的詩學上升到了藝術哲學的範疇，具有審美理想的品格，莊子「法天貴真」的思想被他成功地移植到詩歌美學領域，從「真在內者，神動於外」到「真力彌

滿，萬象在旁」，成了中國文學藝術理論中的精髓之論。

　　關於「真」的第三次議論，發生於司空圖後六百餘年的明代中後期，這次議論空前熱烈，文學藝術界、學術界參與議論的詩人、學者之多之廣，前所未有。而議論的重點是人的主觀感情之真在文學藝術領域的創作實踐中，如何轉化為作品的活潑生機與無窮生命力。

　　最先注意並強調詩必須有詩人主觀情感之真的不是明代先進的文學流派，反是一群高彈「復古」格調的詩人——以李夢陽為首的「前七子」派。他們為反對長期盤踞明代文壇專事歌頌朝政、粉飾太平的「台閣」體，提出以「情」為核心的「格調」說與之對抗。李夢陽說：「夫詩有七難：格古、調逸、氣舒、句渾、音圓、思沖，情以發之。七者備而後詩昌也。」（《潛虬山人記》）但是他們一開始就犯了一個錯誤，即以古人的「格調」為他們創作的格調，規模盛唐詩人的格調而亦步亦趨，這樣做，雖然也「情動則會，心會則契，神契則音」，自然不免要受到一個古老模式的限制，所發之情也就失去了新鮮感，欲以今人之情求同於古人之情，本來屬於自己的真實感情反有作偽之嫌了。李夢陽寫了一輩子詩，到了晚年偶爾聽到一個叫王叔武的人談詩：

　　夫詩者，天地自然之音也。今途咢而巷謳，勞呻而康吟，一唱而群和者，其真也，斯之謂風也。孔子曰：「禮失而求之野。」今真詩乃在民間。而文人學子，顧往往為韻言，謂之詩。……真者，音之發而情之原也。古者國異風，即其俗成聲。今之俗既歷胡，乃其曲烏得而不胡也？故真者，音之發而情之原也，非雅俗之辯也。

　　這位王叔武，看來是一位身在民間的詩歌鑑賞家，當時，正是李

夢陽等人「倡言復古」，朝野「操觚談藝之士，翕然宗之，明之詩文於斯一變」（《明史》〈文苑傳〉），而他卻直率地批評當時文人學士（當然也有「七子」在內）的詩「往往為韻言」，這不能不使李夢陽「憮然失，已灑然醒也」，按「真者，音之發而情之原也」，檢點一下自己幾十年來的詩作，「懼且慚」曰：「予之詩，非真也。王子所謂文人學士韻言耳，出於情寡而工之詞多也！」當他終於明白情真才有詩之真之後，「每自欲改之以求其真，然今老矣」，發出「時有所弗及」之嘆，這不能不說是一個復古主義者的精神悲劇！

　　李夢陽將王叔武的批評與自己忠誠的反省寫進收錄弘治、正德年間詩的《弘德集》的自序[4]中，這對於追隨他的人們，無異於敲響了一記警鐘。小他幾歲同屬「前七子」的徐禎卿，在《談藝錄》一書中不再遵他的「格古、調奇」之說，雖未徹底擺脫「格調」的束縛，卻提出了「因情立格」的新說：「情者，心之精也。情無定位，觸感而興，既動於中，必形於聲。……蓋因情以發氣，因氣以成聲，因聲而繪詞，因詞而成韻，此詩之源也。」這等於說，真情是詩之本，將莊子所說「真者，精誠之至也」直接定位於「情」，然後又說：「深情素氣，激而成言，詩之權例也。」步「前七子」後踵，「後七子」主要旗手之一的王世貞，對「格調」說又有新的發揮和昇華，其詩學專著《藝苑卮言》中有云：「才生思，思生調，調生格，思即才之用，調則思之境，格則調之界。」（卷一）格調生於才思，是詩人才思境界的體現，古人有古人之格調，我有才思亦有我之格調。他將「格調」說從格律、聲調轉化到審美境界來觀照，認為最好的詩「境與天會，未易求也」，但是詩人真情發動而至「興與境諧」，就能實現「神與境會」「神與境

4　以上引文均出自李夢陽《詩集自序》，《李空同全集》卷五十。

合」，一切好詩都是「神合氣完使之然」。由此，他道出了有明一代「格調」派理論中反省最深刻、最具重要價值的一句名言：

蓋有真我而後有真詩。（《鄒黃州鷦鵜集序》）

李夢陽到晚年接受了王叔武「真詩在民間」的觀點[5]，但他「每自欲改之以求其真」的目標還很含糊，似未悟到「求其真」最關鍵的詩人自己——「我」——反躬內求，任何時候，有了「真我」便有「真詩」，而不應該慨嘆「然今老矣」。王世貞由「真詩」而思及「真我」，表明這個「復古主義」後繼者的個性意識、主體意識終於覺醒。他或許沒有想到，稍後，復古主義的反對者——明代中後期思想解放運動的先驅人物和以公安「三袁」為代表的「性靈」派，「真我」成為他們新理論的出發點。

以思想家、文學家李贄為傑出代表、激進的詩人、戲劇家們大力掀起一個反傳統儒學和程朱理學的新思潮，針對明朝統治思想所盤踞的「存天理，滅人欲」理學窠臼，發起了強大的攻勢。所謂「滅人欲」實質上就是滅去人的天生真性情，人的一切思想與行為只能服從抽象而空洞的「天理」，作為個體的人，自我意識消失殆盡才可成為統治者麾下真正的「順民」。應該說，前、後「七子」的復古主義思潮，也是對抗程朱理學的，不讀盛唐以後的書而置宋代詩文於不顧就是一種反抗的姿態，但這種姿態屬於逃避性質，所以雖然悟到要有「真我」、要作「真詩」，對於理學布下的黑幕還缺少衝擊力，直到李贄憤筆寫出了

5　比李夢陽小十九歲的李開先也提出了「真詩只在民間」的觀點，見《市井豔詞序》。他說，市井豔詞「但淫豔褻狎，不堪入耳，其聲則然矣，語意則直出肺肝，不加雕刻，具男女相與之情。……以其情尤足感人也。故風出謠口，真詩只在民間」。

聲討反動理學的檄文──《童心說》,「真我」才大聲轟轟而出！李贄以「童心」作為他向理學挑戰的立足點:

> 夫童心者,真心也。若以童心為不可,是以真心為不可也。夫童心者,絕假純真,最初一念之本心也。若失卻童心,便失卻真心;失卻真心,便失卻真人。人而非真,全不復有初矣！

提出「童心」這一命題,似是受到老子的「赤子」與「嬰兒」說(「含德之厚,比於赤子」「常德不離,復歸於嬰兒」)的啟發,換言曰「童心」,意在專指未受世俗道學污染之人心。在「滅人欲」而空談「天理」的社會,人們「童心既障,於是發而為言語,則言語不由衷;見而為政事,則政事無根柢;著而為文辭,則文辭不能達。非內含以章美也,非篤實生輝光也,欲求一句有德之言,卒不可得」(《童心說》)。李贄尖銳地指出,人們之所以失卻真心而變得「人而非真」,那就是從小時候起即「以聞見道理為心」,而那些「聞見道理」,又是被歷代史官、臣子和迂闊門徒、懵懂弟子竄改歪曲了的六經、《論語》《孟子》,因而,「六經、《語》《孟》,乃道學之口實,假人之淵藪也」。既然以這些假道理為心,「則所言者皆聞見道理之言,非童心自出之言也。言雖工,於我何與?」李贄是在一個特定的歷史環境中,呼籲「真人」「真心」的回歸,他談到文學藝術:

> 天下之至文,未有不出於童心焉者也。苟童心常存,則道理不行,聞見不立,無時不文,無人不文,無一樣創製體格文字而非文者。詩何必古選?文何必先秦?(《童心說》)

這實際回答了李夢陽、王世貞等詩為何不真、詩人在什麼地方失真的困惑。他所說的「天下之至文」，就是李夢陽、王世貞等向往的「真詩」。在題為〈雜說〉的一篇短評中，李贄作了具體的描述：

且夫世之真能文者，比其初皆非有意於為文也。其胸中有如許無狀可怪之事，其喉間有如許欲吐而不敢吐之物，其口頭又時時有許多欲語而莫可所以告語之處，蓄極積久，勢不能遏，一旦見景生情，觸目興嘆，奪他人之酒杯，澆自己之壘塊，訴心中之不平，感數奇於千載。⋯⋯

在李贄等思想解放先驅者的影響下，明代中後期的文壇言「真」者比比皆是，現僅從徐渭、袁宏道二人言論中摘錄若干以見一斑。徐渭是李贄同時代人，他言「真我」與「本色」：

⋯⋯得亦無攜，失亦不脫。在方寸間，周天地所，勿謂覺靈，是為真我。（《涉江賦》）

世上莫不有本色，有相色。本色猶言正身也；相色，替身也。（〈西廂序〉）

天真者，偽之反也。故五味必淡，食斯真矣；五聲必希，聽斯真矣；五色不華，視斯真矣。凡人能真此三者，推而至於他，將未有不真者。（〈贈成翁序〉）

語入要緊處，不可著一毫脂粉，越俗越家常，越警醒。此才是好

水碓，不染一毫糠衣，真本色。（《又題崑崙奴雜劇後》）

　　徐渭所言「真我」，即是有自己獨具的情性和靈氣，他認為表現人的精神氣質的文學作品，能表現「真我」的本質就具有「天真」、本色的美。他是一位戲劇家，將「真我」——「本色」引進了戲劇理論，還為某地戲台寫過一副對聯：「隨緣設法，自有大地眾生；作戲逢場，原屬人生本色」。

　　袁宏道是詩文作家，是「性靈」說的倡導者，在評其弟袁中道之詩《序小修詩》云：「大都獨抒性靈，不拘格套，非從自己胸臆間流出，不肯下筆。有時情與境會，頃刻千言，如水東注，令人奪魄，其間亦有佳處，亦有疵處，佳處自不必言，即疵處亦多本色獨造語。」他所推舉的「性靈」詩，就是憑詩人「本色獨造」之「真詩」，他言「真」之語頗多，略摘數則：

　　夫性靈竅於心，寓於境。境有所觸，心能攝之；心所欲吐，腕能運之，……以心攝境，以腕運心，則性靈無不畢達，是之謂真詩。（江盈科《敝篋集敘》引袁宏道語）

　　吾謂今之詩文不傳矣，其萬一傳者，或今間閭婦人孺子所唱《擘破玉》《打草竿》之類，猶是無聞無識真人所作，故多真聲。……大概情至之語，自能感人，是謂真詩，可傳也。（《序小修詩》）

　　物之傳者必以質。文之不傳，非曰不工，質不至也。樹之不實，非無花葉也；人之不澤，非無膚髮也，文章亦爾。行世者必真，悅俗者必媚，真久必見，媚久必厭，自然之理也。（《行素園存稿引》）

大抵物真則貴，真則我面不能同君面，而況古人之面貌乎？（《與丘長孺》）

性之所安，殆不可強，率性而行，是謂真人。（《識張幼於箴銘後》）

凡物釀之得甘，炙之得苦，唯淡也不可造；不可造，是文之真性靈也。濃者不復薄，甘者不復辛，唯淡也無不可造；無不可造，是文之真變態也。（〈喝氏家繩集序〉）

善畫者，師物不師人；善學者，師心不師道；善為詩者，師森羅萬象，不師先輩。法李唐者，豈謂其機格與字句哉？法其不為漢，不為魏，不為六朝之心而已，是真法也。（《敘竹林集》）

所引七則，涉及「真詩」「真聲」「真人」「真性靈」，乃至「真變態」「真法」，可以說，在文藝創作過程中，從審美主體到對象客體的如何表現與把握，都用一個「真」字貫穿起來了，其中之核心是「情至之語」，即創作主體的情之真，如果說，有明一代傑出的思想家李贄在理論上解決了王叔武提出的「情之原」的問題，那麼袁宏道繼王世貞提出的「真人」之後，又曉之以「真性靈」，從而確認「出自性靈者為真詩」。

在此還應該補充一說，情之真的問題，劉勰早已重視，在《文心雕龍》〈情采〉篇談到「為情而造文」和「為文而造情」時，就有「為情者，要約而寫真；為文者，淫麗而煩濫」的先發之論，但未展開。從李夢陽、王世貞到李贄、袁宏道（還有湯顯祖和性靈派其他作家，

此不一一列舉了）等幾代文藝家，正是從「為文」「為情」正反兩方面分別深入洞察、體悟，較之前人更透徹地認識了「真」在文藝創作中的美學意義和價值，確定了「真」在文藝美學中不可取代的位置。

第四章

「善」──「美」之功利觀

許慎《說文解字》釋「美」字有「美與善同意」一說，而釋「善」字則是「吉也，與義美同意」，又釋「義」字云：「己之威儀也。」這樣循環相釋，似乎都不合先秦時代關於「善」字的用法，正如老子不將「真」與「美」視為同一類型的觀念，並且有「信言不美」之說，孔子也不將「善」與「美」視為「同意」，《論語》〈八佾〉有語便是明證：

> 子謂《韶》：「盡美矣，又盡善也。」謂《武》：「盡美也，未盡善也。」

《韶》，傳說是歌頌舜的樂曲，「簫韶九成，鳳凰來儀」（《尚書》〈益稷〉），以其平和德音，不但使人聞之歡欣鼓舞，沉浸在美好的樂境之中，而且「鳥獸化德，相率而舞」。孔子在齊國首次聆聽《韶》樂，「三

月不知肉味」（《論語》〈述而〉）。《武》，歌頌周武王伐紂克殷的樂曲，又稱《大武》，「朱干玉戚，以舞《大武》」。此樂有戰爭殺伐之聲，炫耀武功，表現威猛雄壯之美。孔子對這兩首樂曲讚美程度不一，宋代朱熹說：

> 美者，聲容之盛；善者，美之實也。舜紹堯致治，武王伐紂救民，其功一也，故其樂皆盡美。然舜之德性之也，又以揖遜而有天下；武王之德反之也，又以徵誅而得天下。故其實有不同者。（《四書集注》）

美，偏重耳目可感的「聲容」，即有形式之美；而善，是內容的一個重要屬性。二者有內容與形式之別，有內外之別。進一步言之，有時善的並不是美的，傳說中的黃帝之妻嫫母，齊宣王王後無鹽氏（鐘離春），都是大有才德而容貌醜陋；美的並不是善的，妲己、褒姒和夏姬等著名美女，都因品德不善而遭後人譴責，謂之「女禍」。可見「美」與「善」有時呈現出極大的反差，並不全是「同意」。

第一節　道、儒二家「善」之觀念比較

在先秦典籍中，「善」有多種意義，《老子》五千言，「善」出現五十二次。《老子》〈八章〉理賦予「善」以豐富的內涵：

> 上善若水。水善利萬物而不爭，處眾人之所惡，故幾於道。

「上善」，不是一般的善，而是品位最高的善，其品質就是如水滋

潤萬物、養育萬物而不逞功爭名，用當今的話來說，「善」是「利他主義」，與「利己主義」相對。一般的人熱衷於「利己」而厭惡「利他」。在老子心目中，「利他」近於天道，如「功成名遂身退，天之道」（《老子》〈九章〉）、「天之道，不爭而善勝」（《老子》〈七十三章〉）、「天之道，損有餘而補不足」（《老子》〈七十七章〉）、「天之道，利而不害」（《老子》〈八十一章〉）。這種種「天之道」內涵，當然屬於「上善」的範疇了。老子還就人的生存活動承「上善」之後一連列出「七善」：

居善地，心善淵，與善仁，言善信，政善治，事善能，動善時。（《老子》〈八章〉）

這種句型是：以……為「善」。所謂「居善地」，即「居」以「地」為善。是說你所居之地位應該處下，而不應該高高在上（《荀子》〈儒效〉：「至下謂之地。」又〈禮論〉：「地，下之極也。」），「居上」與「居下」比較，以「居下」為善，因為「高以下為基」（《老子》〈三十九章〉），在下者能兼容並蓄：「江海所以能為百谷王者，以其善下之，故能為百谷王。」（《老子》〈六十六章〉）所謂「心善淵」，即是說人的心胸、懷抱以如淵之深為「善」，胸懷淺薄者即不善，「古之善為道者，微妙玄通，深不可識」（《老子》〈十五章〉）。後來《莊子》〈齊物論〉說：「注焉而不滿，酌焉而不竭」，人的心地深邃而寬廣，就能籠括天地，容納萬物。所謂「與善仁」，是說與朋友交往，以有仁愛之心為善，老子反對在政治領域鼓吹仁義，說過「大道廢，有仁義」（《老子》〈十八章〉），但不反對人與人之間有「仁」在焉，「上仁為之而無以為」（《老子》〈三十八章〉），最高品位的仁愛之心是出自本性，與人交以愛心，無意為之而不抱任何利己的目的，不求回報，只是博愛

而已。所謂「言善信」，即是出言以「信」為善，這是將「真」與「信」都納入了「善」的範疇。所謂「政善治」，是說為政治國欲行正道而不走邪路，那就要以行「聖人之治」而善，「聖人之治」是「無為而治」，「我好靜而民自正」（《老子》〈五十七章〉），「治之於未亂」（《老子》〈六十四章〉），這就是「治」之善。所謂「事善能」，是說做什麼事以量力而行為善，老子雖言「無為」，但其「無為」實是要求發掘、發揮人的內在潛能，那種潛能充分調動起來便「無不為」。《老子》〈二十七章〉云：

> 善行無轍跡，善言無瑕讁，善數不用籌策，善閉無關楗而不可開，善結無繩約而不可解。

此所言五「善」，皆指超凡出眾之「能」，是人的精神、智慧、聰明所蘊含的能量，一般說的技巧才能也在其中，猶如《莊子》中所描述的「佝僂者承蜩」。孔子問：「有巧乎？」佝僂者回答：「我有道也。」老子所說的「能」，就是後來莊子所說的已經通於「道」之「技」，「通於一而萬事畢，無心得而鬼神服」（《莊子》〈天地〉）。所謂「動善時」，就是說人由靜而動，其動以適時合宜為善。他還有「反者道之動」（《老子》〈四十章〉）之說，引申言之，以合於「道」之周行往返而動者為善。用現代的話來說，順從事物發展規律而「動」，謂之「善」；違背規律而盲動，謂之不善。

道家以老子為代表所言之「善」，就其本體意義而言，就是與道之「真」相融洽的另一重要屬性。如果說「真」是「道」客觀存在的一種顯示（「其中有像……其精甚真」），那麼，「善」便是「道」所蘊含的能動力量之源，「道，沖而用之或不盈」，因為它有「淵兮，似萬物之

宗」之善。正是有「善」這一無形無狀的內在能量，因而「道常無為而無不為」。

儒家學者對「善」之體認和解釋，似乎沒有老子那樣深邃和形而上。「善」首先是作為「惡」的反面，與惡對峙，「勸善懲惡」成為流行觀念，以「仁」為善，就是儒家善的本質內涵。聯及具體的人，「善人」「善士」，是指那些有良好品質的人，孔子說：「三人行，必有我師焉，擇其善者而從之，其不善者而改之。」（《論語》〈述而〉）孔子對「善人」的要求並不高，他的學生子張問「善人之道」，他說：「不踐跡，亦不入於室。」（《論語》〈先進〉）意思是說不踩前人的腳印循途守轍，但也未入聖人門檻。他還有一個比較：「見善如不及，見不善如探湯，吾見其人矣，吾聞其語矣。」（《論語》〈季氏〉）這就是「善人」，世間不難見到；「隱居以求其志，行義以達其道。吾聞其語矣，未見其人也。」（《論語》〈季氏〉）這是比「善人」難得一見的高人乃至聖人。通讀《論語》，孔子及其嫡系門徒對「善」沒有多少發揮，倒是孟子，對「善」有較多議論和發揮，他首先在人際關係中給「善」定義：

> 大舜有大焉，善與人同，捨己從人，樂取於人以為善。自耕稼、陶、漁以至為帝，無非取於人者。取諸人以為善，是與人為善者也。故君子莫大乎與人為善。（《孟子》〈公孫丑上〉）

其言「取於人者」，就是虛心學習別人的優秀品質和各種好的本領，使自己「與人同善」，更自覺地為他人、為社會做好事。他還希望造成一個「一鄉之善士斯友一鄉之善士，一國之善士斯友一國之善士，天下之善士斯友天下之善士」（《孟子》〈萬章下〉）的和諧而善的社會

環境。

孟子有一個重要的人性觀，那就是「人性善」。他認為，人一生下來，心性是非常純潔的，有了向「善」的傾向。「人性之善也，猶水之就下也；人無有不善，水無有不下。」因為：

惻隱之心，人皆有之；羞惡之心，人皆有之；恭敬之心，人皆有之；是非之心，人皆有之。惻隱之心，仁也；羞惡之心，義也；恭敬之心，禮也；是非之心，智也。仁義禮智，非由外鑠我也，我固有之也，弗思耳矣。（《孟子》〈告子上〉）

「人之初，性本善」，此善之內含即「仁義禮智」，天生的善性不是自外而內強加的，而是由內而外自然流露的。既然人性本善，那麼作為在社會上生存的人，由小到大，由無知識到有知識，他的行為應該怎樣規範而永葆善性不失呢？對此，孟子有一個非常簡潔的答案：「可欲之謂善。」（《孟子》〈盡心下〉）人立於世，一要生存，二要發展。生理方面與日常生活中，必然會產生各種各樣的慾望。「口之於味也，有同嗜焉；耳之於聲也，有同聽焉；目之於色也，有同美焉。」（《孟子》〈告子下〉）都是人生的基本慾望，「食色，性也」，有些本能的慾望是不能抑制的，但是，對種種追求，不能過分，應該在理、義許可範圍之內，不要妄求，「理義之悅我心，猶芻豢之悅我口」（《孟子》〈告子下〉）。孔子教導學生：「己所不欲，勿施於人。」（《論語》〈顏淵〉）即自己認為不可欲的，也不強加給他人。既然人性是相通的，社會上正直的人們對什麼是可欲，什麼是不可欲，必然有共識。不違理義者，「可欲」；違背「仁義禮智」者，不可欲。可欲而以正當的手段獲得，是「善」；不可欲又用非正當的手段去強求，則「惡」。人類社

會的是、非、善、惡標準也就由此而建立。孟子這一觀點,後來在《荀子》和《樂記》中被繼續加以發揮,《荀子》〈正名〉有云:

> 性者,天之就也;情者,性之質也;欲者,情之應也。以所欲為可得而求之,情之所必不免也。以為可而道之,知所必出也。……雖為天子,欲不可盡。欲雖不可盡,可以近盡也;欲雖不可去,求可節也。所欲雖不可盡,求者猶近盡;欲雖不可去,所求不得,慮者欲節求也。道者,進則近盡,退則節求,天下莫之若也。

荀子很明確地闡釋「可欲」「不可欲」的問題,那就是要有所限度,有所節制(他還提出了「以道制欲」的問題,此暫不論)。《樂記》則從「欲」不可節制言其後果:「人生而靜,天之性也。感於物而動,性之慾也;物至知知,然後好惡形焉。好惡無節於內,知誘於外,不能反躬,天理滅矣!……於是有悖逆詐偽之心,有淫泆作亂之事。」

儒家所言之「善」,主要是就人性修養而言,可定位於道德倫理範疇,與他們人性「至誠」觀點密切相關,具有實踐性,它能體現一種高尚人格的力量,在一個充滿各種人際關係的社會,人心向善,人人「與人為善」,就能造成「大舜有大焉」那樣的祥和世界。

中國古代「善」的觀念,主要出自儒道兩家,比較一下,道家之「善」偏重於形而上,儒家之「善」偏重於形而下,前者可定義於「天道」(亦稱「自然之道」)所蘊含的內在能量,後者可定義於「人道」(亦可稱之為「仁義之道」)所發散的人格力量。兩家之「善」也有共同性,那就是都具有行為指向和一定的實踐意義,所以由「善」引申擅長、能幹,即現代漢語中的「善於」之義。老子說「事善能」,「能」,明顯具有實踐性,所謂「善數」「善閉」「善結」,都具有行為性,「善

者果而已」（《老子》〈三十章〉），是説善於用兵者，勝之即止。「善為士者不武，善戰者不怒，善勝敵者不與，善用人者為之下」（《老子》〈六十八章〉），皆屬此類。儒家此類用法則更明確、更具體，孟子説「養心莫善於寡慾」已同於今之用法，不必贅述。

第二節　「善」與「美」關係之發生

「善」與「美」的關係是如何發生的呢？這是本節要探討的主要問題。

正如可信之真不一定美，善也是一樣，老子説了「信言不美，美言不信」之後又説：「善者不辯，辯者不善。」（《老子》〈八十一章〉）「不辯」即乾脆不言，無言是一種美嗎？老子似乎沒有這樣一種美意識。他還有一個將美、善並提的著名説法：

> 天下皆知美之為美，斯惡已；皆知善之為善，斯不善已。（《老子》〈二章〉）

這就是説，如果天下人都知道美是什麼，那就有惡了；知道善是什麼，那就有不善了。為何產生這樣的悖論呢？後來莊子寫了一個故事可以參考：陽子到宋國，住進旅店，店老闆有妾二人，「其一人美，其一人惡，惡者貴而美者賤」（此所謂「惡」即丑），陽子問其反常的原因，店小二説：「其美者自美，吾不知其美也；其惡者自惡，吾不知其惡也。」就是説，自己炫耀其美的人，她可能以為自己很嬌貴，好吃懶做，使人厭惡。自知其醜的人，沒有自嬌的習性，待人謙和，做事勤快，不擺老闆娘架子，這就使人忘記她容貌醜而更尊敬她。陽子聽

到這美與醜產生相反效果之事，對他的學生說：「行賢而自去賢之行，安往而不愛哉！」（《莊子》〈山木〉）據「逆旅小子」所言，「美」與「善」完全是兩種不同的感覺，而「善」主要是屬於質的內在的，在現實生活中，會產生行為性效果，如果你自以為「賢」且美，那麼你的思想與行為就可能是不賢不善而使人厭惡了。莊子又談到，人們所津津樂道的所謂「美」，有時候實質上是為不善作掩飾。

> ……及唐、虞始為天下，興治化之流，散樸，離道以善，險德以行，然後去性而從於心。心與心識知，而不足以定天下，然後附之以文，益之以博。文滅質，博溺心，然後民始惑亂，無以返其性情而復其初。（《莊子》〈繕性〉）

莊子認為，人類社會的發展，自從有了人治天下（燧人、伏羲、神農、黃帝至堯舜）以來，太古純樸之道就不斷遭到破壞，「離道以善」「去性從心」，於是不可避免有了「不善」，有了「惡」；為了對付「不善」，於是以「文」治天下。「文」生美感，以文掩飾「離道」的偽善行為，不過是迷惑老百姓而已，結果使大家都失去人初始之本性。——如此說來，「文」與「美」罪莫大焉！

但是，老、莊在大道理上雖然如此講，而其思辨意識的深處，或說是潛意識中，並未「棄美」，老子說了不應「知美」「知善」的話後，緊接著說：

> 故有無相生，難易相成，長短相形，高下相傾，音聲相和，前後相隨。

　　僅以「長短相形」「音聲相和」兩題而言，這不是直接涉及視覺美與聽覺美嗎？協調、和諧是美之為美的重要因素。他說了「信言不美」，又說「善言無瑕讁」，善於言者其言沒有顯形露跡的毛病，實即其言有純樸之美。關於「言」，老子說：「吾言甚易知，甚易行」「言有宗」（《老子》〈七十章〉），他之言當是「善言」；又說「多言數窮」（《老子》〈五章〉），煩瑣冗言肯定不是善於言者所為；還說：「正言若反。」（《老子》〈七十八章〉）正面的話從反面說（其語例是「受國之垢，是謂社稷主；受國不祥，是謂天下王」），豈不是「善言」的一種技巧嗎？

　　承上所述，在道家那裡，我們只能發現「善」與「美」一些隱隱約約的關係，那些隱約之辭，有的需經過後人對內涵的發掘、發揮才會有明顯的美學價值。「言善信」「善言無瑕讁」，對以後文學家追求辭美的苦心鍛鍊，「心善淵」對詩歌審美境界的創造，「善行無轍跡」對詩學領域「辭理意興，無跡可求」命題的提出，或許都產生了潛移默化的影響。

　　在儒家學者那裡，「善」與「美」關係發生蹤跡較為明顯，因為孔子不忌「知美之為美，知善之為善」，他對《武》樂的評價有保留，雖然也說了「盡美也」，但與《韶》樂比較，無《韶》之整體的完美是他的未言之意。「仁」是孔子中所推崇所向往的至高的「善」，「禮」「樂」是「仁」治行於天下的美的程式化表現。「人而不仁，如禮何？人而不仁，如樂何？」「不仁」便無從言美。又說：「苟志於仁矣，無惡也。」（《論語》〈里仁〉）「無惡」即善且美，武王伐紂，「血流浮杵」，殺人太多，仁愛之心有所歉焉。至於孟子，他更將「善」視為建設良好社會秩序的紐帶。「大舜有大焉」、「大」即「大美」，其「美」即在「樂取於人以為善」和「與人為善」。他在《孟子》〈盡心〉篇回答浩生不

害問「樂正子何人也」時，提出一個有關美的著名命題，便是以「可欲之謂善」為起點，揭示「善」向「美」向「大」向「神」發展的邏輯遞進關係，讓我們分層次析之：

1.「可欲之謂善，有諸己之謂信，充實之謂美。」這是美的發生階段，「善」與「真」，二者缺一，便無所謂「美」，二者「充實」於中方可言美。發自內心，真實而不虛偽的「善」，是美的基本屬性之一。

2.「充實而有光輝之謂大。」何謂有「光輝」？「善」非一般的善（如「善行」），「真」非一般的真（如與偽相對之真），而是盡其人的本性之善，示其人性「至誠」之真，他的老師子思說：「誠之者，擇善而固執之者也。」（《中庸》〈二十章〉）唯此高境界「善」與「信」，「能盡人之性，則能盡物之性；能盡物之性，則可以贊天地之化育；可以贊天地之化育，則可以與天地參矣！」（見《中庸》〈二十二章〉）——這就是「光輝」之「大」。

3.「大而化之之謂聖。」何謂「化」？化即「化成天下」，這在孟子時代已流傳的《易傳》就有「天地感，而萬物化生，聖人感人心而天下和平」（〈咸〉〈彖〉）、「觀乎天文，以察時變，觀乎人文，以化成天下」（〈賁〉〈彖〉）等說。所謂「化」，就是感化，非強制而為，以大美感化天下之人心，是為「聰明睿知」之「聖」。子思曾對「聖」如此表述：

唯天下之至聖，為能聰明睿知，足以有臨也；寬裕溫柔，足以有容也；發強剛毅，足以有執也；齊莊中正，足以有敬也；文理密察，足以有別也；溥博淵泉，而時出之。溥博如天，淵泉如淵，見而民莫不敬，言而民莫不信，行而民莫不說。（《中庸》〈第三十一章〉）

　　這裡說「至聖」有由內而外的聰明、溫柔、剛毅，齊莊的品格，子思作了有美感性質的描述，集崇高、博大、莊重之美於一體，而「溥博淵泉」，即是「大」。有如此「大美」，民眾對他見而敬，言而信，行而說（悅），天下還能不被他所「化」嗎？「是以聲名洋溢夫中國，施及蠻貊；舟車所至，人力所通，天之所覆，地之所載，日月所照，霜露所隊（墜），凡有血氣者，莫不尊親。」[1]原來，孟子說「大而化之之謂聖」，是將他老師這段話濃縮而成。

　　4.「聖而不可知之之謂神。」既然「大而化」，為什麼又「不可知之」呢？宋代理學家程顥解釋說：「聖不可知，謂聖之至妙，人所不能測。非聖人之上，又有一種神人也。」（轉引自《四書集注》）何謂「至妙」，還說得含糊，據朱熹注分析，原來此「神」就在「大而能化」：「使其大者，泯然無復可見之跡，則不思不勉，從容中道，非人力之所能為。」這使我們想到孔子對堯的讚美：「惟天為大，惟堯則之。」「則」，傚法也。「則」乎天道而行天道，「蕩蕩乎，民無能名焉」！儒家學者們也認為，人的精神最高境界，可臻至於無為無不為的天道境界，用聖人之道教化民眾，像春風春雨化育萬物，即如子思所說：「大哉聖人之道，洋洋乎發育萬物，峻極於天，優優大哉，禮儀三百，威儀三千，待其人而後行。」而這種「發育」的過程與結果是「不見而章，不動而變，無為而成。」孟子由「善」「信」而至「美」，又進階為「大」「聖」，再至最高層次的「神」，虔誠地向往「至妙」的「神」，其真諦

[1]　以上所引子思語，皆見《中庸》〈第三十一章〉

就在於此吧[2]！

「善」與「美」的關係發生，在孟子這裡已有較為完整的展示，在以「善」為起點的遞進過程中，我們發現，孟子給「美」定下了一個崇高目標──「化」，即以「充實而有光輝」之大美去「化成天下」，於治國美其政，於馭民美其教，於修身美其德……功利意識已發生於斯矣！但孟子是「善言」者，「言近而指遠者，善言也」（《孟子》〈盡心下〉）。在他之後，荀子毫不含糊地直陳「善」與「美」之功利觀。

第三節　「以道制欲」──「美」之功利觀成型

荀子是先秦後期儒家學說之集大成者。他經歷過秦國的商鞅變法，受到法家思想的深刻影響，一方面推行「仁道」，一方面又強調「法治」，因此他的學說不像前期儒家那樣「寬裕溫柔」。一部《荀子》三十餘篇，以〈勸學〉始，至〈堯問〉終，全部論說皆以實現政教功利目標為貫穿線，言及「美」處，毫不掩飾地直接連繫政教功利。其〈富國〉篇云：

> 故美之者，是美天下之本也；安之者，是安天下之本也；貴之者，是貴天下之本也。古者先王分割而等異之也，故使或美，或惡，或厚，或薄，或佚樂，或劬勞，非特以為淫泰奢麗之聲，將以明「仁」之文，通「仁」之順也。故為之雕琢刻鏤，黼黻文章，使足以辨貴賤

2　關於「化」與「神」，再引老子與荀子兩段話供讀者參考：老子云：「我無為而民自化，我好靜而民自正，我無事而民自富，我無慾而民自樸。」（《老子》〈五十七章〉）荀子云：「君子養心莫善於誠，致誠則無他事矣，惟仁之為守，惟義之為行。誠心守仁則形，形則神，神則能化矣。」（《荀子》〈不苟〉）

而已，不求其觀；為之鐘鼓管磬、琴瑟竽笙，使足以辨吉凶、合歡定和而已，不求其餘；為之宮室台榭，使足以避燥濕、養德、辨輕重而已，不求其外。

　　按他的說法，人們（實際上是專指統治階級）之所以講究美、追求美乃至進行美的創造，都是為「安天下之本」，為分別國君臣民之尊卑貴賤，為國家的政治命運辨察禍福吉凶，為最高統治者顯示其「富」「厚」「威」「強」（其後又說：「人主上者，不美不飾之不足以一民也，不富不厚不足以管下也，不威不強不足以禁暴勝悍也」）。他還特別強調，為了「王天下，治萬變，材萬物，養萬民，兼制於下」而「美之者」——

　　為莫若仁人之善也夫！……故仁人在上，百姓貴之如帝，親之如父母，為之出死斷亡而愉者，無他故焉，其所是焉誠美，其所得焉誠大，其所利焉誠多也！（《荀子》〈富國〉）

　　「善」——「美」——「利」，赤條條地連繫起來了。
　　更有甚者，荀子心目中的「善」與「美」都與「真」對立，它們共同的品質是「偽」！
　　荀子以其「法治」思想不敢正面反對孔子，但他與孟子唱對台戲，專作〈性惡〉篇。孟子說人性本善，「人之學者，其性善」，荀子則斷然說：「人之性惡，其善者偽也！」為什麼？他說得頭頭是道：

　　今人之性，生而有好利焉，順是，故爭奪生而辭讓亡焉；生有疾惡焉，順是，故殘賊生而忠信亡焉；生而有耳目之慾，有好聲色焉，

順是，故淫亂生而禮義文理亡焉。然則從人之性，順人之情，必出於爭奪，合於犯分亂理而歸於暴。故必將有師法之化，禮義之道，然後出於辭讓，合於文理而歸於治。用此觀之，然則人之性惡明矣，其善者偽也。

他從人的慾望講起，一生下來就有「好利」「嫉妒」「好聲色」等種種慾望，實無孟子所謂「惻隱」「羞惡」「恭敬」「是非」之心。人之性惡，則其欲不正；欲不正，其情必然不美，他借舜之口，反覆強調「人情甚不美」：「堯問於舜曰：『人情如何？』舜對曰：『人情甚不美，又何問焉？妻子具而孝衰於親，嗜欲得而信衰於友，爵祿盈而忠衰於君。人之情乎？人之情乎，甚不美！又何問焉？』」（《荀子》〈性惡〉）由此，荀子徹底否定了孟子「人皆有仁義之心」說，他力倡「性惡」說的客觀依據是：古代的聖王，就因「人之性惡，以為偏險而不正，悖亂而不治」，所以才「起禮義，製法度，以矯飾人之情性而正之，以擾化人之情性而導之」（以上皆引自《荀子》〈性惡〉）。如果聖王認為人的本性不惡，禮義與法度的制定有什麼必要呢？荀子處身於戰國末期，目睹了政治的腐敗，社會的混亂，人欲的橫流，如他在《賦》篇的「佹詩」中所描述的那樣：「仁人絀約，敖暴擅強」，今人之性惡，較之古人，變本加厲地發展了，他迫切感到，「遇時之不祥」，必須有「禮義之大行」，才能對「今人之性惡」加以壓抑和節制，「待師法然後正，得禮義然後治」。在對待「禮義」和「法度」上，他與孟子並沒有矛盾，孟子是以「可欲」為善，如果不可欲而欲，那當然也是惡了，一個人有了行為的惡，就要通過禮、法等手段，使其復歸於人性善。荀子則認為，人的一切慾望，都是性惡的表現，禮義與法度，對於「不可欲」是一種強迫性的壓制，對於「可欲」，則是一種必

要的「矯飾」，使「惡」的本來面目得到體面的掩蓋。他舉了一個例子：「今人之性，飢而欲飽，寒而欲暖，勞而欲休，此人之情性也。今人飢，見長而不敢先食者，將有所讓也；勞而不敢求息者，將有所代也。夫子之讓乎父，弟之讓乎兄，子之代乎父，弟之代乎兄，此二行者，皆反於性而悖於情也。然孝子之道，禮義之文理也。」（《荀子》〈性惡〉）這就是說，人的完全無可非議的正常慾望，也一定要加以節制和壓抑，使之符合「禮義文理」。荀子看到了此中的矛盾：「順情性則不辭讓矣，辭讓則背於情性矣。」（《荀子》〈性惡〉）但是他堅決反對「順情性」而主張「悖於情性」，「悖」而「不順」才「合於文理，而歸於治」。

荀子在這一理論基礎上，推出他崇「偽」的觀點。「偽」，本是與「真」相對，「真偽相感而利害生」，作「偽」會產生不良後果。荀子的「偽」，其基本意義是「人為」，引申為「矯飾」。所謂「矯飾」，就是矯正並加以文飾，他用「枸木必將待檃括烝矯然後直，鈍金必將待礱厲然後利」而喻「矯飾人之情性而正之」。就在〈性惡〉篇，對於「偽」有個完整的表述：

　　若夫目好色，耳好聲，口好味，骨體膚理好愉佚，是皆生於人之情性者也；感而自然，不待事而後生之者也。夫感而不能然，必且待事而後然者，謂之生於偽。是性偽之所生，其不同之徵也。故聖人化性而起偽，偽起而生禮義，禮義生而製法度。然則禮義法度者，是聖人之所生也。是故聖人之所以同於眾其不異於眾者，性也；所以異而過眾者，偽也。

在荀子看來，人如果憑自己的情性「感而自然」，這就是「惡」；

如果能做到「感而不能然」，能憑理性有意識地「節慾」「制情」而反本性，這就應該稱之為「善」，自然率性而為是「真」，人為地反性而生「善」。聖人也有自己的真性情，所以他也同於常人，但聖人意識到自己的真性情是惡的，要不得的，於是他「化性起偽」，「矯飾人之性情而正之」而後為「善」；他能「偽」，因而超出常人，他「異而過眾」，是制定出了一般常人都能「偽」且行之有則的「禮義」「法度」──「善」的法則。這樣，使後世人人可「偽」，「偽」有所憑！

應該說，荀子為了維護封建統治階級的統治秩序，確實在煞費苦心，他的「化性起偽」說，從政治、倫理、道德角度看，也有一定的道理。他的「偽」，從主觀動機看，也不是故意弄虛作假，因而也沒有作為與「真」絕對地相反相剋的觀念，倒有些相反相成的意思。他所說「禮義」及於「文理」，這就進而把「偽」看成與孔子所說「文質彬彬」之「文」有同等意義的審美觀念。〈禮論〉中有段話即是如此：

性者，本始材樸也；偽者，文理隆盛也。無性，則偽之無所加；無偽，則性不能自美。性偽合，然後成聖人之名，一天下之功於是就也。

「本始材樸」是真，如果說，莊子特別標舉「真能動人」，強調「真」的審美意義，荀子則僅將「真」作為一個被動的載體，它不能「自美」，加之以「偽」（即前引〈富國〉篇所謂「雕琢刻鏤」「矯飾」）方可言「美」，這實質上是不取孔子「文質彬彬」之說而偏取「文勝質」一端，這樣的美，純粹是矯飾之美。

至此可以綜述一下：荀子的「善」與「美」都是由「化性起偽」而來，又以「偽」將二者聯結，人為之「善」與人為之「美」，以人為

的組合而實現美善相兼，用荀子論音樂的一句話就是：「美善相樂」。
這人為之「善」，也可用他一句話概括：「以道制欲」。《荀子》〈樂論〉
有云：

> 君子以鐘鼓道志，以琴瑟樂心。動以干戚，飾以羽旄，從以磬
> 管。故其清明象天，其廣大象地，其俯仰周旋有似於四時。故樂行而
> 志清，禮修而行成，耳目聰明，血氣和平，移風易俗，天下皆寧，美
> 善相樂。

在荀子之前，墨子是堅決反對音樂有助於治國的，專著〈非樂〉
篇歷數「聲樂害政」。墨子認為，一國之君，首先要關心民間疾苦，推
行於民有利的政治，而不是用聲樂來抖自己的威風。《墨子》〈誹樂〉
曰：「民有三患，飢者不得食，寒者不得衣，勞者不得息」，朝廷「撞
巨鐘，擊鳴鼓，彈琴瑟，吹竽笙而揚干戚」，於民何補？它不能「興天
下之利，除天下之害」，奏樂何為？墨子以下層民眾的功利觀反對音
樂，荀子則以統治階級的功利觀肯定音樂：「夫聲樂之入人也深，其化
人也速，故先王謹為之樂。樂中平則民和而不流，樂肅莊則民齊而不
亂。」（《荀子》〈樂論〉）有了先王之樂，則民間之「夷俗邪音不敢亂
雅」，可以有效地抑制「飢而欲飽，寒而欲暖，勞而欲息」等「小人之
慾」。

> 君子樂得其道，小人樂得其欲。以道制欲，則樂而不亂；以欲忘
> 道，則惑而不樂。故樂者，所以道樂也；金石絲竹，所以道德也。樂
> 行而民鄉（向）方矣。
> 　故樂者，治人之盛者也。

荀子非常坦白地道出「美善相樂」的功利價值，藉助音樂引導小民「以道制欲」，從而收「治人」之功。

也就是這位提出了「以道制欲」說的荀子，用此說重新解釋了當時已流行的「詩言志」的命題，他以「道」強加於古人作詩之「志」，認為《詩》三百」的作者們，都以聖人、先王之道為「是」，抒發懷抱、表達心意是合符「禮義文理」之情。《荀子》〈儒效〉篇標舉了他的「《詩》言是，其志也」，對「《詩》三百」之「思無邪」作出新的解釋：「《風》之所以不逐者，取是以節之也；〈小雅〉之所以為小雅者，取是而文之也；〈大雅〉之所以為大雅者，取是而光之也；〈頌〉之所以為至者，取是而通之也。天下之道畢是矣！」這就是說，上古代的詩人們（其中大部分是「男女各言其情」的民間歌者），都能自覺地「以道制欲」，因此留下了這樣一批「美善相樂」的詩篇。

如果說，老子、孔子以至孟子所言之「善」，或說是「真」的內在能量，或說是一種人格力量，都還顯得比較抽象，讓人們捉摸不定。那麼，荀子所謂的人為之「善」，用「以道制欲」而明之；人為之「美」，以「雕琢刻鏤」「矯飾」而明之，賦予了二者顯而易見、切實可為的可操作的意義，在操作實踐過程中又有了明確的目的性。平心而論，荀子的這一發明，就相對於「天文」的「人文」創造而言，有著非常重大的意義，作為「人文」創造的對象，有很多東西的確不能「自善」，需要創造者發現、發掘其內在的善，方能為一般的人理解和接受；也不能「自美」，需要創造者「雕琢刻鏤」的文飾，方能引人矚目，樂於接受。從這個角度看，荀子以一個「偽」字來標舉人的創造能力，對於後世的「人文」創造的啟迪、推動，其功甚偉！但是，其負面性的影響也是嚴重的，「以道制欲」對此後的文學藝術創造危害尤深，因為將此視為「善」併力行之，抹殺作為內在能量與人格力量之

「善」，「制欲」實質上就是「制情」，是克制人的一切情感活動的政治、道德規範，與需要表達人的情感活動的文學藝術格格不入。我在十多年前出版的《中國詩學體系論》中曾寫道：如果不是出於政治的需要去評價荀子「善」「美」理論，「這樣的理論根本不能進入文學藝術領域，因為他所説的一切，實質上都是否定他的『性者，天之就也；情者，性之質也；欲者，情之應也』。他對人天生之性予以根本的否定，也就否定了每個人發於自己獨特個性的真感情，再去侈談所謂『情』，只能是真正虛偽的東西了，是由理念推導出來的、由禮義與法度所烘托出來的一種莫名其妙的畸形產物」[3]。「以道制欲」，「制」的結果只能剩下「道」，以「志」從「道」的結果，只能有「禮義文理」所養之「情」（《荀子》〈禮論〉原話：「孰知夫禮義文理所以養情也」），以政治倫理道德為內涵的所謂「情」。自荀子而後，中國第一部音樂理論著作《樂記》提出「君子反情以和其志」説，第一篇詩歌理論文章〈詩大序〉提出「發乎情，止乎禮義」説，一直支撐著文學藝術領域與美學批評相對峙的功利批評，不時干擾著歷代文學藝術家們真、善、美的自由創造。

3　見陳良運：《中國詩學體系論》，中國社會科學出版社1998年版，第134頁。

中編

「天文」「人文」審美觀

第一章

《尚書》《易經》中的原初美意識

　　上編談到我們先人原初意識的發生是由「近取」而及「遠取」，由人的自身而及天地萬物，他們將人視為萬物的一個種類；但人是「有心之器」，有自我意識和及物意識的發生，繼而又有利用萬物改善自身生存環境的行為發生，因此人便成為「萬物之靈長」。先人們在觀察與辨識自身種種形態、心態的表現與萬物對自身或利或害時，必然會作出種種比較，最初的比較雖然是很簡單的，直接、直覺地判斷好與不好，利與害，尚無或美或醜的思辨，但是他們的判斷話語中，實已蘊含了原初的美意識，只是還沒有上升到自覺的審美罷了。《尚書》與《易經》中沒有一個「美」字，其中一個「休」字已有美意識在（前已述及）；對這兩部遠古至上古之書，再仔細地、深入地考察一下，我們便會發現，其中還是有原初美意識種種跡象，那些不自言「美」的樸素美意識，對於後世明言「美」的觀念與意識，是根、是源！更為重要的是，《書》與《易》中實際上已形成「天文」「人文」審美觀的格

局，給後來自覺言「美」各個學派尤其是儒、道兩家，提供了各自發揮的廣闊空間。

第一節　《尚書》〈洪範〉潛在美意識考辨

《尚書》是一部上古時期的政治文獻總集，向那些「謨」「誥」之類的文件去尋「美」，需要穿透一層厚厚的政治意識，才能辨識出如「休」這樣點滴的美意識，但其中有一篇題曰〈洪範〉，有部分內容似乎呈現了先民對於「美」的原始感覺。

〈洪範〉，周武王時代的文獻，其始曰：「武王勝殷，殺受，立武庚，以箕子歸，作〈洪範〉。」箕子是殷商故臣，因直言諫紂王受到迫害遭流放，周武王奪得天下後，封紂王之子武庚於殷商舊地，並召回先朝賢臣箕子（後封於朝鮮，成為朝鮮開國之君），並請教其「彞倫攸敘」（孔穎達疏：「天子定民常道所以次敘」），於是，「箕子為陳天地之大法，敘述其事」。所敘之事有九：一曰「五行」，二曰「敬用五事」，三曰「農用八政」，四曰「協用五紀」，五曰「建用皇極」，六曰「乂用三德」，七曰「明用稽疑」，八曰「念用庶徵」，九曰「向用五福，威用六極」。這就是「洪範九疇」，據箕子說是上天賜給禹治理天下的九類大法。其中「五行」「五事」「三德」「庶徵」四疇中有隱約的美意識，試分項述之。

五行：一曰水，二曰火，三曰木，四曰金，五曰土。水曰潤下，火曰炎上，木曰曲直，金曰從革，土爰稼穡。潤下作鹹，炎上作苦，曲直作酸，從革作辛，稼穡作甘。

　　「五行」列舉的是與先民生活息息相關的五種物質，既是他們物質生活的要素，也是從事物質生產的要素。孔穎達說：「此章所演，文有三重，第一言其名次，第二言其體性，第三言其氣味，言五性異而味別，各為人所用。《書傳》云：『水火者百姓之所飲食也，金木者百姓之所興作也，土者萬物之所資生也。是為人用。』」五種體性是：水性滋潤萬物而流下；火性炎熱升騰而向上；木性剛柔適中，在匠人手中可變曲為直或變直為曲；金性（如銅）可熔化變形鑄造出各種器具（如兵器、鼎等）；土性肥沃適宜禾稼生長。由五性又推出「五味」：水「久浸其地，變而為鹵，滷味鹹」；火「焚物則焦」，燒焦之物味苦；木生果，果味多酸；金在火中熔鑄，產生刺鼻的氣味，「辛」即辣味。禾稼是土裡所生，百谷味甘，最適於人食用，「甘」亦可說是「土之味」。「五味」之中的「甘」，是最早與「美」發生關係者之一，「甘」即甜，後人直言味美曰「甘」，按許慎《說文解字》之說，《詩》中言美味之「旨」也是由「甘」而來（「從甘匕聲」）。出現了「五味」說，引出了後來的「五聲」說（商、角、羽、徵、宮），「五色」說（白、青、黑、赤、黃）[1]，於是有了鄭國史伯所說的「聲一無聽，物一無文，味一無果」等分屬耳、目、口的審美觀念之雛型出現。

　　五事：一曰貌，二曰言，三曰視，四曰聽，五曰思。貌曰恭，言曰從，視曰明，聽曰聰，思曰睿。恭作肅，從作乂，明作晢，聰作謀，睿作聖。

1　《左傳》〈昭西元年〉（前541年）記秦國醫生和（人名）對晉侯（晉平公）說：「天有六氣，降生五味，發為五色，徵為五聲。」「六氣」為陰、陽、風、雨、晦、明。

　　「五事」是言人的自身之事，孔穎達說：「第一言其所名，第二言其所用，第三言其所致。」「貌」與「言」可見可聞，與人接觸，容儀面貌使人察其外，感到或可敬可愛，或可畏可惡，此後如《詩》言男子女子美與不美，都是首先憑容貌判斷；言語則使人察其心意情志，如後來《易傳》所說，君子「出其言善，則千裡之外應之，況其邇者乎」；若出言不善，「亂之所生，則言語以為階」。〈洪範〉的作者尚只提及「恭」而「肅」，「從」而「乂」（乂，治理之意），都是就在政治場合而言，君臣之間而言，雖未及「美」，但已有「文」的意識，後來《禮記》〈表記〉中說，「君子服其服，則文以君子之容；有其容，則文以君子之辭」，應是「貌恭」「言從」的進一步發揮，進入「美」的領域了。眼睛之於「視」，耳朵之於「聽」，是人的兩大審美器官，要求「明」和「聰」，也就是要求有敏銳的識別辨察能力，然後才有助於「思」。《國語》〈周語〉記單穆公之語云：

　　夫耳目，心之樞機也，故必聽和而視正。聽和則聰，視正則明。聰則言聽，明則德昭。聽言昭德，則思慮純固。

　　單穆公是談聽樂觀美而言及此，他還說：「若聽樂而震，觀美而眩，患莫甚焉。」他也是由「視」「聽」而至「思」。〈洪範〉說「思曰睿」，又說「睿作聖」，孔安國說：「睿」是「心通於微」，「聖」是「於事無不通」。孔穎達則說：「『睿』『聖』俱是通名，聖大而睿小，緣其能通微，事事無不通，因睿以作聖也。」[2] 原來，子思所說「唯天下之至聖，為能聰明睿知」，孟子引申到言「美」之遞進序列「大而化之之

―――――――――

2　以下引《尚書》原文後用引號標出的釋疏之語，均屬二孔之言，一般不再標名。

謂聖」，都是由〈洪範〉而來。如果從審美角度言「睿」而「聖」，那就進入了美即自由的境界。

　　三德：一曰正直，二曰剛克，三曰柔克。平康正直，強弗友剛克，燮友柔克。沉潛剛克，高明柔克。

　　我要特別提醒讀者注意：在上古文獻中，「剛」「柔」二字在《尚書》中可能這是第一次出現（《詩經》也有「剛」「柔」對舉，如〈大雅〉〈丞民〉有「柔則茹之，剛則吐之」的詩句，此詩是周宣王時代的作品，晚於〈洪範〉），《易經》之經文（卦、爻辭）如果是周公及其同時代的巫師們所作，當與〈洪範〉同時或稍晚，《易經》以「—」與「--」兩個符號示陰陽，尚無「陰」「陽」二字，更無「剛」「柔」二字，是春秋末至戰國的《易傳》作者們，才發揮出「陽剛」「陰柔」之說，此處所言「剛」「柔」似乎還不是《易傳》所說分別為陰、陽的屬性，而是一種處事方式，孔安國曰「剛能立事」「和柔能治」，孔穎達釋曰：「此三德者，人君之德，張弛有三也。一曰正直，言能正人曲直也。二曰剛克，言剛強而能立事。三曰柔克，言和柔而能治。……平安之世，用正直治之；強禦不順之世，用剛能治之；和順之世，用柔能治之。」明顯是以「正」「剛」「柔」用為治國馭民三術，或說三種手段，我們雖不能臆測〈洪範〉的作者已有剛健之美與柔順之美的意識，但是他以「強弗友」即強而不順（「友，順也」，「弗友」即不順從）與「剛」相連，以「燮友」即和而順（「燮，和也」）與「柔」相連，「剛」與「柔」的特性已初步顯示出來了，為「剛」「柔」向審美觀念發展作了準備（詳見下節所論）。

庶徵：曰雨，曰暘，曰燠[3]，曰寒，曰風，曰時。五者來備，各以其敘，庶草蕃廡。一極備，凶；一極無，凶。

曰休徵：曰肅，時雨若；曰乂，時暘若；曰晳，時燠若；曰謀，時寒若；曰聖，時風若。

曰咎徵：曰狂，恆雨若；曰僭，恆暘若；曰豫，恆燠若；曰急，恆寒若；曰蒙，恆風若。

所謂「庶徵」，是說一國之政，一君之治，眾百姓（「庶，眾也」）如何檢驗（「徵，驗也」）是好是壞呢？那就是憑雨、晴、暖、寒、風五種自然現象正常不正常來判別。「雨以潤物，暘以干物，燠以長物，寒以成物，風以動物，五者各以其時，所以為眾驗。」如果一年四季風調雨順，寒熱適時（即「休徵」中所言「時」），那就萬物生長茂盛，收成豐碩。如果久雨不晴或久晴不雨，久熱不寒或久寒不熱（即「咎徵」中所言「恆」），那就都是凶災之年。由這五種自然現象的發生狀況，可以分別為「休徵」或「咎徵」，「曰『休徵』，敘美行之驗；曰『咎徵』，敘惡行之驗」。在上編第二章，我們已論述「休」是作為審美觀念而出現，〈洪範〉的作者在此有了明顯的美、惡意識，為明白起見，讓我們將二「徵」標示人君的美、惡之行用對照方式標出：

「休」行：肅、乂、晳、謀、聖。

「咎」行：狂、僭、豫、急、蒙。

美行五徵，在前引五事中均已「言其所致」：「肅」即恭敬莊肅，其反「狂」則是狂言妄行，不遵法度；「乂」即治有條理，其反「僭」則是越出常規，自陷於亂；「晳」即頭腦清醒，處事明智，其反「豫」

3　「暘」，日出，通「晴」；「燠」，通「暖」，熱。

則是愚鈍昏昧，臨事猶疑；「謀」即策略在胸，從容行止，其反「急」則是性躁情急，盲動失計；「聖」即能洞察幽微，事無不通，其反「蒙」則是暗中摸索，甘遭矇蔽。[4]

「休」與「咎」，「美」與「惡」，首次出現了明確的對應關係，這可作為中國美學史的起點，可惜現當代美學史研究者都還沒有注意到，不知「五味」「五色」「五聲」之外，還有美、惡「五徵」。固然，此「五徵」只是對人君政事而言，但此後出現的有關政治教化之美的論述（如《左傳》《國語》所記載的），皆以「休」之「五徵」為基礎。還應該指出的是，西漢董仲舒的「天人感應」說，也是發源於此，他受「咎」之「五徵」的啟發，在相傳孔子所作的《春秋》中蒐集二百四十二年間的災異資料，與災異發生時的朝政狀況比照，從而確認自然界之災異與人君的行為不當密切相關。他說：「天有陰陽，人亦有陰陽。天地之陰氣起，而人之陰氣亦應之而起；人之陰氣起，而天地陰氣亦宜應之而起，其道一也。……非獨陰陽之氣可以類進退也，雖不祥禍福所從生，亦由是也。」（《春秋繁露》〈同類相動〉）自他而後，夏侯勝等皆以《洪範五行傳》說「災異」，形成西漢中後期熱鬧一時的「濁政」——「災異」因果關係說[5]。「天人感應」「天人合一」的審美觀，也是到了董仲舒時代，才從理論上明確化。留待後述。

4　孔穎達對此的解釋亦錄於下，供讀者參讀：「此『休』『咎』皆言『若』者，其所致者皆順其行，故言『若』也。《易》雲：『云從龍，風從虎，水流濕，火就燥。』是物各以類相應，故知天氣順人所行以示其驗也。其咎反於休者，人君行不敬則狂妄，故『狂』對『肅』也；政不治則僭差，故『僭』對『乂』也；明不照物則逸豫，故『豫』對『晢』也；無謀慮則行必急躁，故『急』對『謀』也。性不通曉則行必蒙，故『蒙』對『聖』也。」

5　拙著《焦氏易林詩學闡釋》下編《一樁歷史謎案的探索》《京房〈易〉與〈焦氏易林〉》等有論及此，可參讀，百花洲文藝出版社2000年版。

第二節　《易經》孕育的「剛」「柔」美觀念

　　《易經》卦爻辭中沒有出現「剛」「柔」二字，但它以卦符「━」「━━」組成八經卦又組合出六十四別卦，使後來《易傳》的作者們推演出「剛柔相摩，八卦相盪」之說。〈洪範〉云「沉潛剛克，高明柔克」，據孔安國說：「沉潛謂地，雖柔亦有剛，能出金石。高明謂天，言天為剛德，亦有柔克，不干四時。」也透露出「剛柔相摩」之意。《易》不見「美」字，但有不少卦爻辭已有使人感受到美的描述，如〈乾〉卦以「龍」為意象，「龍」由靜而動而飛：

潛龍——龍在田——或躍在淵——飛龍在天……

　　龍的矯健姿態，使專注於卦象的〈象傳〉作者發出感嘆：「天行健，君子以自強不息。」以「健」概括了他對於龍的美感。「健」與「剛」相關，此即剛健之美；「乾」為陽，此龍具陽剛之美。後來，〈乾〉〈文言〉的作者（據說是孔子）這樣讚揚〈乾〉象之美：「大哉乾乎！剛健中正，純粹精也。」認為「乾」所表現的是純粹的陽剛之美。〈坤〉以「牝馬」（母馬）為意象，〈象傳〉作者說：「牝馬類地，行地無疆，柔順利貞。」一匹性情柔順的母馬，奔馳在無邊的大地上，想像一下，如見畫家筆下的駿馬圖。但是〈坤〉卦六條爻辭不再具體言牝馬，而是抽象言雌性之物且明顯是表述人之女性種種表現。我在《周易與中國文學》一書談到此卦意義時，乾脆以女性之象言之：

　　「履霜，堅冰至」，陰氣凝結，一個女孩誕生了；「直、方、大，不習，無不利」，養成正直、端莊、大方的女性品德，不需特別去學習

其他本領（即後來所謂「女子無才便是德」）；「含章，可貞，或從王事，無成有終」，長大成人後，成為一個內心和外貌都很美麗的姑娘，準備出嫁從夫，輔佐夫君的事業；「括囊，無咎無譽」，鋒芒不外露，謹守婦道，安詳自處，不求芳名遠颺；「黃裳、元吉」，或嫁貴人，處主婦之位，以自己內心美德使夫婿和他人敬服；「龍戰於野，其血玄黃」，與夫君交合，孕育誕生新的生命。[6]

　　〈坤〉代表的是「地道」「妻道」「臣道」，以「妻道」接受和理解最為貼切，六條爻辭聯貫而讀，不是正表述合於當時倫理、道德規範的好女人的美德嗎？女屬陰，其性柔，即陰柔之美也。後來〈坤〉〈文言〉的作者就從「含章可貞」與「黃裳元吉」發揮說：「君子黃中通理，正位居體，美在其中，而暢於四支，發於事業，美之至也！」

　　《易經》六十四別卦中，表現陽剛之美的除〈乾〉卦外，較為典型的還的〈大有〉〈大畜〉〈大壯〉〈豐〉等；表現陰柔之美的除〈坤〉卦外，較為典型的還有〈謙〉〈豫〉〈萃〉〈兌〉等，下文將分別論述。

　　《易傳》的作者們對於這些卦之美學內涵，大有開掘之功，須引其言才能實行總體的把握。先觀賞體現陽剛之美的四卦：

　　〈大有〉，卦象「☲☰」，「☰」經卦為天，「☲」經卦為火，合而觀之：「火在天上。」其象猶如太陽高掛天空，普照大地而使大地萬物生長，使人們大為富有。這是一幅壯麗的景象，既美且有利於人，所以卦辭曰「元亨」。又從六個線條符號看，五陽爻擁一陰爻，而陰爻又處位最尊貴的第五位，即君之位，在此卦中，「━━」不能說是女性君主，應理解為該君主具有和柔之性，或說他是仁義之君，因此，那些剛性

6　　《周易與中國文學》，百花洲文藝出版社1999年版，第135頁。

臣民都擁戴他，這叫「柔處尊位，群陽並應，大能所有」（孔穎達語）。第五條爻辭云：「厥孚交如，威如。」說的此君以誠信交接上下，威嚴自顯。《尚書》〈洪範〉中言人君三德，第三德是「柔克」，〈大有〉從象徵一國之政看，正是「柔克」，並且是「高明柔克」！〈彖傳〉贊曰：「其德剛健而文明，應乎天而時行。」「文明」，文采昭彰也，美也。全卦陽氣盈溢，剛健之美也。

〈大畜〉（畜通蓄），卦象「☶☰」，「☶」經卦為山，上下合而觀之，「天在山中」。這幅圖景似乎有點費解，山中何能容下遼闊的天？卦辭提示是：「不家食吉，利涉大川。」說的是不在自己家中吃飯，要越過大河遠走高飛去吃公家的飯，吃國家的飯。這個人該是個大有本領的人，胸中已蓄積了豐富知識的人，〈象傳〉從「大畜」二字本義解：「君子以多識前言往行，以畜其德。」這個卦象，可想像為一位賢人或能人的形象：胸懷如天空般遼闊，滿腹經綸，心高志遠，蓄積了治國平天下的本領，有待發揮、應用，因此他就不必老死家中，要成為國家的棟梁！〈彖傳〉贊曰：「剛健，篤實輝光，日新其德。」後來孟子說「充實之謂美，充實而有光輝之謂大」，是否從此受到啟發？

〈大壯〉，卦象「☳☰」，「☳」經卦為雷，上下合之：「雷在天上」。高天之上雷聲隆隆，雄壯之甚也！從別卦整體看，下四位皆陽爻，自下而上，似要將二陰爻驅逐出境，孔穎達說：「壯者，強盛之名。陽者既多，是大者盛壯。」〈彖傳〉說：「大者，壯也；剛以動，故壯。……大者，正也，正大而天地之情可見矣。」此卦表現剛健之大美，無須多言，且壯美表現於聲、容。

〈豐〉，卦象「☳☲」，「☲」經卦為火，可引申為閃電；「☳」本義為雷，據〈說卦傳〉，可引申為禾稼種子頂破甲殼破土萌生（取雷震而動之義）。直觀卦象，如〈象傳〉所說：「雷電皆至」。雷電皆至發生於

春、夏兩季，正是萬物生長、茂盛的季節，晴雨適時，如〈洪範〉所說：「庶草蕃廡」，豐收在望。〈彖傳〉說：「豐，大也，明以動，故豐。……日中則昃，月盈則食；天地盈虛，與時消息。」雷鳴電閃是壯麗的自然景象，帶來大地萬物生長茂盛而豐收，亦是「大也」──美也，是「明以動」之美。

以上四卦，有三卦皆以經卦〈乾〉為內卦，卦名皆冠以「大」字；「豐」也有「大」之義，因此，皆示以剛健之美，「剛健中正，純粹精也」，蘊於內而發於外，而「有」與「畜」（蓄）主要體現內在的充實，「壯」與「豐」則是以表現於外在的強壯、豐盈而有「輝光」，稍作排列，可圖示如下：

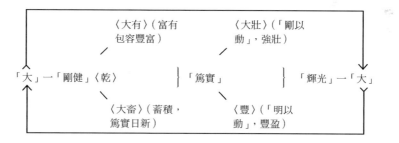

五卦的剛健之美，經《易傳》作者加以曉示，孟子所謂「充實之謂美，充實而有光輝之謂大」，好像是對此五卦的總體概括。

再觀賞體現陰柔之美的典型之卦：

〈謙〉，卦象「䷎」，直觀其像是「地中有山」，山本在大地之上，高聳云天，為什麼反在「地中」呢？原來這是表現一種觀念：謙遜退讓，不出風頭，相當〈坤〉卦中的「括囊」之義。〈艮〉經卦（山）是陽性卦，其性剛，居下位，卻以「至柔」之〈坤〉居上位，按〈彖傳〉之說是「天道下濟而光明，地道卑而上行」，可理解為謙遜之人是以「天道」即剛健而光明居於內，以「地道」即柔順表現於外，他不是內

心空虛的謙遜，而是有囊括大地高山的胸懷而「好謙」。剛內柔外，是男子的好品格，卦辭是「亨，君子有終」。也是後來《易傳》〈繫辭〉所說：「君子知柔知剛，萬夫之望。」此卦的爻辭分述了「謙」的行為狀態與社會效應。第一條爻辭是：「謙謙君子，用涉大川。」有謙讓品德，可出門幹大事業；第二條為「鳴謙」，有「謙」之美德可名聲遠颺；第三條是「勞謙」，謙虛又勤勞，不是謙讓而束手不幹事；第四條「謙」，以自己「謙」之美德影響他人，形成良好的人際關係與社會風氣。……「謙」，好像是使自己處「卑」位而永遠尊讓他人，實際上就是「不卑不亢」，亦是老子「居善地」（見本書上編第四章）的思想。〈象傳〉認為這是一種難得的美德：「人道惡盈而好謙。謙，尊而光，卑而不可逾。」柔而謙，有正大光明之美。

〈豫〉，卦象「☷☳」，按上下兩經卦之義是「雷出地奮」，似與〈大壯〉之「雷在天上」相呼應，但此卦是內柔而外剛，是「順以動」，命名為「豫」，但非《尚書》〈洪範〉「咎徵」之「豫，恆懊若」之義。

「雷出地奮」讓人想像為大地上發出歡快的鼓聲，振奮人心，給人們以歡樂，《爾雅》釋「豫」：「樂也。」《周易集解》引鄭玄曰：「坤，順也；震，動也。順其性而動者，莫不得其所，故謂之『豫』。『豫』，喜豫，說樂之貌也。」人有歡樂是美事，〈彖傳〉說：「剛應而志行，順以動。……天地以順動，故日月不過，四時不忒。」又從六爻排列看，第四位是陽爻，上下五位皆陰爻，下面三位的陰爻簇擁陽爻上升，而居第五位的陰爻準備讓位，所以說「順」是指陰爻的順從，說「動」是指陽爻必然的上升；連繫〈坤〉有「含章」之義，即「陰雖有美，含之以從王事」，而「章」之本初又是音聲之美，由此推演，歡樂之美是來自陰性大地，是為「王事」服務的，〈象傳〉作者即如是說：「先王作樂崇德，殷薦之上帝，以配祖考。」

　　〈萃〉，卦象「☷☱」，「☱」經卦之名「兌」，卦象本義為澤，引申之義為「悅」，歡悅。直觀卦像是「地上有澤」，澤是眾水所聚之處，贛、信、鄱、修匯入鄱陽湖，湘、資、沅、澧匯入洞庭湖，「萃」，有會聚之意。眾水會聚於澤，不橫流直瀉給人間帶來禍害。上古之人對水有恐懼感，《易》之〈坎〉卦爻辭就發出「坎有險」的警告，而澤水則可無害無險地滋潤萬物，所以卦辭中特說「利有攸往」，因而先人對眾水歡聚以「美澤」稱之。此卦四五位為陽爻，上下皆陰爻，似是陰以陽為中心而歡聚，〈彖傳〉從陰性角度說：「萃，聚也，順以說（悅），剛中而應。」

　　又說：「順天命也，觀其所聚，天地萬物之情可見矣！」所謂「順天命」，又是「陰」以其美「從王事」，此卦象亦可廣義地象徵天地萬物和順地歡聚，大自然界與人類因而有了和諧和暢之美。

　　〈兌〉，卦象「☱☱，兩澤相連，〈象傳〉稱之「麗澤」，「兌」本有歡悅之義，兩澤相連交相浸潤便如喜上添喜。「兌」也是少女的象徵（見《說卦傳》），美麗天真的少女使人見之而悅，與澤中之水漣漪蕩漾如嫵媚的微笑，具有同樣的美感，由感覺之美而產生愉悅感，〈兌〉是六十四別卦中表現由美而悅的典型之卦，〈象傳〉說：「剛中而柔外，說（悅）以利貞。是以順乎天而應乎人。」那是指第二位與第五位皆陽剛，居上下經卦之中，第三位與第六位陰柔，居上下經卦之外，柔而有內剛，剛而有外柔，用今天的話來說，是極有性格的溫柔美。該卦爻辭還列舉了「和兌」——和順的欣悅、「孚兌」——誠摯的欣悅、「商兌」——有所節制的欣悅、「引兌」——引發他人一同快樂的欣悅。唯一不好的是「來兌」——不是發自內心而是隨人作喜。

　　以上四卦，〈豫〉與〈萃〉皆以〈坤〉經卦為內卦，〈謙〉以〈坤〉為外卦，〈兌〉則是內外皆陰性卦，共同顯示「順以悅」為核心的陰柔

之美，由自然現象而及人事。如果也稍加排列，那就是由〈坤〉卦象徵之柔順，繼之陰柔之性的「順以動」，將其發露於外，以「謙」和「豫」（樂）見之；最後產生的美感效應皆為「悅」：

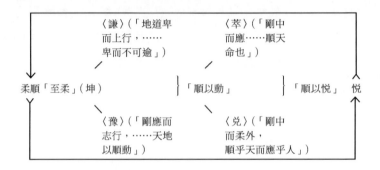

「剛」與「柔」是兩種不同性質不同形態的美，分為兩大類型，東方與西方的先人們似乎都這樣做了，西方美學的「壯美」與「優美」，便相當於陽剛之美與陰柔之美。但是我們的先人最英明之處是，明確意識到還有更普遍存在的第三種審美形態，那就是剛柔兼濟之美，《尚書》〈洪範〉中「沉潛剛克，高明柔克」是用文字發出的信息，《易》則用經卦、別卦符號發出大量的信息，經卦中除了〈乾〉與〈坤〉是純陽、純陰，其餘六卦皆是陰陽兩爻交錯，又據陰陽互動狀況而定位為陽性卦與陰性卦[7]，由兩經卦構成的別卦，陰陽交錯更是自內而外，從美的表現與美感效應來說，「剛」與「柔」總是相互滲透，相互映照，或「至柔而動也剛」，或「剛中而柔外」，第一章已提到〈泰〉卦與〈咸〉卦，便是典型的剛柔相濟之象。剛柔相濟而明顯地示人以「文」、以「美」，可推〈賁〉卦與〈渙〉卦最為典型：

7　《說卦傳》：「乾，天也，故稱乎父；坤，地也，故稱乎母；震一索而得男，故謂之長男；巽一索而得女，故謂之長女；坎再索而得男，故謂之中男；離再索而得女，故謂之中女；艮三索而得男，故謂之少男；兌三索而得女，故謂之少女。」

　　〈賁〉，卦象「䷕」，下〈離〉上〈艮〉。賁，「古『斑』字，文章貌。」（《釋文》）《說文解字》釋「賁」字亦云：「賁，飾也，從貝卉聲。」卦名本義就是文飾，文飾是為了美。六條爻辭，以人體和與人的住、行相關事物為貫穿線，依次說：「賁其趾」──先文飾其足；「賁其須」──文飾頭部、面部；「賁如，濡如」──文飾得那樣溫潤、俊美；「賁如，皤如，白馬翰如」──文飾所騎的白馬；「賁如丘園」──文飾自家的園林、住所；最後一條爻辭特別有意義：「白賁」──一切文飾不是為了炫耀什麼，純粹是一種美的追求，文飾的結果，要使人感到沒有人工文飾的痕跡，雖經有意文飾，但不掩文飾對象本來的自然真趣，不是故意做作的矯飾。這個別卦是下柔上剛（〈離〉「為火」「為日」是柔性經卦），〈象傳〉說「山下有火」，山上有樹木花草之美，在明亮的陽光照耀下，則色彩層次更加鮮明，所以〈象傳〉說：「柔來而文剛。」即以明亮的陽光「文」山，其本象就是自然之美。又從爻位看，第三爻與第六爻皆陽爻，第二、四、五位皆陰爻，〈象傳〉又說「分剛上而文柔」，意思是又分出陽剛居上文飾陰柔。如此則是從整體到局部，都是剛柔互相文飾。〈象傳〉對此種互文現象闡釋發揮曰：「剛柔交錯，天文也；文明以止，人文也。觀乎天文，以察時變；觀乎人文，以化成天下。」強調了「人文」是以「天文」為本，並且指出人為的文飾有「化成天下」的重要意義。荀子言「偽」的功德可能本於此。

　　〈渙〉，卦象「䷺」，下經卦「☵」象義是「水」，上經卦「☴」象義是「風」。卦名「渙」有渙散之義。〈渙〉上承〈兌〉卦，《序卦傳》云：「〈兌〉者悅也，悅而散之，故受之以〈渙〉。」意思是一己的欣悅擴散，感染他人，使大家皆感歡悅。直觀卦象是「風行水上」（〈象傳〉），風吹過水面，產生圈圈漣漪，迭迭波紋，向遠處擴散，「風乍

起，吹皺一池春水」（馮延巳《謁金門》詞中名句），給人以輕柔的動態的美感。雖然此卦的卦爻辭皆從政治功利而言，但歷來解《易》者都從卦象所示，將其視為「文采」的象徵，漢代《京房易傳》曰：「水上見風，渙然而合。」宋代司馬光《溫公易說》云：「風行水上，文理爛然，故為文也。」清代朱駿聲《六十四卦經解》云：「渙，流散也，又文貌，風行水上，而文成焉。」並以揚雄《太玄》論「文」所說「陰斂其質，陽散其文」來補證「流散」之義。後來的文學家更特別欣賞「風行水上」的美感意義，宋代蘇洵在《仲兄字文甫說》一文中專門寫了兩段論述「風行水上」，「渙」為「天下之至文」：「是其為文也，非水之文也，非風之文也，二者非能為文，而不能不為文也，物之相使而文出其間也，故此天下之至文也。……故夫天下之無營而文生之者，唯水與風而已。」明代李贄則說：「風行水上之文，決不在於一字一句之奇。」（《雜說》）清代桐城派大家姚鼐更稱「『風行水上』，有自然之妙境」（《周易學說》）。

　　從《尚書》〈洪範〉抽象的「剛」「柔」觀念，到《易經》之象所呈示的陽剛、陰柔和剛柔相濟種種美象，再經《易傳》加以闡發，從此成為中國古典美學中重要的審美範疇，而後被文學藝術家接受，從《樂記》到《文心雕龍》，從《滄浪詩話》到《人間詞話》，都有精彩的發揮，本人所著《周易與中國文學》外篇第三章《「剛柔迭用，喜慍分情」──「剛柔有體」與作家氣質、創作風格》[8]，對此作了較系統的梳理與陳述。本套《中國美學範疇叢書》另有論「剛」與「柔」專著，請參讀。

8　參見《周易與中國文學》，百花洲文藝出版社1999年版，第241-261頁。

第三節　《易傳》論「天文」美與「人文」美

　　《易傳》，是解釋、發揮《易》（漢代稱為《易經》）之本義、象徵義的〈文言〉（分〈乾〉〈坤〉兩段）、〈繫辭傳〉上下、〈彖傳〉上下、〈象傳〉上下、〈說卦傳〉〈序卦傳〉〈雜卦傳〉七種十篇的總稱，其形成時代，大概是從孔子到戰國中後期。其中〈文言〉與〈繫辭〉多處出現「子曰」，可能是孔子五十歲之後給學生講《易》時，由學生記錄下來的。〈彖〉與〈象〉皆隨卦釋義，〈彖〉可能早於〈繫辭〉，因為〈繫辭〉已提到「彖者，言乎象者也」，其餘各傳則出現得晚些。以時間論，形成「天文」「人文」兩個觀念，見〈賁〉卦之〈彖〉曰：「剛柔交錯，天文也；文明以止，人文也。……」「人文」一詞可能是首次出現，雖然，具體地描述和闡釋「天文」「人文」現象與內容的言論已見於西周、春秋時代（如西元前七七四年史伯對鄭桓公說「物一無文」）。《易傳》言「天文」美與「人文」美，已到了「美」的觀念意識普及的階段，〈彖傳〉作者用易識的字和簡潔的詞，運用宏觀分類法，將天地間之美分成兩大類，成為後世之人言「美」最基本的依據。

　　〈文言〉是言「天文」與「人文」最精彩的一篇，且其篇名特冠之以「文」，是「人文」一次經典性的表述。分〈乾〉〈坤〉兩段，直言「天」「人」之美。請先聆聽唱給天的一首讚歌：

　　乾始能以美利利天下，不言所利，大矣哉！大哉乾乎！剛健中正，純粹精也；六爻發揮，旁通情也；時乘六龍，以御天也；雲行雨施，天下平也。[9]

9　〈乾〉之〈彖〉也寫得很美，錄之供參考：「大哉乾元！萬物資始，乃統天。云行雨施，品物流行。大明終始，六位時成，時乘六龍，以御天。乾道變化，各正性命。保合大和，乃利貞。首出庶物，萬國咸寧。」

　　〈乾〉卦是天的象徵，天又通過〈乾〉這一符號凝聚、輻射其美的光輝。〈乾〉〈文言〉的作者有層次地表述天之大美：「剛健中正，純粹精也」——「美」之本體，「精」是其「本」之真，「剛健」是其「本」之性；「六爻發揮，旁通情也」——因其「精」且「剛健」易於溝通萬物之情，這就是〈咸〉等〈象傳〉所說「天地感而萬物化生」「天地萬物之情可見」；「時乘六龍，以御天也」——天不是高高在上靜止不動，它在不斷地運行之中，如〈象傳〉所云「天行健」「自強不息」；「雲行雨施，天下平也」——天大利於人，大利於萬物。再回頭看「不言所利，大矣哉！」——有利於天下卻不自言有所利。這段讚美詞道出了「天」之美五大特徵：「精」而「剛健」、「旁通情」、運行不息、「利天下」、「不言所利」而「大」。第一、二特徵可歸屬於「真」，第四、五特徵可歸屬於「善」，而第三個特徵可視為天的形態美、動態美，「天」駕乘著六條矯健的龍，巡行於寥廓的太空，猶如古代希臘神話中駕著黃金車子在天空穿行的阿波羅，多麼壯美！

　　這段話確有點像是出自孔子的手筆，《論語》〈泰伯〉記載孔子讚美堯那段話，實際上也是讚美天：「巍巍乎！唯天為大。……蕩蕩乎！民無能名焉。巍巍乎！其有成功也。煥乎！其有文章。」也言「大」，言「不言所利」（因此「民無能名」）、「天下平」之「成功」，最後言有「文章」之美。這裡我們要注意：《易傳》、道家與儒家，都以有美不言「美」、有利不言「利」作為「美」的一個重要判斷標誌，並且都以天為榜樣，《乾》〈文言〉說「不言所利」是大美，孔子說：「天何言哉？四時行焉，百物興焉，天何言哉？」莊子說：「天地有大美而不言。」這可以說是我們的先人賦予了「美」一種特殊的品格，那就是「美」有功利之用而不顯功利之求，不見所用之跡；「美」是自在、自為的，自由的，可能所至之利，也是自然而為、無意為而為，所以美

的最高境界是「聖而不可知之」。這種最高境界，在政治、人事等日常
生活領域是不大可能實現的，因而後來的文學藝術家在精神創造的領
域都以「無言之美」「無跡可求」為至高的美的理想境界，或許是尋求
一種心靈的補償吧。

　　《坤》〈文言〉也唱了一首讚美大地、實質是讚美女性，因而也是
讚美「人」的歌：

　　坤至柔而動也剛，至靜而德方，後得主而有常，含萬物而化光。
坤道其順乎，承天而時行。[10]

　　與天相對應，大地之美是寧靜溫馨之美，「動也剛」示其有生命力
的勃發，因為她是萬物生命的母體，而其美的特點主要是內在的不主
動向外張揚：「至靜而德方」——情性柔順嫻靜而品德大方端正；「後
得主有常」——不出風頭不露鋒芒平靜地期待天主的示愛而獲得幸福；
「含萬物而化光」——她孕育萬物，將自己的美轉化為萬物之美，萬物
的光彩便是她的光彩。這就是「坤道」，「承天而時行」——與天一道
運行而共同創造天地之大美。「坤道」不僅是大地之道，也不僅是女性
之道，《易傳》的作者實質上是將它定位於人之道，相對於天，大地上
一切人等皆須「承天」，《坤》〈文言〉作者明確地説，「坤道」就是「地
道也，妻道也，臣道也」。「臣」是廣義的，地上人間至高無上的君
王，相對於天，他也是「臣」；大凡身在下位之於身在上位者，皆是臣
之屬。於是與「雲行雨施」的天之美相對應，便是「含萬物而化光」

10　〈坤〉之〈象〉也寫了七句讚美詞：「至哉坤元，萬物資生，乃順承天。坤厚載物，
　　德合無疆，含弘光大，品物咸亨。」

的人之美。《坤》〈文言〉果真直言其「美」了：

> 陰雖有美，含之以從王事，弗敢成也。……君子黃中通理，正位
> 居體，美在其中，而暢於四支，發於事業，美之至也。

　　如果說，天有「美」而不言美之所利，那麼人有美則不自言其美，
且不自致其利，不自求其成，而是以內含之美協助「王」者去「發於
事業」，共同的事業美，才是「美之至」也！

　　寫到這裡，抑制不住對中華民族賢達先人的讚美之情：他們聰明
睿智，胸懷博大，在天之美的輝光沐浴中，發現自身也有美，但是他
們不炫耀自身的美，非常自覺地意識到，要將這種美，賦予自己的「事
業」，讓自己創造的東西閃耀著美的光輝，這才是大地人間的「美之
至」。這「事業」，這創造，就是「文明以止」（即文而明之的境界）的
「人文」事業，人間美的創造。〈繫辭傳〉亦在大力闡述發揚這種品格
高尚的美意識，其言「事業」：

> 盛德、大業，至矣哉！富有之謂大業，日新之謂盛德。

　　「富有」，最重要的是內心的富有，如〈大畜〉之〈象〉曰：「君
子以多識前言往行，以畜其德。」內心有豐厚的積累，才可能去創造美
的世界。其言「觀乎天文」的「人文」創造：

> 參伍以變，錯綜其數：通其變，遂成天下之文；極其數，遂定天
> 下之象。（〈繫辭傳上〉）

如何通其「變」並把握其「數」（即「變」的規律），那就要「極深而研幾」，極其深入地去研究一切事物的精旨奧義，窮究變化中的幽微事象。「惟深也，故能通天下之志；惟幾也，故能成天下之務；惟神也，故不疾而速，不行而至。」（〈繫辭傳上〉）《易》之出現，就是古人「觀天文」而後進行「人文」創造獲得的偉大成果：

古者包犧氏之王天下也，仰則觀象於天，俯則觀法於地，觀鳥獸之文與地之宜，近取諸身，遠取諸物，於是始作八卦，以通神明之德，以類萬物之情。（〈繫辭傳下〉）

劉勰說：「人文之元，肇自太極，幽贊神明，《易》象惟先。」（《文心雕龍》〈原道〉）「八卦」是先人「人文」創造的典範，繼此而後才有「法象製器」，創造人類世界的物質文明，於是有了「舟楫之利」以通遠，有了「臼杵之利」濟萬民，有了宮室，有了衣服，有了文字，這都是——

通其變，使民不倦，神而化之，使民宜之。

從「觀乎天文」而有了「神而化之」的「人文」創造，「天」有大美，人也創造了物質與精神的「文明」，成就了利於人類自身生存發展的種種事業，「美之至也」！人，「含萬物而化光」，他「美在其中」而「發於事業」的偉大理想實現了，並且還將不斷地「日新」其德、業！

第二章

政事、社會、人格美之鼓吹

　　人的創造意識一旦覺醒，他們居住生息的「小小寰球」就必將改變其原始面貌，「觀乎人文，以化成天下」。我們的先人，給「人文」的創造定下了一個宏偉的目標，不能說此中沒有功利之求，乃至可以說是為了人類生存得更好而追求最大、最普遍化的功利。「含章」在胸的先賢，他們不肯憑藉武力去實現這一功利目標，而是以「文」、以「美」去改變人、改變世界的原始面貌，用一個「化」字，其意識與實踐都富有美的韻味！孔子說：「先進於禮樂，野人也；後進於禮樂，君子也。如用之，則吾從先進。」（《論語》〈先進〉）村野之人首先受到禮樂的感染薰陶，勝於那些做了官才學禮樂的君子。在孔子看來，一個人應該是先以「文」而化之，然後走向社會，不是從業從政後再化之以「文」（朱熹《四書集注》引程子言曰：先進於禮樂，「文質得宜」；後進於禮樂，「文過其質」）。儒家「學而優則仕」的思想或源於此，後來，劉勰在《文心雕龍》〈徵聖〉將「人文」歸納為三個大項：

　　先王聖化，布在方冊；夫子風采，溢於格言。是以遠稱唐世，則「煥乎」為盛；近襃周代，則「郁哉」可從。此政化貴文之徵也。鄭伯入陳，以文辭為功；宋置折俎，以多文舉禮。此事蹟貴文之徵也。襃美子產，則云「言以足志，文以足言」；泛論君子，則云「情欲信，辭欲巧」。此修身貴文之徵也。

　　「政化」「事蹟」，都屬政治方面即治理國家的大事，「修身」（言語辭令包括在其中，並且是最重要的「修」）則是屬於個人的大事。綜覽儒家之書，可根據他們實際的論述，劃分得更清晰一些，表述更條理一些。本章三節分別就政事（將「政化」「事蹟」合一）、社會、人格述之。

第一節　「其有美名也，唯其施令德於遠近」

　　荀子說：「為人主上者，不美不飾不足以一民也。」一個國家的統治者，大大小小的朝廷、官場，不管政治清明還是腐敗，都要在政治形式方面加以美化，顯示「文治」的氣派，標榜「禮樂之邦」，同時以顯示君王與朝廷的威儀，所謂「禮儀三百，威儀三千」，的確是很壯觀的場面。西元前七一〇年，魯國大夫臧哀伯就「為政之德」須有適度的形式美，對魯桓公發表了一番意見：

　　君人者將昭德塞違，以臨照百官，猶懼或失之，故昭令德以示子孫：是以清廟茅屋，大路越席，大羹不致，粢食不鑿，昭其儉也；袞、冕、黻、珽、帶、裳、幅、舄、衡、紞、紘、綖，昭其度也；藻、率、鞞、鞛、鞶、厲、游、纓，昭其數也；火、龍、黼、黻，昭

其文也；五色比象，昭其物也；錫、鸞、和、鈴，昭其聲也；三辰旂旗，昭其明也。夫德儉有度，登降有數，文物以紀之，聲明以發之，以臨照百官，百官於是乎戒懼而不敢易紀律。（《左傳》〈桓公二年〉）

　　君臨於萬民之上者，為昭示君德以使臣民敬服並為後世子孫作榜樣，以宮室、車輦、飲食的簡樸示其節儉的美德，卻以衣帽服飾乃至各種綬帶的繁雜、華麗來顯示其威儀，更以聲勢盛大的儀仗來炫耀作為人君的排場，這就是以「文物」來「昭德」，調動一切「文物」美化其政治一統下的德行。

　　「飾」其政事之美，最有效的手段是「禮」與「樂」，最早的「禮」，主要是指各種典禮儀式，登位、出徵、敬天、祭祖、立廟等等都有一套完整而嚴格的程式，實質就是一個國家統治秩序的縮影。《易經》之〈觀〉卦卦辭便是對一次典禮儀式最簡潔的描述：「盥而不薦，有孚顒若。」「盥」，本義是以水潔淨雙手，在這裡引申為用香酒澆灌地面以迎神降臨之意。看主祭者清潔自身的那種神態和虔誠地以酒灑地的動作，不觀後「薦」即敬獻祭品的細節，觀祭者心中誠敬肅穆的情緒就油然而生了。據王弼說：「王道之可觀者，莫盛乎宗廟；宗廟之可觀者，莫盛乎『盥』也。至『薦』，簡略不復觀。故觀『盥』而不觀『薦』也。」（《周易注》）「盥」，可能是祭祀典禮開始時一個非常莊嚴可觀的儀式，卦辭作者只是從觀典禮者的感受略加點染。《論語》〈八佾〉中亦記載孔子云：「禘自既灌而往者，吾不欲觀矣。」關於種種典禮的儀式，在西漢成書的大、小戴《禮記》都有繁複的記載，《小戴禮記》〈禮運〉篇較為概括的描述是：

玄酒在室，醴醆在戶；粢醍在堂，澄酒在下。陳其犧牲，備其鼎

俎；列其琴瑟，管磬鐘鼓。修其祝嘏，以隆上神與其先祖，以正君臣，以篤父子，以睦兄弟，以齊上下，夫婦有所。

在《詩經》中，倒有一些具體的描述，如《周頌》〈雝〉之第一節：

有來雝雝，至止肅肅。
相維辟公，天子穆穆。
於薦廣牡，相予肆祀。

據說這是周武王祭周文王的儀式，先描寫參與祭祀的諸侯，進祭堂時雍容和睦，來到祭壇恭敬嚴肅，諸侯們簇擁著武王同祭，主祭者莊重靜穆，獻上一頭肥壯的公牛，敬請偉大的皇父享用。在〈小雅〉〈信南山〉中，第五、六節描寫這種儀式更具體：

祭以清酒，從以騂牡，享於祖考。
執其鸞刀，以啟其毛，取其血膋。
是烝是享，苾苾芬芬，祀事孔明。
先祖是皇，報以介福，萬壽無疆！

第一節寫獻酒殺牛，連當場殺牛的細節也展示出來（拿著鋒利的刀，分開公牛頸下的毛，割斷牛的咽喉、血管，先取其血），用美酒與牛的血膏作為祭品。孔子說他觀禮只觀獻酒，不觀其後之「薦」，是否因為殺牲太殘忍而「不欲觀」？影響了典禮開始時那肅穆虔誠之情？

在典禮儀式上，必須有音樂，音樂可以調動行禮者的情緒，音樂的「屈、伸、俯、仰、綴、兆、舒、徐」，可以配合行禮的「升、降、

上、下、周、還、袳、襲」等動作。現在我們還可以想像，在音樂伴奏下，行禮者可能有像舞蹈那樣的各種動作。《詩》〈周頌〉〈有瞽〉專寫祭祖典禮上的音樂之美：

> 有瞽有瞽，在周之庭。
> 設業設虡，崇牙樹羽。
> 應田縣鼓，鞉磬柷圉。
> 既備乃奏，簫管備舉，喤喤厥聲，肅雝和鳴，先祖是聽。
> 我客戾止，永觀厥成。

樂師是一群盲者，設置的鐘鼓架裝飾得很華美，樂器有鐘、鼓、磬、簫、管等多種，奏出的樂音洪亮而和諧，祖宗神靈似在冥冥中聆聽，而觀禮的貴賓欣賞完一曲又一曲，不覺時間漫長。《樂記》將禮、樂合論曰：

> 禮者，殊事合敬者也；樂者，異文合愛者也。禮樂之情同，故明王以相沿也。故事與時並，名與功偕。

事實上，作為典禮儀式之禮，只限定在一些特定的時間、特定的場合，集中地炫耀政化、事蹟之功，而好的音樂作品能夠超越時空更廣泛、更長久地起到美教化的功用，如果再將那些主禮者的種種動作加以美化，那麼舞蹈也產生、成型了。「歌，詠其聲也，舞，動其容也」，《樂記》甚至說：「其治民勞者，其舞行綴遠；其治民逸者，其舞行綴短。故觀其舞，知其德；聞其諡，而知其行也。」《左傳》〈襄公二十九年〉記載吳公子季札到魯國「觀樂」，實際是聽樂又觀舞，其中

自聽〈大雅〉之樂至觀〈韶箾〉舞一段，季札的評語幾乎全是讚揚先王的政化功德：

　　……為之歌〈大雅〉，曰：「廣哉，熙熙乎！曲而有直體，其文王之德乎！」為之歌〈頌〉，曰：「至矣哉！直而不倨，曲而不屈，邇而不逼，遠而不攜，遷而不淫，復而不厭，哀而不愁，樂而不荒，用而不匱，廣而不宣，施而不費，取而不貪，處而不底，行而不流，五聲和，八風平，節有度，守有序，盛德之所同也。」見舞〈象箾〉〈南籥〉者，曰：「美哉！猶有憾。」見舞〈大武〉者，曰：「美哉！周之盛也，其若此乎？」見舞〈韶濩〉者，曰：「聖人之弘也，而猶有慚德，聖人之難也。」見舞〈大夏〉者，曰：「美哉！勤而不德，非禹其誰能修之？」見舞〈韶箾〉者，曰：「德至矣哉！大矣，如天之無不幬也，如地之無不載也，雖甚盛德，其蔑以加於此矣。觀止矣！其有他樂，吾不敢請已。」

　　這篇音樂舞蹈評論，出現於西元前五四四年（其時孔子尚是童年），來自南方的吳國公子季札，對前代流傳下來的音樂舞蹈作品，作出如此全面的政教功利評論（但也沒有忽視美感的表述）表明樂與舞作為政事之美的視、聽覺表象（「禮」也是視覺表象），已是當時人們的共識。

　　也正是有如此共識，不少賢明之人對自己所處身時代政事腐敗有所覺察，如果他們的上司奢用禮樂進行掩飾，便會非常敏銳地提出異議，併力陳其害。就在季札到魯國「觀樂」那年登位的「周天子」周景王，是一個好大喜功的國君，大概是為了顯示作為宗主國的經濟實力，登位二十年時「將鑄大錢」，被朝中大臣單穆公勸止了，過了三

年，為了顯示作為「天子」的聲威，又準備鑄一座大鐘，單穆公再次挺身而出提出反對意見：大鐘聲音洪大，會造成「聽樂而震」，使音樂失去和諧感，有違樂理（單穆公在樂理方面之論，我已於上編第二章以「和」為題一節轉述），還有比樂理更重要的是，如此好大喜功，實質是政事開始敗壞的跡象。他說，「以言德於民，民歆而德之，則民心歸焉」，又何必要以震耳之樂去顯示聲威？如果「上得民心，以殖義方，是以作無不濟，求無不獲」，奏其樂才有意義；一個國君要得到最大的快樂不能求助於音樂，而在於自身治國的言行美不美，「夫耳內和聲而口出言美，以為憲令而布諸民，正之以度量，民以心力從之不倦，成事不貳」，如此才是「樂之至也」（《國語》〈周語下〉）。單穆公直率而勇敢地指出周王朝已面臨嚴重的政治危機：

> 出令不信，刑政放紛，動不順時，民不據依，不知所力，各有離心。上失其民，作則不濟，求則不獲，其何以能樂？三年之中，而有離民之器二焉，國其危哉！（《國語》〈周語下〉）

後來，戰國時代的墨子提出「非樂」的觀點，似乎就是以單穆公批評周景王這段話為本，墨子主張取消音樂，其實質是反對用音樂之美去掩飾已經腐敗了的政治。

關於如何評價政事之美，在西元前五四〇至前五二九年之間，即孔子「十有五而志於學，三十而立」之時，在南方的楚國，楚靈王的大臣伍舉，就楚靈王建「章華之台」，有一番很精闢的議論。其始曰：

> 靈王為章華之台，與伍舉升焉，曰：「台美乎！」對曰：「臣聞國君服寵以為美，安民以為樂，聽德以為聰，致遠以為明。不聞其以土

木之崇高、彤鏤為美，而以金石匏竹之昌大、囂庶為樂；不聞其以觀大、視侈、淫色以為明，而以察清濁為聰。」（《國語》〈楚語上〉）

　　他一開始對話就切入到美不美的問題，伍舉不以章華台的建築美為美，認為這不過是楚靈王貪大為功，以此為享受安樂的場所（違背了臧哀伯所説的「清廟茅屋……昭其儉」）。接著他説，修這樣一個所謂「美」的高台，使國民疲憊，國財用盡，年谷敗收，百官厭煩，數年乃成。這勞民傷財之台，誰會説它美呢？只有那些富得有閒的人和不曉世事的一班紈褲少年會來欣賞，年長的人都會側目而視。所以，他説：「臣不知其美也！」到底什麼是美？什麼樣的政治德行為美？伍舉説了一段很有分量的話：

　　夫美也者，上下、內外、小大、遠近皆無害焉，故曰美。若於目觀則美，縮於財用則匱，是聚民利以自封而瘠民也，胡美之為？夫君國者，將民之與處；民實瘠矣，君安得肥？且夫私慾弘侈，則德義鮮少；德義不行，則邇者騷離而遠者距違。天子之貴也，唯其以公侯為官正，而以伯子男為師旅。其有美名也，唯其施令德於遠近，而小大安之也。若斂民利以成其弘欲，使民蒿焉忘其安樂，而有遠心，其為惡也甚矣，安用目觀？

　　這段以議政為出發點而對楚靈王批評相當尖鋭的諍諍之言，在中國美學思想史上也有不可忽視的重要意義。第一，伍舉給什麼是美下了一個定義，這是前所未有的；這個定義雖然僅以「上下、內外、小大、遠近皆無害」為主旨，且其具體所指皆關及政治功利，但因為已經抽象，給後人的思考提供了開闊的理論空間，較之西方最早的「美

在於和諧」「從不同的因素產生最美的和諧」等定義也不遜色。第二，老子與伍舉是同時代的人（孔子曾求教於老子），伍舉從楚靈王所追求的虛華之美而產生「其為惡也甚矣」的後果，證實了當時老子說的「天下皆知美之為美，斯惡已」是有所指而發，而非有意製造一個美的悖論；他（還有前面所述及的單穆公）對於「善」與「美」、「美」與「惡」關係，以具體事實作對比物論述，具有樸素的辯證意識，這在先秦的哲學思想尚未正式形成的時期，可認為是先聲之發。第三，以「唯其施令德於遠近」作為政事美的評價準則的提出，也可以說是首次標舉的一個毫不含糊的審美標準（早於《乾》〈文言〉之「乾以美利利天下」），將它視為是以「善」為前提的審美標準推而廣之，具有普遍意義。

　　禮樂文化是中華民族最早向全人類文化做出的一大貢獻。「禮」，本是為了建設尊卑有序的國家形成一套有形式可觀的制度；「樂」，用《易傳》的話是「先王以作樂崇德，殷薦之上帝，以配祖考」（《豫》〈彖〉）。如果說，「禮」是最早的「形文」的話，「樂」便是最早的「聲文」，它們是流行至今的音樂舞蹈的源頭。在封建社會，「歌舞昇平」被視為太平盛世的景象，而「禮崩樂壞」則是政治腐敗的朕兆。伍舉之後，孔子發出「人而不仁，如禮何？人而不仁，如樂何？」（《論語》〈八佾〉）的慨嘆。那些無「令施德於遠近」的統治者，為了鞏固自己的統治地位和追求奢侈的享受，更熱衷於「繁文縟禮」，那就是墨子所譴責的「聲樂害政」，走向了禮樂文化的反面。縱觀歷代政治領域內的禮樂文化，可以說是越來越重的功利意義，愈來愈覆蓋了審美的意義，「文」與「美」成為僵化了的外部形式，其所象徵的「政化」「事蹟」之美也變成了虛偽的東西。可慶幸的是，由禮、樂文化發源的音樂舞蹈，在藝術領域蔚然成為美之大業。

第二節　「里仁為美」

在古代中國，第一位明確亮出社會美觀念的是孔子。《論語》〈里仁〉篇第一條即是：

子曰：「里仁為美。擇處不仁，焉得知？」

古代地方基層行政單位，以二十五家為一「里」，「里」，又稱「里社」；逢節日或其他什麼重要日子，「里社」舉行聚會或有賽事之會，即稱「社會」。每個人都是「社會」的一分子。孔子認為，一個人，一個家庭，所處的生存小環境應該有良好的社會風氣，如果「里」的風氣「不仁」，就會影響個人德、智、體的發展。孟子的母親在孟子小時候曾經舉家「三遷」，最後選擇與學校為鄰，使孟子從小養成了愛學習的習慣，受到仁風的薰陶，終成一代「大儒」。

社會美，包括家庭美、人際關係美、社會秩序與風氣美。關於社會美的判斷，儒、道兩家有分歧。道家認為，返歸於自然，保持近乎人類原始的狀態，是理想中的好社會。老子說：「小國寡民，使有什伯人之器而不用，使民重死而不遠徙。……甘其食，美其服，安其居，樂其俗。鄰國相望，雞犬之聲相聞，民至老死不相往來。」（《老子》〈八十章〉）社會生產力不斷發展，私有財產制度已經出現，國家政權已經建立，人與人之間的交往也日益頻繁，老子向往的原始狀態社會，顯然不可能再次呈現。儒家對待社會的發展持積極響應的態度，他們要求從自身、自己的家庭做起，從調整、改善人與人的關係做起，逐步建立一個美好的人類社會。

家庭是社會的一個細胞，對家庭與社會的關係，《易》的作者們就

有高度的關注。《易經》專立〈家人〉一卦，第一條爻辭曰：「閑有家，悔亡。」意即保衛自己的家不受不良風氣的侵入，便沒有悔恨之事發生。其後有「家人嗃嗃，悔厲，吉；婦子嘻嘻，終吝」，意即一家人相處不要吵吵鬧鬧，要有和美的氛圍，家風活躍又不失於嚴肅。其後又有「富家，大吉」，家中財富不斷積累，家人無飢寒之苦，是家庭安定、和樂的物質保證；又有「有孚，威如，終吉」，一家之長心存誠信，威嚴治家，這個家庭便在社會上有良好的信譽。〈彖傳〉發揮此卦之義說：「女正位乎內，男正位乎外；男女正，天地之大義也。家有嚴君焉，父母之謂也，父父子子，兄兄弟弟，夫夫婦婦，而家道正；正家而天下定矣。」家庭實際上是一個小社會，「父父子子」對應於大社會的「君君臣臣」，有家庭秩序才有社會的秩序。《詩經》〈小雅〉〈常棣〉用優美的語言描述兄弟的親愛、家庭的和樂，請看最後三節：

> 儐爾籩豆，飲酒之飫。
> 兄弟既具，和樂且孺。

> 妻子好合，如鼓琴瑟。
> 兄弟既翕，和樂且湛。

> 宜爾室家，樂爾妻帑。
> 是究是圖，亶其然乎。

詩中還寫到，即使兄弟在家有過爭吵，一旦有外力強暴的侵入，就要同心協力地抵禦（「兄弟鬩於牆，外御其務」），由此引申到了「家」與「國」的關係。

　　家庭以「和樂」為美，「里」以「仁」為美。「仁」是孔子政治哲學的核心，也是他的道德倫理學之所本，他所言的「人道」實即「仁」之道。何謂「仁」，孔子有過多種解釋，或說「仁者愛人」，或說「忠恕」為「仁」，或說「己所不欲，勿施於人」為「仁」。最重要的解釋也許就是答覆最得意的學生顏淵「問仁」：「克己復禮為仁，一日克己復禮，天下歸仁焉。」（以上均見《論語》〈顏淵〉等篇）由此可見，「仁」道有一個完整的外在程序，那就是由己及人，由個人而推及社會、國家、天下。孔子渴望社會安定，而安定須有人與人之間關係的和諧，是重中之重。他的學生子張問「何如斯可以從政矣」，孔子與子張的答問是：

　　子曰：「尊五美，屏四惡，斯可以從政矣。」子張曰：「何謂五美？」子曰：「君子惠而不費，勞而不怨，欲而不貪，泰而不驕，威而不猛。」子張曰：「何謂惠而不費？」子曰：「因民之所利而利之，斯不亦惠而不費乎？擇勞而可勞之，又誰怨？欲仁而得仁，又焉貪？君子無眾寡，無小大，無敢慢，斯不亦泰而不驕乎？君子正其衣冠，尊其瞻視，儼然人望而畏之，斯不亦威而不猛乎？」子張問：「何謂四惡？」子曰：「不教而殺謂之虐，不戒視成謂之暴，慢令致期謂之賊，猶之與人也，出納之吝謂之有司。」（《論語》〈堯曰〉）

　　「五美」，用現今的話來說是：做有利於百姓的事，而不耗費百姓的錢財；有的事發動他們自己去做，使他們樂於做而不抱怨；自己有種種物質慾望可以合理地滿足而不貪得無厭，有愛民之心也得到民眾之愛，還貪圖什麼；對眾百姓無論是在人多或是人少的場合，也無論是老是少，都不以傲慢而是以寬厚仁慈的態度待之，使他們感到親切

可近；處理政事時衣冠整齊，嚴肅莊重，目光不亂，使百姓油然而生敬畏之心又不會感到凶猛橫蠻。「四惡」，則是指四種容易引起百姓反感的行為：不先施行教育而處罰人，是殘虐之惡；不給予必要的訓戒指導卻要求把事情立即辦成功，是暴躁之惡；不要求限期做好的事卻強令限期完成，是陰險之惡；欲給予百姓好處卻不兌現，像肚量狹隘的小吏，無大方之舉，是吝嗇之惡。

孔子對子張的這番教導，可以看出他對於施仁政已經思考得多麼深而細，將「從政」之「五美」果能實現於社會，那將是一個多麼和樂的社會！子張深有領悟而無愧於老師的教導，有一次子夏的學生問他如何與他人相交，他反問這位學生：你的老師怎麼講？學生説，我的老師説是「可者與之，其不可者拒之」。子張説：我所聽到的與子夏説的不同，「君子尊賢而容眾」，欣賞讚揚有美德善行的人，不鄙視才德較差的人；如果我是大賢人，「於人何所不容？」若是我不賢，「人將拒我，如之何拒人也？」（《論語》〈子張〉）這就有了平等對待社會上各色人的博愛兼容的思想。孔子關於創造良好的人際關係、規範社會秩序，還有很多精闢的論述。有一次子貢問他：「如有博施於民而能濟眾，何如？可謂仁乎？」孔子説：

何事於仁！必也聖乎！堯舜其猶病諸！夫仁者，己欲立立人，己欲達而達人。能近取譬，仁之方也已。（《論語》〈雍也〉）

他將施濟民眾的事業看成是至高無上的事業，能「立人」，能「達人」，推己及人，豈止是一般的「仁」，是聖人之舉！後來子貢又問他：「有一言可以終身行之者乎？」他更乾脆地回答：「己所不欲，勿施於人。」（《論語》〈衛靈公〉）孔子很討厭社會上那些貌似好人的「鄉願」，

又是子貢問他：「鄉人皆好之，何如？」他答：「未可也。」又問：「鄉人皆惡之，何如？」他答：「未可也。不如鄉人之善者好之，其不善者惡之。」（《論語》〈子路〉）這就是說，如果這個人，一鄉之人都說他好，壞人也說他好，他未必是真正的好人；一鄉人都厭惡他，壞人也說他壞，他未必就是真正的壞。一個真正的好人是好人喜歡他，壞人痛恨他。孔子對社會上各色人等有明智的分辨，因此他能因人施教，「君子成人之美，不成人之惡」，這是他「有教無類」的原則，他告誡從政者：「政者，正也。子帥以正，孰敢不正？」欲正人須先正己。孔子對實現社會美的一般要求是：

　　舉直錯諸枉，則民服；舉枉錯諸直，則民不服。（《論語》〈為政〉）

　　不患貧，而患不均；不患寡，而患不安。蓋均無貧，和無寡，安無傾。（《論語》〈季氏〉）

　　老者安之，朋友信之，少者懷之。（《論語》〈公冶長〉）

　　用正確的去矯正錯誤的，老百姓就服你；用錯誤的取代正確的，老百姓會理所當然地反對。崇尚正直之人，以正氣克制邪氣；貧富不要相差懸殊；百姓們生活安定，相互之間有友愛關懷之情，整個社會就「仁」風暢行。

　　孔子之後，孟子繼續闡述「里仁為美」的思想，孟子更注重社會生產力的發展，認為百姓能安定地進行物質生產，衣食無憂，就會造成一個好社會。他回答梁惠王與齊宣王問何以「王天下」，都講了一段

大致相同的話：

　　五畝之宅，樹之以桑，五十者可以衣帛矣。雞豚狗彘之畜，無失其時，七十者可以食肉矣。百畝之田，勿奪其時，數口之家，可以無飢矣。謹庠序之教，申以孝悌之義，頒白者不負戴於道矣。七十者衣帛食肉，黎民不飢不寒，然而不王者，未之有也。（《孟子》〈梁惠王上〉）

　　對那些昏而愚的諸侯，孟子已說得非常具體了，「民以食為天」，老百姓無衣無食，社會怎能安定？種養不失所，不失時，又能受教育，學習文化知識，在物質富有之後有精神文明，這社會不言自美矣。他還教誡齊宣王：「老吾老，以及人之老；幼吾幼，以及人之幼，天下可運於掌。」

　　這也是發揮孔子推己及人的仁愛思想。要求百姓接受「仁」的教導並且天下人人「歸仁」，孟子又從政治、經濟、文化的綜合角度而言之：

　　易其田疇，薄其稅斂，民可使富也。食之以時，用之以禮，財不可勝用也。民非（無）水火不生活，昏暮叩人之門戶求水火，無弗與者，至足矣。聖人治天下，使有菽粟如水火。菽粟如水火，而民焉有不仁者乎？（《孟子》〈盡心上〉）

　　俗話說，「飢寒出盜賊」，盜賊不仁，可說是飢寒逼出來的，如果百姓們無飢寒之憂，哪有不講仁義道德的呢？孟子是「人性善」論者。「人性惡」論者荀子，在「安民」這個問題上，與孟子觀點完全一致。

他說：

　　使民夏不宛暍，冬不凍寒，急不傷力，緩不後時，事成功立，上
下俱富；而百姓愛其上，人歸之如流水，親之歡如父母，為之出死斷
亡而愉者，無它故焉，忠信調和均辨（平）之至也。（《荀子》〈富國〉）

　　孟子與荀子都是站在為統治者著想的立場，希望統治者賜予老百
姓一個和平、安定、富足的社會，儒家「仁治天下」的理想就可實現
了。西漢成書的《禮記》，還將這一理想以「大同」命名之，其曰：

　　大道之行也，天下為公，選賢與能，講信修睦。故人不獨親其
親，不獨子其子。使老有所終，壯有所用，幼有所長，矜寡孤獨廢疾
者皆有所養。男有分，女有歸。貨惡其棄於地也，不必藏於己；力惡
其不出於身也，不必為己。是故謀閉而不興，盜竊亂賊而不作，故外
戶而不閉。是謂大同。（《禮記》〈禮運〉）

　　這「大同」一詞將孔、孟、荀等關於社會美的理想概括得很全面，
甚至發揮出路不拾遺、夜不閉戶的美好想像。但是，「天下為公」的大
前提不能實現，天下為一家之天下，一人之天下，「大同」不免落入空
想「社會主義」。中國古人的「大同」思想比西方古希臘柏拉圖等的「烏
托邦」，十九世紀歐洲的聖西門、傅立葉等的「空想社會主義」，毫不
遜色。雖然在嚴酷的現實世界上根本不能實現，但中國的文人富有想
像力，陶淵明寫了一篇《桃花源記》，把一個不能稱之「大同」而可謂
「小同」的美好社會，安置在一個與「刑政放紛，動不順時」的大世界
隔絕的小山村，他將自己美妙的想像，在一個誤入桃花源的漁人眼中

略略展開：

> ……豁然開朗，土地平曠，屋舍儼然，有良田美池桑竹之屬。阡陌交通，雞犬相聞。其中往來種作，男女衣著，悉如外人。黃髮垂髫，並怡然自樂。

原來桃花源中人其先祖避秦時亂，「率妻子邑人來此絕境，不復出焉，遂與外人間隔。問今是何世，乃不知有漢，無論魏晉」。他們營造了一個化「大同」為「小同」的社會，陶淵明似不經意寫下了「來此絕境，不復出焉」一句話，是不是對儒家代代相傳的「大同」空想不露筆鋒的反諷？

但是，不管漫長歷史進程中的實際狀況如何，作為美學教科書裡不可少的「社會美」一科的美意識，在中國先秦以來的典籍中，卻是確確實實地存在。

第三節　「不全不粹之不足以為美」

《尚書》〈洪範〉所言「五事」，即「貌」「言」「視」「聽」「思」，實是人與外界、與他人發生連繫時，要注意的五件事，「五事」成為後人從情性、學問到外貌、言行的自我修養之綱，遂成「修身之道」。先舉一個具體例子，比如〈洪範〉說「貌曰恭」「恭作肅」，孔子在這方面狠下了一番「修」的功夫，《論語》〈鄉黨〉篇留下了他在家鄉、朝廷等不同場合其貌如何的生動描寫，請看寫他走進宮廷大門參拜國君的一則：

入公門，鞠躬如也，如不容。立不中門，行不履閾。過位，色勃如也，足躩如也，其言似不足者。攝齊升堂，鞠躬如也，屏氣似不息者。出，降一等，逞顏色，怡怡如也。沒階，趨進，翼如也。復其位，踧踖如也。

走進朝堂大門的時候，躬著身子小心謹慎，好像沒有立身之地；不站在大門中間，腳不踩門檻；走過其他大臣面前，臉色變得很莊肅，腳步加快，說話小聲細氣像氣不足；提著袍服的下襬進階升堂拜見國君，又是躬著身子，憋住氣好像沒有了呼吸；退出來，下了一級台階，臉部的表情放鬆了，好像很歡快的樣子；下完台階，加快腳步走，像鳥兒展開了翅膀；回到自己原來的位置上，還顯出恭敬又侷促不安的神態。

在《易經》中，有相當多的別卦都開始觸及「修身」這一人生大事，序位排列第四的〈蒙〉卦，便是發蒙、啟蒙，從孩童時代開始自身的修養。〈彖傳〉說：「蒙以養正，聖功也。」〈象傳〉說：「君子以果行育德。」到了老子和孔子的時代，「修身」已成為知識分子自覺行為，「修身」與否，成為區別「君子」與「小人」的明顯標誌。儒、道兩家對「修身」的內容、方式及其作用，儘管很多的不同，但對於「修身」的最高的目標──完善高尚的人格，指向確是一致的。

老子提倡的是自然化的人格，但已作為社會的人，也要通過「修」才能復歸自然，「修之身，其德乃真」，表明他的自覺。他不強調以學問修身，但他的修身言論中，經常強調「知」與「智」，如說：「知人者智，自知者明；勝人者有力，自勝者強；知足者富，強行者有志；不失其所者久，死而不亡者壽。」（《老子》〈三十三章〉）句句都蘊含豐富的人生經驗和哲理意味，「死而不亡」者就是死而不朽、雖死猶

榮，這是有自然化人格的聖人最佳修養之歸宿。「柔」與「剛」，「榮」
（或曰「寵」）與「辱」，是人的性格生成與人生遭遇兩大問題，該如
何對待？老子認為，人的氣性應當取柔，「專氣致柔，能嬰兒乎？」嬰
兒一是柔弱，二是無知無識，三是天真純樸，合於自然，因此「柔」
是自然人格的本性。《老子》中關於「柔」與「剛」的關係是「柔弱勝
堅強」，這顯然與《周易》乃至儒家學派的觀點有所不同。請看他善於
「柔」的幾點重要說法：

　　人之生也柔弱，其死也堅強。萬物草木之生也柔脆，其死也枯
槁。故堅強者死之徒，柔弱者生之徒。（《老子》〈七十六章〉）

　　天下莫柔弱於水，而攻堅強者莫之能勝，以其無以易之。故柔之
勝剛，弱之勝強，天下莫不知，莫能行。（《老子》〈七十八章〉）

　　前說人以柔弱得生，以剛強而死，據說是老子受到他老師臨死前
一個暗示而有所悟。老子問老師有什麼遺教，老師張開嘴給他看，口
裡牙齒掉光，只有舌頭在動。老子悟到了：「夫舌之存也，豈非以其柔
耶？齒之亡也，豈非以其剛耶？」老師說話了：「嘻！是已，天下之事
已盡矣，無以復語子哉！」（見劉向《說苑》〈敬慎〉）後說以「水」為
喻，「水滴石穿」，很容易理解。老子關於人格塑造而「修」，原來就是
「柔」為本，是從萬物的自然生態受到啟發，不同《周易》作者們反覆
申述的「柔」必須順從「剛」，「從王事，弗敢成也」，恰恰相反，克
「剛」致勝。以「柔」為本的人格，對於人一生不能不遭遇到的或榮或
辱的事件，如何對待？老子認為，人們之所以會有「寵辱若驚」的心
理髮生，是因為或「寵」或「辱」都關係到個人的生存狀態，卻沒有

意識到，凡是被「寵」者，都處在以下承上的地位，寵人者在上，受寵者在下，「寵為下，得之若驚，失之若驚」，被動地承受「寵」且看成了不起的大事，那麼你的人格就自降了一等，所謂得「寵」，實質上是受「辱」。至於「辱」，他說：「知足不辱，知止不殆，可以長久。」[1]這就是說，只有那些個人慾望總感到不滿足，不斷貪婪地追求的人，才會自取其辱。老子沒有功名思想，但有人格的自尊。絕對的人格獨立，也就是後來莊子所推崇的「真人」「至人」，能「登高不栗，入水不濡，入火不熱」之人。

　　儒家對人格的塑造，過程更複雜，賦予的內涵更豐富，將個人人格的樹立與社會的要求密切地結合起來。孔子表揚鄭國名相子產曰：

　　有君子之道四焉：其行己也恭，其事上也敬，其養民也惠，其使民也義。(《論語》〈公冶長〉)

　　顯然，這些講的是政治人格，以「恭」「敬」「惠」「義」在他對「上」、對「民」的關係中表現出來，尚未及子產內在人格的質素。當子張「問仁」於孔子，孔子又說：

　　能行五者於天下，為仁矣。……恭、寬、信、敏、惠。恭則不侮，寬則得眾，信則人任焉，敏則有功，惠則足以使人。(《論語》〈陽貨〉)

1　此處引「寵」與「辱」之說，見於《老子》十三章與四十四章，二十八章中「知其榮（又作白），守其辱」與四十一章「大白若辱」之「辱」另有意義。此不述。

　　根據他自己的解釋，「恭」不再是「貌」的表現，由尊敬他人而使自己立於不受他人所侮的地位，因此「恭」成了個人獨立人格的質素；「寬」即胸懷寬廣，能夠容人；「信」即以真誠的品質言行取得他人的信任；「敏」即聰明敏捷能成其事功；「惠」於「仁」者本人來說就是有愛人利人之心。孔子有一次問子路是否聽到過「六言六蔽」的話，於是又提出「仁」「知」「信」「直」「勇」「剛」六言：

　　好仁不好學，其蔽也愚；好知不好學，其蔽也蕩；好信不好學，其蔽也賊；好直不好學，其蔽也絞；好勇不好學，其蔽也亂；好剛不好學，其蔽也狂。（《論語》〈陽貨〉）

　　僅從上述孔子的三次談話中，就可歸納出十二個皆屬人品、道德修養的觀念，再由內而外、從本性到行為表現，理一理順序，可否如此排列：

　　仁、義、知（智）、信、寬、惠；恭、敬、剛、直、勇、敏。

　　前六個可屬於本體本性，總體而言就是「善」，後六個偏重在行為表現，總體而言是以「禮」為規範的「德行」。還有一個「學」也應該歸納進來，那是使自己的品性德行昇華到至善至美的「成人」境界。不學習，一切都會走向反面，墮入「愚」「蕩」「賊」「絞」「亂」「狂」。這一點，孔子與老子是截然對立的，老子崇尚自然人格而無視於人的社會性，認為「為學日益，為道日損」（《老子》〈四十八章〉），有意於學習不斷增加知識，違背了「為道」應一天天減少知識「以致於無為」的原則，因此「絕學無憂」（《老子》〈二十章〉），「絕學」才能「絕

聖棄智」「絕仁棄義」「絕巧棄利」(《老子》〈十九章〉)。孔子專注於社會化人格，把學習當作人生的一件大事，「學而時習之，不亦樂乎！」他自己是「十有五而有志於學」，老了還後悔學《易》太晚了，如果五十歲以前學了《易》，就可以少犯很多錯誤。有一次子路問「成人」，怎樣才能成為一個完美無缺的人？孔子答：

> 若臧武仲之知，公綽之不欲，卞莊子之勇，冉求之藝，文之以禮樂，亦可以成人矣。(《論語》〈憲問〉)

將四人各具的「知」(智)、「不欲」(即不貪而「義」)、「勇」、「藝」(才藝)優點合於一體，再學習禮樂而「文」之，就差不多成了「文質彬彬」的「成人」。

孔子還提出一個人格模式，那就是「中庸」，但只提過一次：「中庸之為德也，其至矣乎！民鮮久矣。」(《論語》〈雍也〉)這個模式型的概念，由他的孫子子思加以發揮闡述。綜覽子思之說，雖然出示了他獨家掌握的祖父若干遺言，如「君子中庸，小人反中庸。君子之中庸也，君子而時中；小人之反中庸也，小人而無忌憚也」(《中庸》〈第二章〉)，仍不免過於抽象。朱熹整理《中庸》(從成書於西漢的《禮記》中抽出)時引「程子」之話釋「中庸」二字曰：「不偏之謂中，不易之謂庸；中者，天下之正道；庸者，天下之定理。」子思似乎是將其祖父提出的種種人格觀念加以糅合而至「中和」，《中庸》〈第十四章〉就有糅合之跡：

> 君子素其位而行，不願乎其外。素富貴，行乎富貴；素貧賤，行乎貧賤；素夷狄，行乎夷狄；素患難，行乎患難；君子無入而不自得

焉。在上位，不陵下；在下位，不援上。正己而不求於人，則無怨，上不怨天，下不尤人。故君子居易以俟命，小人行險以徼幸。子曰：「射有似乎君子，失諸正鵠，反求諸其身。」

這個糅合，包含了孔子施仁義於天下的博愛思想，不卑不亢的人格獨立觀念，但是，似乎將作為社會的人應有的稜角也磨掉了。孔子不像是一個「居易以俟命」（立於平易無險之地，聽從天命）的聖者，執著地為「仁道」的實現而奔走列國，並且幾次遇險，在匡之地遭到匡人圍攻時還說：「天之未喪斯文也，匡人其於予何！」（《論語》〈子罕〉）他對古代隱士虞仲、夷逸的評論是：「隱居放言，身中清，廢中權，我則異於是。」當他同時代的隱居者長沮、桀溺說：「滔滔者天下皆是，而誰以易之？」勸子路跟他們一道隱居，孔子不屑地說：「鳥獸不可與同群，吾非斯人之徒與而誰與？天下有道，丘不與易也。」（均見《論語》〈微子〉）他甚至懷疑「中庸」在他這樣的時代是否可以施行，曾經不無氣憤地說：「不得中行而與之，必也狂狷乎！狂者進取，狷者有所不為也。」（《論語》〈子路〉）「進取」與「有所不為」結合，是一種積極的人生態度。

子思闡釋「居易以俟命」的「中庸」，他的學生孟子也沒有接受。孟子確如李澤厚、劉綱紀在《中國美學史》中所說的，有「對個體人格美的認識和高揚」[2]，我以為，他「高揚」的是剛健壯美的人格：

君子所性，仁義禮智根於心，其生色也睟然，見於面，盎於背，施於四體，四體不言而喻。（《孟子》〈盡心上〉）

2　李澤厚、劉綱紀：《中國美學史》第一卷，中國社會科學出版社1984年版，第174頁。

　　人格觀念的基本內涵，還是孔子那一套，其表述方式則與《易傳》
〈坤〉〈文言〉的「美在其中，而暢於四支（肢），發於事業，美之至也」
相同，人的內在的品性道德精神通過身體四肢以及容顏表現於外，而
有「恭」「剛」「直」「勇」「敏」等感性形態。孟子不取「中庸」，而
發揚孔子的「狂狷」精神，提出與老子「生也柔弱，死也剛強」截然
相反的「生於憂患，死於安樂」，他從「舜發於畎畝之中」而申言人的
社會使命，為實現崇高的使命，「必先苦其心志，勞其筋骨，餓其體
膚，空乏其身，行拂亂其所為，所以動心忍性，增益其所不能」（《孟
子》〈告子下〉）。他甚至提出「捨生取義」的英雄主義觀。他的剛健壯
美的人格精神，還有超於孔子所言的更高層次的內容，那就是：「我善
養吾浩然之氣！」何謂「浩然之氣」？

　　難言也！其為氣也，至大至剛，以直養而無害，則塞於天地之
間。其為氣也，配義與道；無是，餒也。是集義所生者，非義襲而取
之也。行有不慊於心，則餒也。（《孟子》〈公孫丑上〉）

　　講這段話之前，孟子已講了「氣」與「志」的關係，個人為實現
社會使命須先立志。「夫志，氣之帥也；氣，體之充也。」二者處於互
動狀態：
　　「志壹則動氣，氣壹則動志。」也就是說，二者進入了專一不二的
境界，崇高之「志」與「浩然之氣」就共同生成了。但也要分別，「志」
是偏重理性的，「氣」是偏重生理的，因此孟子所說的「配義與道」，
實指他的志之所向，「義」與「道」是志的內涵，「集義」而「生氣」，
「志」是「氣」充實的內涵，如果沒有「至大至剛」之志，氣就振作不
起來，何來「浩然」之壯美？老子言自然化的人格完全排除具有人文

理性的志（「虛其心，實其腹，弱其智」），孔子言社會化的人格則只重在「志」的外部指向，孟子深入到人的生理、心理層次[3]言「志」與「氣」的互生互動，也就深入到了人格精神的根源，不同的生理氣質與「集義」的不同程度，不同的人便呈現各自不同的人格面貌。孟子正是具備了「配義與道」而生「浩然之氣」的壯美剛健的人格，所以他不「襲而取之」老師（子思）「不偏而中」的「居易以俟命」，而是志高氣壯地宣佈：

居天下之廣居，立天下之正位，行天下之大道；得志與民由之，不得志獨行其道；富貴不能淫，貧賤不能移，威武不能屈，此之謂大丈夫。（《孟子》〈滕文公下〉）

孟子的人格可換言為「大丈夫」人格，較之孔子所言的「成人」人格，更為篤實輝光。

主張「人性善」的孟子在人格的塑造建設方面如此的積極進取，氣概豪邁；令人奇怪的是，主張「人性惡」的荀子，改造人性、改造社會的使命感不遜於孟子，但他於人格方面的建設卻沒有「除惡務盡」的魄力，他只是將孔子的「成人」思想加以豐富，並推向理想化，其目標，一是「全」，二是「至文」。

欲「全」，亦遵循孔子「好學」的教導，以學為先。由此而有《荀子》〈勸學〉篇最後總結性的一段話：

3　在孟子之前，即西元前533年，晉國有個叫屠蒯的廚師就說過「味以行氣，氣以實志，志以定言，言以出令」的話（《左傳》〈昭公九年〉），不過沒有引起人們的注意。

君子知夫不全不粹之不足以為美也，故誦數以貫之，思索以通之，為其人以處之，除其害者以持養之，使目非是無慾見也，使耳非是無慾聞也，使口非是無慾言也，使心非是無慾慮也。及至其致好之也，目好之五色，耳好之五聲，口好之五味，心利之有天下。是故權利不能傾也，群眾不能移也，天下不能蕩也。生乎由是，死乎由是，夫是之謂德操。德操然後能定，能定然後能應。能定能應，夫是之謂「成人」。天見其明，地見其光，君子貴其全也。

怎樣將自己培養為又「全」又「粹」，即十全十美的「成人」？孔子言「成人」只用了一個簡單的加法，再「文之以禮樂」，荀子則將「成人」人格的養成分三個階段：一是通過學習、思考與求師交友，將自身存在的缺點（「害」）根除，使五官及心思與那些「非禮」的東西完全隔絕，將自己的精神境界提升到新水平；二是在新的水平線上，讓五官與心思向一切「好」的東西（實際的是聖人之道與禮樂制度）敞開，研習薰染，養成人生之中矢志不移的「德操」（如「仁」「不欲」「勇」「藝」等）；三是在「德操」穩定、根深柢固於心之後，人的一切精神言行都是「德操」的回應，或如他在〈修身〉篇最後所描述的：「君子貧窮而志廣，富貴而體恭，安燕而血氣不惰，勞倦而容貌不枯，怒不過奪，喜不過予。」那是仁義精神自由發揮的至高境界，可為天地增光明。這正是：既「全」且「粹」足以為「美」也。

「至文」也是根源於「德操」，是將「全」而「粹」的「美」附諸於「君子」個體：

君子寬而不慢，廉而不劌，辯而不爭，察而不激，直立而不勝，堅強而不暴，柔而不從流，恭敬謹慎而容：夫是之謂至文。《詩》曰：

「溫溫恭人，惟德之基。」此之謂也。（《荀子》〈不苟〉）

這裡至少有兩條是孟子和荀子自己也沒有做到的。讀《孟子》與《荀子》，不時感受到他們「辯而爭」「察而激」的鋒芒。孟子是世所公認的雄辯家，自不必說；荀子與早已不在人世的孟子爭辯人性之善惡，步步逼進，聲勢奪人，豈能說是「恭敬謹慎」？就在他剛講完「至文」之後，緊接著就說：「君子崇人之德，揚人之美，非諂諛也；正義直指，舉人之過，非毀疵也；言己之光美，擬於舜、禹，參於天地，非誇誕也；與時屈伸，柔從若蒲葦，非懾怯也；剛強猛毅，靡所不信，非驕暴也。」（《荀子》〈不苟〉）這倒是近於孟子的「大丈夫」人格。

關於人格的塑造與理論方面的建設，從道家的自然化人格，其理想人格是「真人」；到儒家的社會化人格，其理想人格是「成人」「大丈夫」。此後，一代代正直的文人、學士，在道、儒兩家人格理論的基礎上探討、創新。漢末魏初朝野出現了人物品藻的風氣，繼而出現劉劭的人才學專著《人物誌》，形成了一個延及南北朝的人格、人才學討論高潮，本叢書第一輯拙作《文質彬彬》已有專章紹述，不再占用本節的篇幅了。

第三章

「自然」觀念定位與「天地有大美」

　　談到自然美，現代人很容易聯想大自然萬物生態之美，各種自然景物四時變化之美，更使人津津樂道碧水青山之美。但在古代中國，先哲們所言「自然」，不是物質化的自然景物，而純粹是一種觀念，老子說：「人法地，地法天，天法道，道法自然。」（《老子》〈二十五章〉）「自然」竟在「道」之上，這就有點「玄而又玄」了。二十世紀八〇年代，有位著名的美學教授主編了一部《山水與美學》，收集數十篇主要是論山水之美和談山水詩、畫創作的文章，其中大多數作者按照西方美學教科書「社會美」「自然美」「藝術美」的分類法，將「自然美」界定為大自然界山水風景之美，只有朱光潛先生的《論「自然美」》作了一些說明，他說：

　　「自然」這個名詞的意義是很混亂的。它的本義是「天生自在」「不假人為」的東西。因此，「自然」有時被看成和藝術對立（英文

Art，本義為「人為」），也有時被看成和社會對立（社會是人組成的）。在實踐運用中，往往不嚴格按照這個分別。一片自然風景可以包括亭台樓閣之類的建築工程，社會據說也有「自然」形態的階段。我用「自然」這個名詞，是當作人的認識和實踐的對象，即全體現實世界[1]。

「自然」的本義，誠如朱先生所說。如果對中國古代流行的「自然」這個語詞作些由源及流的考察，其實它的意義不是「很混亂」的，它經歷了由天地萬物盈虛消長，昇華為觀念性的「自然」，再至「自然」觀念意象化為萬物自在自得、自生自滅而無為無不為的狀態。前者上升為「形而上」之「自然」，後者為走向「形而下」之「自然」；前者體現為精神化的「自然」，後者表現為物質狀態的「自然」。如果只把「自然」當作「全體現實世界」，那就將中國人特有的「自然」觀念中屬於人的精神世界的「自然」這靈魂性質的東西抽掉了。

本章將對中國古代「自然」觀念的形成與走向試作探析，儘可能展示其「形而上」與「形而下」豐富的內涵和姿態，體認一下先人們在審美創造活動中，如何以主觀精神的「自然」盡其可能地賦予創造對象以「自然美」。

第一節 「輔萬物之自然而不敢為」

「自然」一詞在《老子》中多次出現，尚未出現之前，「恆」與「常」已含「自然」之義。《易經》有別卦名〈恆〉，〈象傳〉釋「恆，久也」，該卦表現的是「風雷相與」的自然現象，是常見又永遠不會消

---

1 伍蠡甫主編：《山水與美學》，上海文藝出版社1985年版，第18頁。

失的現象，「天地之道恆久而不已」的一種表現，推及其他：「日月得天而能久照，四時變化而能久成，聖人久於其道而天下化成。觀其所恆，而天地萬物之情可見矣。」「恆」，是從時間方位表述天地間種種自然現象生生不息。「恆」又衍出「常」，春秋末越國名臣范蠡，非常注意陰陽風雨晦明等自然現象，並與行政、用兵連繫。「天道」一詞，在他的話語中出現了：

> 天道盈而不溢，盛而不驕，勞而不矜其功。

> 因陰陽之恆，順天地之常，柔而不屈，強而不剛，德虐之行，因以為常。

> 天道皇皇，日月以為常。……陽至而陰，陰至而陽；日困而還，月盈而匡。古之善用兵者，因天地之常，與之俱行。（《國語》〈越語下〉）

「恆」與「常」不受外力影響，自然而然地運行，因此，本義就是「自然」。老子與范蠡是同時代人（老子或稍晚），「常」與「自然」在《老子》中同時出現，且用「常」的次數（二十七次）遠超過「自然」（五次），不少語句中用「常」，就是代指「自然」或明指「自然」，如：

> 道可道，非常道；名可名，非常名。（一章）

> 夫物芸芸，各復歸其根。歸根曰靜，是謂覆命。覆命曰常，知常曰明。不知常，妄作凶。（十六章）

「常道」即天之道，自然之道；「常名」即自然之名，而非人為之命名。「常」與「自然」互通。後例說的是花葉茂盛的植物（河上公《道德真經注》：「芸芸，華葉盛。」），最後都葉落歸根，歸根覆命是自然規律，「曰常」就是「曰自然」，知此「自然」則明，不知則「凶」。「常」，也有表時間延續，如「恆久」「經常」義，同時「常」相對於「特殊」還有「普通」「一般」之義。迭用為「常常」，現在說的「常常是」，在特定語境中也可說「自然是」。《老子》全書，「自然」一詞出現五次，現錄如下：

猶兮，其貴言，功成事遂，百姓皆謂我自然。（十七章）

希言自然。飄風不終朝，驟雨不終日。孰為此者？天地。天地尚不能久，而況人乎？（二十三章）

人法地，地法天，天法道，道法自然。（二十五章）

道生之，德畜之，物形之，勢成之。是以萬物莫不尊道而貴德，道之尊，德之貴，夫莫之爵而常自然。（五十一章）

是以聖人欲不欲，不貴難得之貨；學不學，復眾人之所過。以輔萬物之自然而不敢為。（六十四章）

五條中，沒有一個「自然」是指物質性的自然景物，全部是觀念化的「自然」，王弼《老子注》釋第一條之「自然」云：「自然，其端兆不可得而見也，其意趣不可得而睹也。」第二條「希言自然」，與下

文連繫理解，「自然」即應取「恆久」之義，意思是說，對於人間之事，少說一點「恆久」吧，「飄風」「驟雨」都是一刹那間的事，天地尚不能使它們恆久，何況於人事呢？天之道是恆久的，「天道有常，不為堯存，不為桀亡」。但天地之間很多自然現像是瞬間發生瞬間消失的，有始有終，有生有死。早於老子的伍子胥就說過：「盈必毀天之道也。」（《左傳》〈哀公十一年〉）老子說此實有所指，人的壽命不可能恆久，一家之天下也不可能永盛不衰。第三條「道法自然」，如果說「道」是天地萬事萬物變化的規律，那麼這規律是不受任何外力左右而自由自在，恆久不息。第四條「常」與「自然」並用，此「常」可理解為「永遠」，「道」與「德」或「生」與「畜」，使「物形之，勢成之」，這不是受誰之命，而是永永遠遠地自然而然地發生。第五條是說聖人以「不欲」為「欲」，以「不學」為「學」，那就不以「難得之貨」為貴，改正那些因學習造成的錯誤和損失，順從萬物自然之性而不敢有所作為（企圖去改變它）。王弼有一注可移用於此：

　　聖人運自然之性，暢萬物之情，故因為不為，順而不施。除其所以違，去其所以惑，或心不亂而物性自得也。（《老子》〈二十九章〉注）

　　老子「自然」觀念的核心內涵就是「無為」，不假人為，順萬物之本性，暢萬物之真情，自由、自得、自在、自化（「我無為而民自化」），亦自美而不言。《莊子》一書中更多是以「天」代指「自然」，亦見「自然」一詞，循老子之意，僅錄三條參讀：

　　順物自然而無容私焉，而天下治矣。（〈應帝王〉）

古之人，在混芒之中，與一世而得淡漠焉。當是時也，陰陽和靜，鬼神不擾，四時得節，萬物不傷，群生不夭，人雖有知，無所用之，此之謂至一。當是時也，莫之為而常自然。（〈繕性〉）

夫水之於汋也，無為而才自然矣。（〈田子方〉）

道家也講「治天下」，但他們主張順物性、民性自然而治，所以反對人為的「禮樂」之治，「順物自然而無容私」，此「私」可以從兩方面理解，一是不以個人意志去干擾自然規律，二是個人不生私心「貴難得之貨」，如現在有的人瘋狂地捕殺野生動物以斂財，這就破壞了自然生態美。莊子還將「淡漠」與「自然」連繫起來，心無所思行無所為才會淡漠，唯淡漠才不會去破壞自然美，「淡然無極而眾美從之」，當是與「至一」相應的「至美」吧！他還用了一個很好的比喻：水本來是清澈（「汋」，清澈的樣子），翻騰衝動攪起了泥沙就混濁了（所謂「在山泉水清，出山泉水濁」），水也要無所為才能保持自然的清澈。

莊子單用一個「天」字代言「自然」，《莊子》〈漁父〉篇中說：「真者，所以受於天也，自然不可易也。故聖人法天貴真，不拘於俗。」「法天」，就是「法自然」。其他如「君原於德而成於天」「道兼於天」「忘己之人，是之謂入於天」（均見《莊子》〈天地〉）等等，在《莊子》〈達生〉篇中，借關尹子之口，將自然之「天」作用於人的養生、養氣，講得有點神祕化了：「壹其性，養其氣，合其德，以通乎物之所造。夫若是者，其天守全，其神無隙，物奚自入焉？」如果人不能守住自己的自然本性，讓「物」（此「物」即「貌象聲色」之情慾、物慾）乘隙而入，就會「開人之天」。繼而說：

不開人之天，而開天之天。開天者德生，開人者賊生。不厭其天，不忽於人，民幾乎以其真。

「不開人之天」，是指不要以所謂「意志」之類的東西，導致人為地造成一種必然的心理態勢，而要「不為軒冕肆志，不為窮約趨俗」（《莊子》〈繕性〉篇中語），保持自由無拘的心態。如果通過學問修養而實現自我完善，那就是「開人之天」，「為學日益」反而殘害了自己。也就在〈達生〉篇中，莊子還講了一個「梓慶削木為」的故事，梓慶雕刻掛鐘磬等樂器的木架，架上鳥獸草木的圖像皆栩栩如生，「見者驚猶鬼神」，國君問他為何有此等功夫，他答曰：先用七天時間修練心性，排除種種世俗慾念，最後達到「輒然忘吾有四肢形體」即完全消失了「人之天」。

當是時也，無公朝，其巧專而外骨消，然後入山林，觀天性形軀，至矣，然後成見，然後加手焉，不然則已。則以天合天，器之所以疑神者，其是與！

這段話，對於藝術創造有重要的啟示意義，當另有所論。其曰「以天合天」，前之「天」是作者順著自己已排除雜念的自然心性進行自由的創作，毫無主觀成見的干擾和矯揉造作的態勢；後之「天」即是指外界鳥獸等的天然形態神態，兩者相結合，主客體自然之精神融合無間。在這樣的創作狀態中產生的作品，就是宋代詩人陸游所嘆賞的：「文章本天成，妙手偶得之。粹然無疵瑕，豈復需人為？」（〈文章〉）

老子和莊子講了這麼多的「自然」，完全是給「自然」觀念一個精神的定位，也是中國此後人人樂道的「自然」美之定位。他們對於大

自然界的自然景物美有所感受和表述嗎？那時的人似乎都還不善於描寫，只能進行陳述，輔之以讚嘆。《老子》一書中連讚嘆也找不到，莊子在〈田子方〉篇中，記載了孔子向老聃請教的相互問答之語。孔子見到老聃「形體掘若槁木，似遺物離人而立於獨也」，非常疑惑地問：是我眼花嗎？還是真的如此？老聃答：「吾游心於物之初。」孔子問：「何謂邪？」老聃答：「心困焉而不能知，口辟焉而不能言，嘗為汝議乎其將。」於是說：

> 至陰肅肅，至陽赫赫。肅肅出乎天，赫赫發於地[2]，兩者交通成和而物生焉，或為之紀而莫見其形。消息滿虛，一晦一明，日改月化，日有所為而莫見其功。生有所乎萌，死有所乎歸，始終相反乎無端，而莫知乎其所窮。

陳述的是他的大宇宙觀，大自然變化無窮，萬物化生不息，空間寥寥，時間悠悠，他游心於其中，「得是至美至樂也」；之所以「遺物離人而立於獨」，因為他已成為「得至美而游乎至樂」的「至人」。不管這段話是不是出自老子之口，道家對於天地萬物的自然美是從心靈深處讚賞的。莊子在發表了「天地有大美而不言，四時有明法而議，萬物有成理而不說」之後，也有對「大美」稍微具體的表述：

> 扁然而萬物，自古以固存。六合為巨，未離其內；秋豪（毫）為小，待之成體；天下莫不沉浮，終身不故；陰陽四時運行，各得其

序。惛然若亡而存；油然不形而神；萬物畜而不知。……

　　讓我用現代散文語言和「意譯」的方式再轉述一次吧：放眼大地上翩翩而生的萬物，它們的本根在太古時代就有了。四方上下如此遼闊深遠，卻都在天地範圍之內；生機初萌之物，微細如秋天鳥獸初生之絨毛，得天地之化育而漸有形體；世事人事如桑田滄海沉浮不定，但這世界永遠不會顯得陳舊過時；陰晴風雨變幻多端，春夏秋冬不斷交替，但都是各適其時，井然有序。偉大的自然，「道」也要傚法的自然，說不完道不盡的自然，你恍兮惚兮，讓人看不分明卻又確確實實地存在，你生氣充沛不以形跡顯卻使人感到神采奕奕，你神化萬物、蓄養萬物卻不讓萬物知道他們偉大的恩人就是你。

　　莊子還有描述大海壯美的文字，留待下節與儒家「觀水」比較再談。

第二節　「知者樂水，仁者樂山」

　　對於以天地為本體的大自然界，「日月麗乎天，百穀草木麗乎土」給人的美感，儒家學者用「天文」一詞概而言之。孔子對天地之大美懷著虔誠的情感不敢多言（「子不言性與天道」），對於大地上山河之美，孔子發表過兩次議論，一次是：

　　子在川上曰：「逝者如斯乎！不捨晝夜。」（《論語》〈子罕〉）

　　大概是在黃河邊上，孔子望著奔騰不息的河水，聯想到時光、自己所經歷過的事情，都像流水一樣不斷地逝去，他似與古希臘哲人一

樣，悟到人不能在同一條流水中兩次涉足。又一次是：

子曰：「知者樂水，仁者樂山。知者動，仁者靜。知者樂，仁者壽。」（《論語》〈雍也〉）

將山、水並提，可見當時孔子對山水之美已有所感，並將山、水當作了思想感情的對應物。他本人既是仁者，也是智者，流動的水能引發他日常快樂的情緒，而山的崇高靜穆使他想得更遠。雖然只有寥寥數句，透露了一個非常值得重視的審美傾向——移情於物，屬思於物。有一次孔子與子路、曾晳、冉有、公西華座談，他讓四位學生談各自的抱負，有三位都爭著談自己從政做官後將如何如何，唯有曾晳在一旁獨自鼓瑟，直到孔子催他發言，才說：我要講的與他們三人不同。孔子說：「何傷乎？亦各言其志也。」於是曾晳說：

莫春者，春服既成，冠者五六人，童子六七人，浴乎沂，風乎舞雩，詠而歸。（《論語》〈先進〉）

描述的是一幅春遊景象，游泳、乘風、唱歌，在大自然中，身心自由地放鬆，盡情地歡樂。孔子聽了之後，「喟然嘆曰：『吾與點也！』」。這表明了孔子厭倦了官場緊張的政治生活，向往在春光明媚的大自然中享受隨心所欲的人生快樂。但還要看到，孔子將曾晳所表述的評價為人生一種最佳志向，是因為這種快樂正合於他「老者安之，朋友信之，少者懷之」的仁愛社會的理想，如果理想實現了，就不必成年累月辛辛苦苦到處奔走了。曾晳的這番話，觸動了他久藏心中向往美好生活的情感，也算是間接的觸景生情吧。可能是他對自己的事

業與理想的追求過於執著，所以對於外界觸動他感情的東西，便立刻與理智發生對應的連繫，如山對應於「仁」，水對應於「知」（智）。

後來的儒家學者，都非常敏銳地發現了孔子「樂山」「樂水」有與思想感情的對應關係，緣於孔子自己沒有多言，於是他們便各自結合自己的觀感與思想進行闡釋，在「仁」與「知」兩個字上大做山和水的文章。先是孟子，繼而是荀子，他們言「水」；到了西漢時期，董仲舒、劉向則就「樂山」「樂水」作了全面的發揮。

先看孟子的文章：

徐子曰：「仲尼亟稱於水曰：『水哉，水哉！』何取於水也？」

孟子曰：「原泉混混，不捨晝夜，盈科而後進，放乎四海。有本者於是，是之取爾。苟為無本，七八月之間雨集，溝澮皆盈；其涸也，可立而待也。故聲聞過情，君子恥之。」（《孟子》〈離婁下〉）

孟子闡釋的重點在「不捨晝夜」，大河之水之所以長流不息，在於它有源有本，水源不竭，水量充足，所以才能億萬斯年奔流到海；如果像七八月間天降大雨所集之水，一時可能造成洪水暴發，聲勢嚇人，但是很快就鬧騰騰地流走了，灌滿了水的溝壑也不久就乾涸。因此，無源之水只有暫時的聲勢，不是真實的有本之水。孟子之意是君子貴有本，學問有源，無本無源之學卻先聲奪人，「君子恥之」。孟子談過後，似乎意猶未盡，又講了一次：

孔子登東山而小魯，登泰山而小天下，故觀於海者難為水，游於聖人之門難為言。觀水有術，必觀其瀾。日月有明，容光必照焉。流水之為物也，不盈科不行；君子之志於道也，不成章則不達。（《孟子》

〈盡心上〉〉

這次，孟子作了超然物外的發揮，說是如果見過大海，那一般的水就不足為道了，大海的真正蕩人心魄之處，在於觀它壯闊的波瀾，它承受日月的照耀，金輝銀光燦爛於宇宙（後來曹操有詩云：「日月之行，若出其中；星漢燦爛，若出其裡」），孟子思索更深的義理是：流水進入了大海，才能顯得更為壯觀；君子「志於道」，最後進入了「道」的境界，才算作完了他人生至美的文章。孟子不愧是一位傑出的智者，沿流水「不捨晝夜」而思索，昇華了人的思想境界！

荀子似乎沒有用自己的語言表達「觀水」的感想，而是引述孔子的聯想：

孔子觀於東流之水。子貢問於孔子曰：「君子之所以見大水必觀焉者，是何？」

孔子曰：「夫水，遍與諸生而無為也，似德；其流也埤下，裾拘必循其理，似義；其洸洸乎不淈盡，似道；若有決行之，其應佚若聲響，其赴百仞之谷不懼，似勇；主量必平，似法；盈不求概，似正；淖約微達，似察；以出以入、以就鮮潔，似善化；其萬折也必東，似志。是故君子見大水必觀焉。」（《荀子》〈宥坐〉）

是否確為孔子原話？[3]證之無據。這段話，理性思辨意味很重，將人的思想道德行為與水的自然文理一一進行比照，好像非善作長篇大

3　這段文字還見於《大戴禮記》〈勸學〉《孔子家語》〈三恕〉，因均成書於《荀子》之後，不足以為孔子原話之確證。

論的荀子莫能道。他從水的自然形態竟然析出與「德」「義」「道」等九個觀念對應的意象，不得不佩服他對水的觀察之細，思考之深，與理性觀念對應之當。其中有的是屬科學的觀察所得，如「主量必平」是用水作為衡量地之平與其他平面的標準（就是當今所謂「水平測量」），對應於「法」。又以水之清澈對應「善化」，以「萬折也必東」對應人的志向，都比較貼切。若這些果是孔子說過的，為什麼在《論語》中都被刪掉了？連繫《荀子》一書中關於「成人」「至文」所排列的觀念，實是他借「水」又作一次形象的複述。玉石也是自然之物，荀子也借孔子之口，明確提出「比德」之說：「溫潤而澤，仁也；栗而理，知也；堅強而不屈，義也；廉而不劌，行也；折而不撓，勇也；瑕適並見，情也；扣之，其聲清揚而遠聞，其止輟然，辭也。」（《荀子》〈法行〉）且不論如此「比德」是否勉強，卻實在表明了儒家學者已仔細觀察了自然之物千姿百態之美，並將其作為政事、社會、人格之美的對應物、參照系。

　　西漢經學家劉向，漢成帝時曾校書於天祿閣，接觸漢以前的典籍多，他著《說苑》一書，記載了古人很多佚事佚語，其中標明孔子之說的不少，〈雜言〉中記孔子關於「智者樂水，仁者樂山」三段話，子貢問「君子見大水必觀」與前引荀子之文大同小異，增加了「所及者生，似仁」「受惡不讓，似包」，其他文字也有變動。荀子文本在前，劉向不照錄於荀子，只能認為所謂孔子之說不過是輾轉傳抄。發揮得最充分的是專談「智者」「仁者」兩段。這兩段話，又是源自董仲舒《春秋繁露》卷十六《山川頌》，他加上前面的問句，對其後文字改動較多，其語言風格已不似孔子之簡潔，而有「大漢之文章」（班固語）的

「繁文縟采」[4]：

> 「夫智者何以樂水也？」曰：「泉源潰潰，不釋晝夜，其似力者；循理而行，不遺小間，其似持平者；動而下之，其似有禮者；赴千仞之壑而不疑，其似勇者；障防而清，其似知命者；不清以入，鮮潔而出，其似善化者；眾人取乎品類，以正萬物，得之則生，失之則死，其似有德者；淑淑淵淵，深不可測，其似聖者；通潤天地之間，國家以成：是知者所以樂水也。《詩》云：『思樂泮水，薄采其茆，魯侯戾止，在泮飲酒。』樂水之謂也。」
>
> 「夫仁者何以樂山也？」曰：「夫山，萬民之所觀仰。草木生焉，眾物立焉，飛禽萃焉，走獸休焉，寶藏殖焉，奇夫息焉，育群物而不倦焉，四方並取而不限焉，出雲風通氣於天地之間，國家以成：是仁者所以樂山也。《詩》曰：『太山岩岩，魯侯是瞻。』樂山之謂也。」（《說苑》〈雜言〉）

劉向又在荀子「比德」的基礎上，再度作了幾近極致的發揮，「動而下之」被發揮為「禮」，「障防而清」被發揮為「知命」，「淑淑淵淵，深不可測」被發揮為「聖」，這樣，「水」便成了仁、義、禮、智等等皆備的聖者完美的象徵。「山」亦如是，「萬民之所觀仰」的山的種種表象都成了君王所具備的一切「政德」的象徵。更高級的發揮是「國家以成」，成為朝廷的象徵！最後他還引《詩經》〈魯頌〉中〈泮水〉〈宮〉詩句，突出「魯侯」樂山樂水，將「知者」「仁者」的美號奉獻給君王。

4　《韓詩外傳》卷三亦有類似記載。

　　我之所以將孔子原話、孟子、荀子與劉向的發揮全文照錄，是為了理清一下儒家「自然」觀的發展變化。應該說，孔子對山水之美有直觀的感受，雖未直言其美但用一個「樂」字表示了山水「靜」與「動」引起的愉悅之情，「知之者不如好之者，好之者不如樂之者」（《論語》〈雍也〉），他是好、樂之後，僅用一個「壽」來表達帶有知性的觀感。孟子觀水，從感性向理性提升，但提升後是人生哲理，有理趣。到荀子以水「比德」，推出了「法」「正」「察」「善化」等理念，將觀水納入他「實踐理性」的範疇，觀水愈細緻，發現水之「德」愈多，水的自然美感也就愈淡化。繼之者劉向（還有他之前的董仲舒等漢代經學家），生活在功利主義盛行的漢代，人的一切言行都要以政教功利目的定位（包括《詩經》中的全部詩篇），於是「樂水」「樂山」便定位於「國家以成」。儒家學說發展了，儒家學者的審美感覺反而退化了！

　　為了將儒、道兩家的自然觀作一比較，有必要回過頭去看看莊子是如何「觀海」的。《莊子》〈秋水〉篇描述黃河之神「河伯」順流東行「至於北海」，目睹「不見水端」的浩蕩大海，感嘆自己過去所見甚狹，所知甚少，因此向北海若求教。莊子借北海若之口，發表了對大海、對天地氣勢滔滔的讚辭：

　　天下之水，莫大於海：萬川歸之，不知何時止而不盈；尾閭洩之，不知何時已而不虛；春秋不變，水旱不知。此其過江河之流，不可為量數，而吾未嘗以此自多者。自以比形於天地，而受氣於陰陽，吾在於天地之間，猶小石小木之在大山也。方存乎見小，又奚以自多！計四海之在天地之間也，不似罍空之在大澤乎！計中國之在海內，不似稊米之在太倉乎？號物之數謂之萬，人處一焉；人卒九州，穀食之所生，舟車之所通。此其比萬物也，不似豪末之在馬體

乎？……

　　對大海景觀沒有多少具體的描寫，但可讓我們感受到大海的壯
美。莊子與孟子差不多是同時代的人，這篇觀海的讚辭卻比孟子「觀
於海者難為水」格局大得多！孟子侷限於「聖人之門」而觀，莊子卻
是放眼宇宙而觀；莊子也把握了大海景觀與個人思想觀念的對應關
係，但他是宏觀的把握，這種宏觀把握，作為個體的人的主觀意志在
宏觀的宇宙間已經消失了，他的思想觀念既不凌駕於大自然（如以
「仁」之於山），也不肢解大自然（如荀子、劉向以種種觀念與之對
應），而是瀰漫於大自然，與景觀相互交融，難分彼此。莊子巧妙地以
「北海若」為他的代言人，「北海若」從觀自己繼而反觀自己在天地之
間不過是「小石小木之在大山」，即使以「四海」之大，也不過是大湖
巨澤中一塊石頭上的小孔穴。又放眼而觀：中國之在海內，有如一粒
粟米之在大倉；而萬物之一的人，更是渺小如馬體上的毫毛。「北海
若」之觀，實則莊子在「以物觀物」，道家關於人之渺小、宇宙恢弘的
觀念意識（莊子已有明確的時間無限空間無限的宇宙意識，見《莊子》
之〈讓王〉〈庚桑楚〉等篇），都讓莊子的化身「北海若」淋漓盡致地
描述出來了。在這宏觀描述中，人的主觀意志找不到具體的對應物，
功利之求更無插足之地。當然，莊子為表達他「以物觀物」的自然觀，
不過偶爾運用了一次以物代言的形式，出人意外地準確地表現了道家
對待自然景觀的態度，因此，為後人對儒道兩家自然觀進行比較提供
了一個視角。

　　天地自然景觀有「大美」，是儒道兩家的共識，不同之處，集中在

他們對待大自然的態度。南朝畫家宗炳在《畫山水序》[5]一文中第一段前後各兩句，可啟示我們嘗試為之比較：

聖人含道應物，賢者澄懷味象。……夫聖人以神法道而賢者通，山水以形媚道而仁者樂。

宗炳畫論的思想背景是魏晉玄學，玄學以《老子》、《莊子》、《周易》為「三玄」，以王弼為代表的玄學，既崇老莊之道，也不棄孔孟之道。玄學內部曾發生過「聖人」有情無情之爭，何晏認為，「聖人無喜怒哀樂之情」，據説「其論甚精，鐘會等述之」。王弼不同意這個觀點，他説：「聖人茂於人者，神明也；通於人者，五情也。神明茂，故能體充和以通無；五情同，故不能無哀樂以應物。然則聖人之情，應物而無累於物者也。今以其無累，便謂不復應物，失之多矣。」（轉引自何劭《王弼傳》）王弼語中，要注意「應物」和「不累於物」不同之義，生活在世界上，人人都要「應物」，與外界接觸而思想情意發生感應；「不累於物」則是不受外物之所累，不為物慾所驅使。

宗炳語中，要注意「含道應物」與「澄懷味象」不同之義，前者既「含道」於胸，那是有主體之自覺意識，正如《易》〈坤〉之「含章，可貞」，儒家的學者們時時刻刻都有一個「仁道」橫互於心，所以他們每於「應物」，便有他們以「仁」為核心的種種觀念與之對應。後者所謂「澄懷」，即是胸懷澄明，是老子説的「虛其心」「致虛極，守靜篤」；所謂「味象」，即品味萬物之象，所以道家學者「應物」只是品

5　沈子丞編：《歷代論畫名著彙編》，文物出版社1982年版，第14-15頁。以上所引該文，出處同此，不再註明。

味其自然之趣，無個人主觀意志施於其中，「萬物並作，吾以觀復」（《老子》〈三章〉《老子》〈十六章〉），「以虛靜觀其反覆」（王弼語）。

由此可以判斷，宗炳說的「含道應物」與「澄懷味象」，雖然他不分高下（「聖人」與「賢者」也只是泛指），實質講的是兩種自然觀，前者更多地表現於儒家，後者則主要表現於道家。將從孔子至劉向的自然觀與莊子觀海所表現的自然觀加以比照，儒、道兩家不同之點是：

第一，儒家面對自然景物，主、客體之分明確，客體之象服從於主體的感覺，如山之「仁」，水之「知」，其實都是孔子的感覺，山之美與水之美被人的主觀感思化出了另一種美，這就是後來王國維所說的：「以我觀物，物皆著我之色彩。」自然景觀，轉變為「人化的自然」。道家面對自然景物，則是「輔萬物之自然而不敢為」，不以主體自居，不賦予萬物以人的意志、人的色彩；而人，不過是大自然中渺小的一分子，應物而觀物，不過是「觀其反覆」而已，實質上，人與物之間主、客體的界線消失，人也已經自然化。莊子以「北海若」的眼睛觀海觀宇宙，就是「以物觀物，不知何者為我，何者為物」（王國維《人間詞話》〈三〉）的典型之觀。

第二，面對自然景觀的主體意識越是明確，主觀意志足以駕馭於客體，有意無意間都會產生「物為我役」的傾向，使我與物之間的對應關係不斷向我傾斜，使物本身之美不斷淡化，如前所述，山和水到了荀子和劉向那裡，完全成了「比德」的道具，所謂「樂」，也不過是「樂」在山水可以成人之美。於是功利意識也不斷擴大，最後至於「國家以成」。道家的自然觀完全反於是，老子說「衣被萬物而不為主」（《老子》〈三十四章〉），我不驅使物，也不受物的驅使；「應物不累於物」，不必以我之種種觀念向物尋求對應關係而苦其心智。莊子觀海，

正體現了他「原天地之美而達萬物之理」，他沒有任何個人之理加於「北海若」而損害大海之美，而「萬物之理」有他的「神明」在其中。

　　第三，就審美效果而言，莊子對大海之美的表述，他沒有多少細節的描繪，由萬川而海，由海而天地之間，而中國，而人，空間不斷變換又渾然一體，真可謂「汪洋闢闔，儀態萬方」，從莊子的創作角度言，這就是「以神法道」，即以他主體之神與自然客體之神——「北海若」之神——匯合交融，而產生「弘大而辟，深閎而肆」（《莊子》〈天下〉篇中語）的美感效果。孔子與孟子眼中山、水、大海，可說是「以形媚道」，孟子說「觀水有術，必觀其瀾」，實言觀水必須善觀其道，他從「流水之為物也，不盈科不行」而悟到「君子之於道也，不成章不達」，他對流水與海雖然只有寥寥幾句的描述，尚有整體感而未失其「媚」。但是，到了荀子、劉向筆下，流水之美便被他們「比德」觀念剪得支離破碎，實在很難拼合出完整的美感了。

　　孔子以山水作為思想感情的對應物，道家「無我」「無為」對待自然之物，對中國藝術美學的形成和發展的影響是深廣而恆久的。後來文學創作中的「以物寓情」「寄情於物」「以情寫景」「以景寫情」「情景交融」等等，可能從孔子「樂水」「樂山」受到啟發；而詩學理論中「妙造自然，伊誰與裁」「俱道適往，著手成春」（《二十四詩品》中語），繪畫理論中的「得之自然，莫可楷模，出於意表」「山川與予，神遇而跡化」[6]等等，則靈犀通於老、莊。

6　引語見宋代黃休復《益州名畫錄》和清代石濤《苦瓜和尚畫語錄》。

第三節　「山水質有而趣靈」

　　大自然之美，自大而觀之，的確可推山水之美為代表。先人對山水的感知很早，《易》八經卦中，一卦為山（〈艮〉），兩卦為水（〈坎〉〈兌〉）。山，「止也」，靜止不動；流動之水，「陷也」，有險情；澤中之水，「悅也」，使人見而喜悅。《詩》三百篇，題中見山的八首，見水的（包括水名如《江漢》）有十一首，詩句中涉及山水的則遠不止此數。山與水，有的作為方位，有的僅示詩中人物所在的環境，多數作為「起興」之用，似乎尚無欣賞山水美的明確意識，像言少男少女之美那樣[7]。直觀描述的如「南山崔崔」「高山仰止」「太山巖巖」「沔彼流水，其流湯湯」「揚之水，白石皓皓」等等，只有《小雅》〈斯干〉第一節前四句，雖然作「起興」之用，也可作天然圖畫欣賞：

> 秩秩斯干（澗），幽幽南山。
> 如竹苞矣，如松茂矣。

　　譯成現代語便是：「流水清清小溪澗，林木幽幽終南山。綠竹蒼翠好形勝，青松茂密滿山巒。」（程俊英《詩經譯註》）可看作一首獨立的山水詩。明言山水可以愉悅心胸，又是莊子托孔子之口說出來的：「山林與，泉壤與，使我欣欣然而樂與！」（《莊子》〈知北遊〉）開始有意識地描寫山水景物的文人，最早的可能是生活在南方的屈原和宋玉，《九章》〈涉江〉中屈原描寫了他所到的湘西一帶原始山林的景色：

7　錢鍾書先生說：「竊謂《三百篇》有『物色』而無景色，涉筆所及，止乎一草、一木、一水、一石。」（《管錐編》，中華書局1979年版，第613頁。）

深林杳以冥冥兮，乃猿狖之所居。

山峻高以蔽日兮，下幽晦以多雨。

霰雪紛其無垠兮，雲霏霏而承宇。

　　這樣的山林景色，使流亡中的詩人心情更加愁苦，談不上是對山林美的欣賞。但是，這樣的描寫，確如錢鍾書先生所説：「皆開後世詩文寫景法門，先秦絕無僅有。……《楚辭》始解以數物合佈局面，類畫家所謂結構、位置者，更上一關，由狀物而寫景。」（《管錐編》第613頁）宋玉的《高唐賦》問世[8]，對山水之勝「狀物而寫景」才正式在文人筆下出現，有意識地引起讀者欣賞的興趣。但在現實世界中，人人都能感覺的山水美，經過文人、畫家的主觀處理，要還原為不失自然之態較為純淨的美感山水，還需經歷一個漫長的過程，為展示方便起見，從宋玉開始到南北朝的七八百年間，姑且分為賦家山水、畫家山水、詩家山水三種類型和三個相互銜接的階段。

　　賦家山水，《高唐賦》為其先聲，而後以漢賦為主體。賦家竭力描述山水之美，主要為了取悅於觀賞他們作品的特定讀者，如《高唐賦》極寫巫山長江之美，是為楚襄王描述其父楚懷王夢會高唐神女而作環境鋪墊，作者是否到過巫山巫峽實地觀察過？令人懷疑。其「登巉岩而下望」「中陂遙望」「登高遠望」「仰視山巔」的描寫，似聚天下山水勝景於一處，實多想像誇張之辭，以收到驚心動魄的效果，欲把楚襄王引入一個神話般的境地。後來，司馬相如用同樣手法寫《子虛賦》和《上林賦》，前賦以楚子虛向齊王誇耀楚國九百裡雲夢之廣闊富饒，

8　《高唐賦》是否為宋玉所作，至今無定論，暫依《文選》所標，但作為賦體文學早期之作，似乎問題不大。

高山之險峻，江河之奔湧，皆從大處下筆；後賦亦是描寫帝王花園上
林苑之巨麗，描寫苑中之水曰：「丹水更其南，紫淵經其北。終始灞
滻，出入涇渭。邦鎬潦潏，紆余委蛇，經營乎其內。蕩蕩乎八川紛
流，相背而異態……」如此描寫苑內之水，顯然大而無當，不過是投
合漢武帝奢侈好大的心理而為之。漢代的大賦，幾乎都如班固《兩都
賦序》中所說的，文人們「朝夕論思，日月獻納」，是為本朝帝王「潤
色鴻業」，以體現「眾庶悅豫，福應尤盛」的治世功德，雖然他們竭力
誇飾山水之美，但既缺乏獨特的觀賞角度，也失去了山水不同的具象
之美，最後弄成不過是「陳其形勢產品」[9]。劉勰在《文心雕龍》〈通變〉
中指出五位漢賦大家描寫日月出入景象之雷同：

> 夫誇張聲貌，則漢初已極；自茲厥後，循環相因；雖軒翥出轍，
> 而終入籠內。枚乘《七發》云：「通望兮東海，虹洞兮蒼天。」相如《上
> 林》云：「視之無端，察之無涯，日出東沼，月生西陂。」馬融《廣成》
> 云：「天地虹洞，固無端涯，大明出東，月生西陂。」揚雄《校獵》云：
> 「出入日月，天與地沓。」張衡《西京》云：「日月於是乎出入，象扶
> 桑於濛汜。」此並廣寓極狀，而五家如一。

　　如此雷同現象的產生，其根本原因是他們的頭腦中只有觀念性的
日月出入，無各人眼中日月升落的具體而明晰的壯麗景象，因此所表
現的必然會有共性而無個性，顯得抽象而空泛。
　　畫家山水，有文獻可稽的是自魏晉開始。中國的繪畫，早期主要
是人物畫，人物畫論在《淮南子》中就出現了（「畫西施之面，美而不

9　錢鍾書：《管錐編》，中華書局1979年版，第1037頁。

可悅，規孟賁之目，大而不可畏，君形者亡焉」）。東晉顧愷之是著名
人物畫家（留下了「傳神寫照正在阿堵中」等重要的人物畫論），也畫
山水，存世的《畫雲台山記》[10]可資為證。據《世說新語》〈言語〉記
載，有一次他出游會稽回來，人問「山川之美」，他說：「千岩競秀，
萬壑爭流，草木蒙籠其上，若云興霞蔚。」畫家眼中的山水，肯定不再
是賦家筆下的觀念性山水。《畫雲台山記》講如何畫一座具體的山，怎
樣構圖，怎樣布色，雖然畫中有道教的天師和弟子們如何在山中佈
道，構圖布色要符合道教觀念，但畢竟畫的是雲台山。山勢「婉蟬如
龍」，山的不同方向景物各有特點，請看「中段東面」一段：「高驪絕
崿，西通雲台以表路。路左闕峰，似岩為根。根下空絕，並諸石重
勢，岩相承，以合臨東澗。其西，石泉又見，乃因絕際作通岡伏流潛
降。小復東出，下澗為石瀨，淪沒於淵。」山水之勢多麼複雜，畫家觀
察多麼細緻，他還說，下筆之後，「欲使自然為圖」。繼顧愷之之後，
南朝山水畫蓬勃興起，雖然我們看不到當時的大部分作品，但讀他們
留下的畫論，可知從東晉到南朝的畫家對山水已進入了真實的審美階
段。前節已提到的宗炳《畫山水序》，是中國繪畫史中第一篇從理論上
闡述山水畫創作的專論，對畫家的創作心態與山水美的本質，都有較
深入的闡述，因此也極有美學價值。文章開始提到「聖者」「賢者」，
接著就是一句開宗明義的話：「至於山水，質有而趣靈。」山與水各有
形有質，不必多說，山之高聳向天，水之奔流「不捨晝夜」，猶如人一
樣有生命，有精神，有靈氣，千姿百態的形體中，蘊含著使人遐想的
無盡意趣。「趣靈」（「趣」亦作「趨」，旨趣）二字，點出了山水景物

10　沈子丞編：《歷代論畫名著彙編》，第9-10頁。

的美感品質[11]，這顯然不同於荀子、劉向將水「赴千仞之壑而不疑」而表象地與人「比德」。宗炳經過對山水的長期觀察而心領神會，接著敘述他到各地名山大川寫生作畫的感受：

> 余眷戀廬、衡，契闊荊、巫，不知老之將至。愧不能凝氣怡身，傷狄石門之流。於是畫像布色，構茲雲嶺。夫理絕於中古之上者，可意求於千載之下；旨微於言象之外者，可心取於書策之內。況乎身所盤桓，目所綢繆，以形寫形，以色貌色也。(《畫山水序》)

前已提到，宗炳畫論思想的背景是玄學，此處提到的「理」，實是老莊的自然之理，而作為畫家，身在山水之中，眼見山水之美，手畫山水之態，「豎畫三寸，當千仞之高；橫墨數尺，體百裡之遠。……徒患類之不巧，不以制小而累其似，此自然之勢」。只要能表現出山水「自然之勢」，「理」也就在其中了。繪畫這種藝術形式，只憑線條色彩表現有形之象，即使畫家有理念在心，在畫幅上也不會留下顯露之跡，因而繪畫有超越語言和文字的功能，再加上畫家是面對具體的山水，那種純粹的觀念化山水，便不可能在畫家筆下出現。宗炳下面這段話，正好說明這個道理：

> 夫以應目會心為理者，類之同巧，則目亦同應，心亦俱會。應會感神，神超理得，雖復虛求幽岩，何以加焉？又神本亡端，棲形感類，理入影跡，誠能妙寫，亦誠盡矣。(《畫山水序》)

---

11 關於山水之「靈」，酈道元《水經注》卷三十四《匯水》引袁崧《宜都記》一節，亦有「山水有靈，亦當驚知己於千古矣」之語，抒發作者對三峽山水奇觀「流連信宿，不覺忘返」之情。

　　老莊所言自然之理，正好啟發畫家去感悟山水景物之「神」，「應目會心」去把握其內在的靈魂與生氣，感其「神」便是得「理」，「神」與「理」都在山水的「自然之勢」中，「妙寫」其形神，「理」便如隨形之影。宗炳終於將莊子說的「其應於化而解於物也，其理不竭，其來不蛻，芒乎昧乎，未之盡者」（《莊子》〈天下〉），付諸繪畫藝術實踐之中。山水之美，轉化為筆下圖畫之美，宗炳視為至高的審美享受：

　　聖賢瑛於絕代，萬趣融其神思，余復何為哉？暢神而已。神之所暢，孰有先焉！（《畫山水序》）

　　宗炳提到山水「自然之勢」，又多次提及與「形」相對的「神」，表明當時的藝術家對山水之美，已經是不只用眼睛而且以心靈去感受。年齡小於宗炳但與他同時代的畫家王微，在《敍畫》[12]一文中，也以繪畫「競求容勢」為審美取向，作山水之畫。不能是「案城域，辨方洲，標鎮阜，劃浸流」（賦家描述山水正是如此），畫家要開心目而見山水之「靈」，「靈亡所見，故所托不動；目有所極，故所見不周。」畫家以自己的心去溝通山水之「靈」，以自己的生命擬山水之生命，山水就在畫幅之上活了：

　　「眉額頰輔，若晏笑兮；孤岩郁秀，若吐雲兮；橫變縱化，故動生兮；前矩後方，而靈出兮。」或許正是畫家對於山水美的重新發現，又在山水畫創作實踐中藝術地展現在人們面前，於是促使社會上各色人等對山水美的欣賞水平大大提高，詩家山水也應運而至。

12　沈子丞編：《歷代論畫名著彙編》，第16頁。

詩家山水，不限於詩，還有散文（如袁崧的《宜都記》便是極佳的山水散文）。用「詩家」標目，取劉勰《文心雕龍》〈明詩〉篇之説：

宋初文詠，體有因革，莊老告退，而山水方滋；儷采百字之偶，爭價一句之奇，情必極貌以寫物，辭必窮力而追新：此近世之所競也。

所説「文詠」，也有文與詩之意，但主要是詩。中國詩歌史上第一位真正的山水詩人謝靈運出現於此時。在此之前，玄學家將山水題材推向繪畫、詩、文領域，具有先鋒性貢獻，功不可沒。東晉玄學家孫綽提出「以玄對山水」的命題，創作了著名的《游天台山賦》，亦作玄言山水詩。但文字作品不同於繪畫，如果有理念橫亙在心，便會頑強地表現出來干擾審美之情。他這篇自詡「卿試擲地，要作金石聲」[13]的得意之作，正如王元化先生所批評的：「作者出發點完全是在把四明天台視為『玄聖之所游化，靈仙之所窟宅』的聖地」，描繪景物是從「虔誠頂禮的心境出發，作者處處流露了玄勝之談」，由此便失去了「清麗自然」的美感[14]。玄學家們也大寫玄言山水詩，這就是沈約在《宋書》〈謝靈運傳論〉中説的：「莫不寄言上德，托意玄殊，遒麗之辭，莫聞焉爾。」鍾嶸在《詩品》更尖鋭地批評：「理過其辭，淡乎寡味。」謝靈運，正是在玄學家們好寫山水反而敗壞了山水自然之趣時，出現於詩壇。他生性酷愛自然美景，喜作山水之游，今浙東一帶的佳山勝水，處處留下他的足跡。他的山水詩，雖然篇中也有玄談式的議論，但與所描寫的山水景物不膠結在一起，往往是先把景色描繪出來，給

13　見《世説新語》〈文學〉記孫綽對范榮期語。

14　王元化：《《文心雕龍》〈明詩〉篇山水詩興起柬釋》，見《山水與美學》，上海文藝出版社1985年版，第336頁。

人以先聲奪人的美感。試舉《石壁精舍還湖中作》為例：

> 昏旦變氣候，山水含清輝。清輝能娛人，遊子憺忘歸。出谷日尚早，入舟陽已微，林壑斂暝色，雲霞收夕霏。芰荷迭映蔚，蒲稗相因依。披拂趨南徑，愉悅偃東扉。慮澹物自輕，意愜理無違。寄言攝生客，試用此道推。

描寫從山到湖的一路景觀，從早到晚景色的變化，山中之「林」、天空之「雲」、湖中之「荷」、田野之「蒲稗」，一一入畫，一句「山水含清輝」就使人流連忘返。熟讀唐代王維、孟浩然等詩人的山水詩，對此詩後四句會感到是累贅，好在對前面描寫的景物已無多少干擾。中國山水詩第一批傳世名句，都出自謝靈運筆下，如「池塘生春草，園柳變鳴禽」（《登池上樓》）、「亂流趨正絕，孤嶼媚中川。雲日相輝映，空水共澄鮮」（《登江中孤嶼》）、「鳥鳴識夜棲，木落知風發。異音同至聽，殊響俱清越」（《石門岩上宿》）等等。如此清新亮麗的詩句，與他同時代的詩人鮑照對之讚賞有加：「謝詩如初發芙蓉，自然可愛。」隔了兩個朝代的梁簡文帝蕭綱亦說：「謝客吐言天拔，出於自然。」鍾嶸在《詩品》中列謝詩於上品，說：「尚巧似，逸蕩過之。」「若人興多才高，寓目輒書，內無乏思，外無遺物。……然名章迥句，處處間起，麗典新聲，絡繹奔會。譬猶青松之拔灌木，白玉之映塵沙，未足貶其高潔也。」[15]山水終於通過詩人之筆，更添迷人魅力。我們也發現，謝靈運夾雜詩中或附於詩尾那些議論之句，有的表達了他對山水美的認識，有一定的理論意義，說「慮澹物自輕，意愜理無違」，

15　以上引評謝詩語，均據陳延傑：《詩品注》，人民文學出版社1958年版。

「物」指世俗物慾、權欲，如果不用心於彼，就能靜賞山水之美；後句
實與宗炳所說「應會感神，神超理得」之意同。《從斤竹澗越嶺溪行》
詩，亦有「岩下雲方合，花上露猶泫」的妙句，最後四句是：

情用賞為美，事昧竟誰辨？觀此遺物慮，一悟所得遣。

只憑著自己的感情去觀賞山水之美，那些「仁」「智」「道」「德」
等等於山水本是含糊不清的，誰還費心去分辨？面對山水佳景遺棄世
俗功利之慮，便能悟到排遣人世一切煩惱之法。這四句詩已觸及現代
美學中才有的「審美注意」的命題。限於篇幅，本節不展開論述。

詩家山水從謝靈運開始，與畫家山水相互輝映於中國自然山水
間。南朝湧現出鮑照、謝朓、王籍等大批山水詩人，山水散文在陶弘
景、吳均、酈道元等筆下亦佳作迭出（如《答謝中書書》《與宋元思書》
等），乃至賦體作品中的山水也出現了新面貌（如庾信的《小園賦》
等）。

地球誕生以來就有的山和水，人們終於突破了頭腦中種種障礙而
「情用賞為美」，在詩文繪畫中又有再度的審美創造，南北朝之後而
唐、而宋……，山水藝術有更大的輝煌！山水之「趣靈」更坦然畢現
於人們面前，以至人們在觀賞自然山水時說「美如詩」「美如畫」。

昌明文庫·悅讀美學　A0606011

美的考索　上冊

作　　　者	陳良運
責任編輯	楊家瑜
發 行 人	陳滿銘
總 經 理	梁錦興
總 編 輯	陳滿銘
副總編輯	張晏瑞
編 輯 所	萬卷樓圖書股份有限公司
排　　　版	菩薩蠻數位文化有限公司
印　　　刷	百通科技股份有限公司
封面設計	菩薩蠻數位文化有限公司

出　　　版　昌明文化有限公司

桃園市龜山區中原街 32 號

電話　(02)23216565

發　　　行　萬卷樓圖書股份有限公司

臺北市羅斯福路二段 41 號 6 樓之 3

電話　(02)23216565

傳真　(02)23218698

電郵　SERVICE@WANJUAN.COM.TW

大陸經銷

廈門外圖臺灣書店有限公司

電郵　JKB188@188.COM

ISBN 978-986-496-317-1

2019 年 7 月初版二刷

2018 年 1 月初版一刷

定價：新臺幣 340 元

如何購買本書：

1. 轉帳購書，請透過以下帳戶

　　合作金庫銀行　古亭分行

　　戶名：萬卷樓圖書股份有限公司

　　帳號：0877717092596

2. 網路購書，請透過萬卷樓網站

　　網址 WWW.WANJUAN.COM.TW

大量購書，請直接聯繫我們，將有專人為您

服務。客服：(02)23216565 分機 610

如有缺頁、破損或裝訂錯誤，請寄回更換

版權所有·翻印必究

Copyright©2016 by WanJuanLou Books CO.,

Ltd.All Right Reserved　　**Printed in Taiwan**

國家圖書館出版品預行編目資料

美的考索/陳良運作. -- 初版. -- 桃園市：昌
明文化出版；臺北市：萬卷樓發行, 2018.01
　　面；　公分. -- (昌明文庫. 悅讀美學)
ISBN 978-986-496-317-1 (上冊:平裝)
1.文學理論 2.文藝評論 3.中國美學史
820.1　　　　　　　　　　107002256

本著作物經廈門墨客知識產權代理有限公司代理，由百花洲文藝出版社授權萬卷樓圖
書股份有限公司出版、發行中文繁體字版版權。